铁西
那些路

TIEXI NAXIELU

张瑞◎著

沈阳出版发行集团
沈阳出版社

图书在版编目（CIP）数据

铁西那些路 / 张瑞著 . -- 沈阳：沈阳出版社，2023.8

ISBN 978-7-5716-3465-0

Ⅰ.①铁… Ⅱ.①张… Ⅲ.①纪实文学－中国－当代 Ⅳ.①I25

中国国家版本馆CIP数据核字（2023）第114362号

出版发行：沈阳出版发行集团|沈阳出版社
（地址：沈阳市沈河区南翰林路10号 邮编：110011）
网　　址：http://www.sycbs.com
印　　刷：辽宁泰阳广告彩色印刷有限公司
幅面尺寸：165mm×240mm
印　　张：17
字　　数：296千字
出版时间：2024年2月第1版
印刷时间：2024年2月第1次印刷
责任编辑：沈晓辉　郑　丽
封面设计：杨　雪
版式设计：冷志敏
责任校对：张　晶
责任监印：杨　旭

书　　号：ISBN 978-7-5716-3465-0
定　　价：58.00元

联系电话：024-24112447　13804072025
E - mail：sy24112447@163.com

序

《铁西那些路》是我继《圣地工人村》之后，创作的又一部散文集，可谓是《圣地工人村》的拓展篇。

作为中国重工业的摇篮，沈阳铁西区经历了一百多年的风雨沧桑，发展为世界闻名的“东方鲁尔”，确立了在东北老工业基地乃至新中国工业史上的重要地位。历史选择了铁西，铁西也还历史以奇迹。几代铁西人以不屈不挠的奋斗精神，顽强拼搏，不仅没有在历史重创中沉沦，而是在逆境中一次次崛起，创造了辉煌的历史。

我不是研究城市历史的专家，关于铁西史料的书籍，市面上已经出版了许多，所以在此不再赘述。如果认为《铁西那些路》仅仅是一部讲述铁西街路来龙去脉的书，那是有悖我的创作初衷的。本书旨在通过讲述铁西街路历史的发展变迁，展现铁西这座东北工业重镇中不同人物的心路历程和情怀，以此增进人们对铁西历史的了解和认同，扩大铁西地域文化的影响，从而使读者进一步了解和感受铁西特有的工业文化底蕴和发展优势。

本书由三十六篇散文组成。凭借在铁西四十多年的生活积淀，我怀着一颗虔诚之心，屡次穿梭于纵横交错的街巷，从《寻迹铁西》百年工业说开去，以贯穿铁西老城区两条大路——建设大路、北二马路为纬线，以六条主要街道——重工街、肇工街、卫工街、保工街、兴华街、兴工街为经线，并以铁西广场、重型文化广场为坐标，勾勒出铁西百年工业的起源、布局及其发展脉络，从而呈现新中国第一枚金属国徽、第一炉钢水、第一台机床、第一台拖拉机的诞生，以及有着中国重机工业摇篮之称的沈阳重型机器厂、沈阳机床一厂、沈阳冶炼厂等三十六个大中型企业的风貌；展现劳动模范、中国重机工业开拓者、技术革新能手等先进人物的风采；回瞻新中国成立、抗美援朝、社会主义建设、两弹一星研制、三线建设、改革开放，以及铁西工业区东搬西建、凤凰涅槃浴火重生等大背景框架下，几代铁西产业工人做出的卓越贡献，还有他们在沉寂和黯然岁月里经历的生命磨难和感人精神；塑造了这块热土上那些热血激昂、豪迈壮烈的普通工人群像；再现了“共和国工业长子”创造的工业奇迹；描绘出一幅东北老工业基地辉煌岁月的历史画卷。

书中有对创业者的讴歌，更有对默默无闻甘于奉献的奋斗者的礼赞。许多主人公都是日常生活中随处可见的平凡人，正是这样一个个有担当、有奉献、勇于进取的平凡人在铁西这片热土上挥洒汗水、付出智慧，才使我们今天的生活变得如此美好。

现实是历史的延续。今天，铁西正以前所未有的气概、日新月异的速度向前发展，超越了历史上的任何时代，今天的成就都是在历史基础上的发展。

穿越时光，寻迹铁西工业的发展历程，探寻深入人们血脉的工业精神，感悟不同时代模范人物的美德和力量，展望工业新动能不断发展的未来，我们会深刻体会到，在这漫长的历史岁月中，无论是成就还是挫折，无论是欢乐还是伤痛，都是滋养我们这个时代的精神财富，也是激励我们去创造新辉煌的无穷力量。

我写《铁西那些路》，也是在寻找一条回家之路，是我的精神还乡之旅。铁西的辉煌岁月如灿烂星河，讲也讲不完。我会沿着这个方向持续努力，将铁西的故事一直讲下去。

张　瑞

2023年6月21日

目录
Contents

寻迹铁西

沈阳铁西，中国著名的工业区，新中国工业的摇篮。曾几何时，它是中国最大、最密集的重工业和装备制造业基地。第一枚金属国徽、第一炉钢水、第一台普通机床、第一台拖拉机……无数个第一，挺起了共和国工业的脊梁，在这块热土上绽放出老工业基地最耀眼的辉煌。

正如许多人对自己生活的区域如数家珍一样，我熟悉老铁西的每一条街路，胜过熟悉我掌心的纹路，我不仅能有序地叨咕出老铁西街路的名字，还能大体描述出一些街路旁的建筑。

我生在工人村，长在铁西。小时候，我站在卫工街上，顺着大臭水沟（今卫工明渠）向北望去，能看到无数根高耸入云的烟囱，正呼呼地冒着白色的黄色的灰色的烟，它们如同一根根巨大的蜡笔，描绘着一幅幅油画，每次我看到如此情景都感到很神奇。烟囱林立的铁西，勾勒着我少年的遐想。

我对铁西的了解是从20世纪60年代中期开始的，那时每隔一段时间，妈妈爸爸便领着幼小的我去市里的姥姥家。

从工人村车站上车，坐在哐当作响的有轨电车里，望着车外的景象，我会一站站地数车站，当车拐过肇工街由西向东行进时，马路北面便是成片成片的工厂，能听到叮当叮当钢铁的交响，马路南边是低矮的棚户区。启工街、卫工街、保工街……一直数到兴工街，我很奇怪，为什么这些路的名字里都有一个“工”字？

当有轨电车穿过两洞桥时，我有时能看到桥上跑过的火车。那时我不知道，两洞桥上的火车道，对我们这座城市乃至东北是多么重要。当年的这条“长大铁路”在穿过我们这座城市时，铁道东西两侧被分成了两个区域，铁道的西边叫铁西区。

1990年铁西北二路工业区的景象

现在，铁西北一路的重型文化广场上有一个“1905文化创意园”，它是铁西有名的网红打卡地。一些年轻人也许不知道“1905”这组数字是怎么来的，有什么寓意。

1905年，是沈阳工业的萌生之年。

日俄战争后，战败的沙俄将当时南满地区的各种权益转让给日本。为了有组织、有计划、有步骤地掠夺资源，日本于1906年11月成立了“南满洲铁道株式会社”（简称满铁）。“满铁”名义上经营铁路，实际上是为侵略东北服务的特务机关，拥有铁路附属地行政权、铁路沿线矿产开发权等。日本在该铁路西侧修建了用于检修火车机车的奉天机关库，这是铁西地区出现的第一家使用现代机器的工厂。

1908年，清政府修建了用于修理京奉铁路机车的皇姑屯检车段，它是铁西第一家官办的民族工业企业。

这期间，铁西民族工业也在艰难抗争中兴起，大东炼瓦场、冯庸大学校办工厂、祥记工厂等民族工业企业相继出现。到1931年

1918年5月建立的奉天窑业株式会社炼瓦烧工场（今云峰街南七马路一带）

九一八事变前，铁西地区建有29家日本工厂、10家民族工业企业，这些企业及中小型手工业作坊构建了铁西工业的基本雏形。

1932年，伪满奉天市政公署与关东军、满铁共同组织编制《奉天都邑计划》，将南满铁路以西地区规划为工业区。

1934年，《西工业区平面图》制成，将东起安福街（今兴工街东侧），西至嘉应街（今兴华北街），南起南五条通（今建设大路），北至北三路的区域划为工业区，以现在建设大路为界，南部为居住、商用、文化用地，北部为工业用地，并成立“奉天工业土地股份有限公司”，垄断经营铁西土地，按照“南宅北厂”与方格形道路网的规划模式进行建造。

1938年1月1日，伪满奉天市政公署正式实施《奉天市区条例》，奉天市设立11个区，铁西区第一次以区的名字出现，因其在铁路西部，故名铁西。

为达到长久侵占的目的，日本侵略者与伪满政府签订了《日本中小工业企业迁移满洲对策纲要》，允许日本企业向满洲迁移，在向铁西迁徙企业的同时，日本还向铁西大规模移民。

1937年以后，日本侵略者将东北改造为军用物资供给基地，开始重点发展生产军需的重工业企业。

日本战败投降后，苏军于1945年8月20日进驻沈阳，接管了铁西区的日资企业。苏军以收缴战利品为由，拆除了铁西企业的主要设备，并连同原材料及产品一起运走，致使多数企业完全瘫痪。在中国工业博物馆可以看到这样的记载，当时被苏军带走的设备及原材料占80%以上，铁西区工业遭到灭顶之灾。

满洲住友金属株式会社（今铁西重型文化广场所在地）设备被苏军拆运后的凄凉景象

苏军撤兵沈阳回国后，国民党政府接管铁西区，一些官员趁火打劫，大肆变卖苏军拆卸剩下的设备。国民党统治下的铁西，企业复工率极低，产品产量甚至不及1943年的20%。

1948年11月1日下午，东北野战军攻占铁西区，进而解放整个沈阳市。

新中国第一任沈阳市委书记、市长黄欧东在回忆中，对当时的沈阳这样描述："一座残破、贫困、饥荒的城市。"那时的铁西区，是战争遗留下的废墟。

如何去改造这座千疮百孔的城市，当时沈阳市委提出了"发展生产为压倒一切的中心任务"，随之发动工人掀起了大规模"护厂复工"和"献纳器材"的运动。"叫工厂冒起烟来"成为最激越的

1948年11月初，铁西的工厂已成为一片废墟

时代口号。作为沈阳的工业重地，铁西区许多工厂成立了工人纠察队，工人们夜以继日在厂区、车间巡逻，保护工厂的每一台机器、每一颗螺丝钉。一波“以厂为家”的热潮在复工后掀起。铁西区的工人们把铺盖卷搬到工厂，吃住都在工厂，不分白天黑夜“连轴转”。

沈阳解放后，铁西成了解放战争的物资供给基地，大量工业制造成品从车间直接调拨到关内和江南地区，承担起为前线“供氧输血”的任务，为加速全国解放提供了坚实的保障。

1949年10月31日，开国大典之后仅一个月，沈阳实验工厂（沈阳重型机器厂前身）就炼出了第一炉钢水。

1951年5月1日，由沈阳第一机床厂铸造的第一枚金属国徽，悬挂在北京天安门城楼上。

络绎不绝的工人开始涌向铁西，他们来自东北、山东、安徽、南方各地。

抗美援朝战争爆发后，铁西区作为后方基地，又加足马力满足前方志愿军军需，国家需要什么，铁西区就生产什么。

沈阳重型机器厂仅用19天就完成了10万把军镐的制造任务。铁西的沈阳桥梁厂、拖拉机厂、鼓风机厂、饼干厂、东北制药厂等大小

1951年，沈阳橡胶三厂工人为抗美援朝前线生产飞机轮胎

工厂，夜以继日为前线部队生产并提供了炮鞍、飞机副油箱、炮车、军镐、炒米机、军用饼干和大批药品，有力地支持了中国人民志愿军。一大批青年工人踊跃报名参加志愿军，奔赴抗美援朝前线。

1952年7月24日　东北机械二厂（沈阳重型机器厂前身）生产出中国第一台水轮大转子。

同年8月21日，东北机械一厂更名为沈阳第一机床厂，成为中国生产普通车床的骨干企业。1953年5月该厂被列为国家“一五”期间156项重点建设项目之一，投资6113万元，成为全国第一座现代化工作母机制造厂。

经过三年多的恢复建设，铁西区奠定了工业发展基础。1953年至1957年，国家开始实施“第一个五年计划”，中国工业化从此开始建立起来，形成了以沈阳为中心的东北工业体系，铁西区更是被称作中国制造之都，拥有30多万产业工人大军，工厂一家挨着一家。

1956年4月30日至5月10日，中共中央国务院在北京召开全国先进生产者代表大会，有4703人被授予“全国先进生产者”称号，其中铁西区就有46人被授予该称号。

“一五”和“二五”期间，国家把铁西区列为重点改造工业区，并将六分之一的财力倾注于铁西。那个年代，铁西区到处是脚手架，宛如一个沸腾的大工地。

职工技术协作运动发起人：沈阳气体压缩机厂吴家柱、沈阳拖拉机制造厂林海丰、沈阳高压开关厂吴大有、沈阳铸造厂王凤恩，在一起交流开展技术协作活动的经验

那时，铁西集中建设了大量工人住宅，这些建筑都是“三层起脊闷顶式”住宅，呈街坊围合结构，中间是绿地和公共活动空间，建有商店、粮站、幼儿园、邮局等齐全的配套设施。当年能入住这样的房子是一种身份的象征。工厂对甘于奉献的工人们给予丰厚的福利待遇，许多企业投资创办医院、学校等以满足职工的基本生活需求，建造文化宫、俱乐部、图书馆等以丰富职工的文化生活。

到新中国成立10周年时，铁西逐步形成了以装备制造业为基础的工业门类较齐全、大中型企业较集中、配套能力较强、产业基础强大的新中国工业基地。

与大工业同期成长起来的是铁西区产业工人群体，工人们以厂为家，自豪感十足，经常开展劳动竞赛活动，形成了独特的“劳模文化”，涌现出大批劳动模范和先进工作者。

劳动模范以感人的业绩诠释着时代精神，为共和国创造了宝贵的精神财富，这种伟大的“劳模精神”，鼓舞了几代人。

三年自然灾害时期，铁西产业工人发起了技术协作、“蚂蚁啃骨头”等一系列技术革新运动，极大地推动了国家工业化进程，涌现出大量的先进典型。

在完善自身建设的发展进程中，铁西人以无私奉献的精神，主动承担起国内援建的重任。从1950年部分工厂北迁，到六七十年代开发内地、支援“三线”，铁西向全国各地援建的足迹遍布29个省（市）和自治区的121个市县。经过铁西的援建，很多企业已发展成为涉及国家安全与国民经济命脉的大型骨干企业，部分已跻身国际一流行列，为新中国形成独立的现代工业体系做出了历史性贡献。

改革开放以后，国家的发展方向从计划经济调整为市场经济，铁西区受到了新经济模式的严重冲击。在这样的背景下，铁西人以探路者的姿态走在时代潮头，在企业厂长负责制、租赁经营、资产经营承包、破产倒闭和股份制改造方面，先行先试、大胆探索，为后续改革积累经验、寻找道路。

20世纪80年代前后，由于长期受计划经济的约束，进入90年代市场竞争日益加剧，铁西区面临着前所未有的发展压力。冗员、债务和企业办社会成为压在企业头上的“三座大山”，使铁西逐步陷入举步维艰的境地，开始步入低谷。

1995年，铁西区停产和半停产企业增加到三分之一，30多万产业工人中有13万人下岗。曾经辉煌的铁西区工人村，一时间变成了“休假”职工的“工人度假村”，从此，揭开一段最不愿被铁西人提起的历史岁月。

铁西产业大军的兢兢业业，完成的是新中国成立后国家工业的原始积累，到最后下岗并轨的时候，被以每年300—550元不等的价格一次性买断工龄。当时我25年的工龄，最后竟以5800元与企业交割。

短短十年，铁西区由昔日的喧哗坠入一片苍凉，高大的厂房及它们巨大的阴影，笼罩在这块曾经沸腾的热土之上。

在工人下岗失业的大潮中，人们一时失去支柱、失去依托，生活不再以工厂为中心，而是出现了现实的挪移，这迅速改变了绝大多数人物的命运，有的人开始下海。当年，我就是一个无奈下海的弄潮者。

2002年6月18日，沈阳市委、市政府审时度势，做出历史性的决策：铁西区与沈阳经济技术开发区合署办公，组成铁西新区，并赋予规划审批、土地出让、配套费收缴等市级管理权限。从此，拉开了铁西改革改造攻坚的序幕。

经过近十年的改革攻坚，铁西基本完成了老工业基地调整改造任务，开启了具有划时代意义的“东搬西建”改造战略，一场在中国工业史上罕见的壮举拉开了帷幕。

数百家企业从老城区搬迁至开发区，对置换出的土地进行商业开发，优化营商环境、引入外部资本，借助土地财政和级差地租解决了职工安置、新厂重建和设备购置等问题的资金，从而推动了产业和企业转型。

在东搬西建过程中，共搬迁企业近300家，腾迁土地10.45平方公里，筹措改革成本228亿元，盘活存量500亿元，61户国有企业完成重组改制。在开发区，建设具有国际竞争力的世界级装备制造业基地，先进装备制造业聚集区面积发展到52平方公里，装备制造业规模以上企业有726家，基础产业集群企业数达500户，45家世界500强企业入区发展，这种主导企业的高聚集度，基础业的高集群度，在国内外尚属开先河。铁西人再次挺起了沈阳工业的脊梁。

2004年3月23日清晨，“轰轰轰”三声闷响，沈阳冶炼厂的3根百米高的大烟囱在爆破声中轰然倒地。作为铁西地标性建筑，这3根烟囱见证了铁西从兴起到衰落再到转型的变迁，是铁西经济史和文化史的缩影。

在此之前，铁西区到处是废弃的破旧厂房和成片低矮破旧的棚户区，天空灰蒙蒙的，空气中充斥着刺鼻的工业废气。“东搬西建”之后的铁西区，高楼鳞次栉比，交通快捷通畅，公园郁郁葱葱，一个环境优美、整洁有序的新铁西彰显出新的生机和无穷魅力。

2008年12月7日，在沈阳工人会堂，铁西区被联合国人居署授予“二〇〇八年联合国全球宜居城区示范奖”，成为我国首个获此殊荣的城区。

铁西区获得“二〇〇八年联合国全球宜居城区示范奖”后，嗅觉敏锐的房地产商和商户迅速开赴进驻北二路和附近的几条街区，成为当时推动铁西经济发展的重要力量之一。建设大军在沈辽路上

坐落在铁西区建设大路边上的“二〇〇八年联合国全球宜居城区示范奖”地标

的金牛拖拉机厂厂址上建起了家乐福、万达广场；北二路上建起了红星美凯龙、宜家家居、星摩尔广场，以及汽车4S店集群；兴工街、云峰街、建设大路等距离市区较近的区域则被万科、金地等知名地产商开发为高档住宅区。老铁西彻底实现了从重工业区向中高端商用住宅区的蜕变。

2009年，铁西区入选“新中国六十大地标”，成为“国家可持续发展实验区”“国家新型工业化产业示范基地”“中国最具海外影响力城区”。这一块块金字招牌就是铁西改造之路的缩影，凝聚了铁西人的辛勤汗水和勇气智慧。

“东搬西建”不仅保住了铁西的工业种子，壮大了产业配套能力，而且吸引了宝马、米其林、普利司通等众多优质外资企业入驻。中德高端装备制造产业园和中法生态城的相继成立，使铁西制造上了一个新的台阶，全区人口、GDP、工业总产值、固定资产投资、外商直接投资总量保持了较快的增长。至此，始建于1905年的老铁西工业区彻底成为历史。

一些未被拆除的工业遗迹被作为工业遗产加以保护和改造利用，

我在这里向你讲述铁西那些路的故事

如：以沈阳铸造厂车间为基础改造的中国工业博物馆；以沈阳重型机器厂二金工车间为基础改造的“1905文化创意园”；以红梅味精老厂区为基础改造的红梅文创园；在东北窑业总厂原址上改建的奉天工场；以沈阳飞轮厂老厂区为基础改造的奉天记忆文化创意产业园，深深表达了对当年工业文化的怀念和追忆。

回首铁西工业百年历史，若把它那前前后后的故事铺陈其中，便自成一道风景。

我深深地感到，任何文字的修饰和情感的宣泄，都无法与铁西真实的历史相比拟，都显得苍白无力。

在时光中起落，在奋进中沉浮，在痛苦中抉择，在守望中担当。铁西，一个坚毅的名字，一个时代的区域，已铸成一种力量。

工业是铁西的魂，工业是铁西的根。回首百年，浸润着浓浓工业血脉的铁西由沉重变为厚重，从辉煌走向新的辉煌，中国工业的脉搏在这里跳动，中国工业的纪录在这里创造。

回应时代的召唤，站在新时代的前沿，百炼成钢的铁西区正在不断呈现出夺目的光彩，朝着第二个百年目标，去奋斗、去创造新的辉煌。

工业重镇的清明上河图

人是有地域感的，对我而言，这种地域感仿佛是与生俱来的。少年时，我乘坐有轨电车从中街或者太原街回铁西，一过南两洞桥，进入铁西建设大路，就觉得是回到了我的领地。

其实，两洞桥西的建设大路与两洞桥东的南五马路是一条路，只是被铁路这么一隔，路名发生了变化，仿佛变成了两条路。然而，建设大路让我有了一种归属感。很多次我骑车穿过南两洞桥时，便下来推着自行车，开始安然自得地西行漫步，嗅着建设大路上我所熟悉的味道。

如今建设大路车水马龙，高楼鳞次栉比，生机盎然，尽显大都市的繁华。沿途经过的人很难想象当年建设大路的景象，即使老铁西人，可能也会对逝去的景象记忆模糊。

过了南两洞桥，在道路两侧可以看到两组雕塑，展现的是当年工人骑着自行车上下班的生动画面。这两组题为《晨曲暮歌》的雕塑，再现了昔日铁西区工人上下班时的壮观风景。看到这两组雕塑时，我感到特别亲切，总觉得骑在前面的那个人就是当年争强好胜的我。

顺路西下，会看到建设大路上有很多雕塑，透过这些雕塑，可以感受到这条路的时代变化，也唤醒了我那段难忘的铁西工业记忆。

建设大路，东起南两洞桥，西至沈山铁路西线，是铁西老城区的中轴线，也是当年老铁西工业区和住宅区的分界线。我曾这样写道："建设大路如铁西的一根扁担，一头挑着钢铁的交响，一头挑着万家烟火。"

建设大路始建于1927年，在日伪时期它的东段名为"高千穗

现今铁西区建设大路上的《晨曲暮歌》雕塑

通”，中、西段名为“南五条通”。日本投降后，以工业区建设之意改名为“建设大路”。

当年在建设大路两侧，有许多老房子，这些老房子大部分是20世纪70年代末建起来的，是为方便在铁西上班的工人而建的，其中也夹杂了一些新中国成立初期兴建的老房子。20世纪80年代初的一天，我到建设大路保工街去看望我师傅，他住在一大片棚户区里。当我钻进狭窄泥泞的胡同后，看到的是一户户低矮破烂的小平房，房顶上铺着破砖烂瓦压着的油毡纸。走进屋，是下陷的地面，头几乎能碰到屋顶，压抑得让人喘不过气来。如今，这里早已经被一个高档小区所取代，让人难以想象出当年破烂不堪的景象。

沈阳公交历史已有一百多年。1908年开始有马拉铁道车运行。1925年，开始有了有轨电车，那时只是在西塔至大西门路段运行。1943年，南五条通延长线（今建设大路）开通有轨电车，也就是人们所说的“摩电车”。

1974年我读初中二年级，学校组织师生参加社会劳动，拆除工人

20世纪70年代，在建设大路上通行的有轨电车

村这一路段的有轨电车钢轨。此后，伴随着我童年的那哐当作响的摩电车便永远消失了，取而代之的是长着“大辫子”的无轨电车。

我初中毕业于1977年，在建设大路与兴工街交叉的十字路口，一座很高的楼拔地而起，这是我第一次见到如此高的楼，那是当时沈阳最高的建筑，有19层。有人告诉我，这座高楼是由沈阳重型机器厂盖的。我想，重型机器厂不愧是大工厂，能盖出这么高的楼真是了不起，在这个工厂上班的人一定很牛。后来，我竟然成了重型机器厂的一名职工。在沈阳重型机器厂工作的近二十年

20世纪70年代末，这座矗立在建设大路边上的高楼亦称铁西高楼、高楼饭店，被认为是沈阳最高的建筑

建设大路上，沈阳啤酒厂旧址前的雕塑

中，我记不清有多少次在这座高楼里参加工厂的活动，与同事们欢聚。

四十多年过去了，当年这座沈阳最高的建筑却矮了许多，被掩隐在众多的高楼大厦之中。

徜徉在建设大路兴工街路段，会看到一座啤酒瓶形状的镂空雕塑，这座雕塑所在的位置是当年沈阳啤酒厂原址。看到这座雕塑，会让人想起当年的沈阳啤酒厂。

沈阳啤酒厂建于1933年，前身是满洲麦酒株式会社。沈阳解放后，啤酒厂改名为“沈阳解放啤酒厂”，1949年改称“沈阳啤酒厂”。

好啤酒，不仅具有好品质，还会有一段令人称道的历史。20世纪60年代初，沈阳啤酒厂生产一种泡沫丰富洁白如雪、口味持久溢香似花的啤酒，取名为“雪花啤酒”。在1964年的中国啤酒产品评比会上，雪花啤酒一举夺冠。此后，雪花啤酒每次参加国家评比都名列前茅。在很长一段时间里，雪花啤酒主要供应出口，直到20世纪80年代后期才开始在社会上凭票限量供应。

1982年我结婚时，准备以雪花啤酒招待亲朋好友，而雪花啤酒在市场上根本买不到，只好托人买了两桶25公斤装的散装雪花啤酒招待来宾。

2007年，“雪花”商标被评为中国驰名商标；2008年，成为全球销量第一的啤酒品牌。此后，沈阳啤酒厂从铁西迁往苏家屯区。

虽然沈阳啤酒厂搬离了铁西，但它已深深留在铁西人的记忆里。

20世纪末，坐落在建设大路上的沈阳啤酒厂

如今，在餐馆里一提起老雪、鲜啤、黄牌、淡爽、干啤、金纯、金麦、炫彩、勇闯天涯等耳熟能详的沈阳雪花啤酒，仍能激起铁西人乃至沈阳人的亢奋豪情。

就在沈阳啤酒厂旧址附近，有一家老铁西人甚至是老沈阳人都知道的饺子馆，很多人已经猜到了，是甘露饺子馆。

甘露饺子馆建于1934年，至今已有90年历史。据说，民国初年，一个山东老汉挑着一根扁担长途跋涉来到当时的奉天城，开了一家简陋的饺子铺。这家饺子铺所在的街路叫“甘露街”，甘露饺子馆因此得名。

1956年，甘露饺子馆隶属铁西区餐饮企业，20世纪90年代转制为私营企业。当年甘露饺子馆店面很小，只能摆下五六张桌子，但慕名而来的食客却络绎不绝。如果谁能在甘露饺子馆请客，那属于最高规格的接待礼仪。两年前春节期间，我同两个相处了三十多年的好友，特意来到甘露饺子馆相聚，一起寻找那留在舌尖上的记忆。

经历了近90年的风风雨雨，被认定为国家首批中华老字号的甘露饺子，已经深深地植入了沈城百姓心中。

距甘露饺子馆西边不远，就是铁西广场。

随着铁西老工厂东搬西建的完成，为彰显铁西特有的工业文化特质，提升城市品位，铁西区借助工业元素和旧机器设备，在建设大路

铁西工业文化走廊上的老工厂厂名展示牌

沿线打造了工业文化走廊。

铁西工业文化走廊竖立着《晨曲暮歌》《铿锵名录》《机床1972》《孵化》《印刷乐章》《工业魔方》《力量》《速度》和《熔铸》等多座工业雕塑。

说到《印刷乐章》雕塑，它的设计原型是一台大型印刷机，印刷机上印着卷曲的报纸，报纸上印刷的内容是铁西区摘取联合国“人居奖”的消息。这座雕塑所在的位置是沈阳新华印刷厂旧址。

有着红色基因的沈阳新华印刷厂，始建于1945年，是由《晋察冀日报》报社副总编辑李荒，以及王大任等老一辈编辑为办《东北日报》而筹建的印刷厂。当年人们看到的《辽宁画报》等一些报刊，都是新华印刷厂印制的。

沿着建设大路西行，经过保工街，在现在的宏伟名都小区附近，当年有一家非常有名的工厂——沈阳拖拉机制造厂。当年人们习惯叫它“大拖”。大拖有一个俱乐部，位置就在建设大路的边上，小时候我经常去那里看电影。

沈阳新华印刷厂旧址和《印刷乐章》雕塑

大拖建于沈阳解放前。1948年11月沈阳解放后，大拖马上投入维修军用汽车的任务当中，支援解放军南下解放全中国。抗美援朝战争打响后，大拖在陈旧老化设备的基础上，边修复边生产，担负起为志愿军制造飞机副油箱的任务，有力地支援了抗美援朝战争。

1958年4月，大拖成功试制出我国第一台18马力蒸汽拖拉机，开始了我国自主生产拖拉机的历史，载入铁西区辉煌的史册。

大拖有一位著名的劳动模范，他就是职工技协发起人之一林海丰。1961年，他与全国劳动模范、沈阳气体压缩机厂工人工程师吴家柱，沈阳市先进工作者、沈阳高压开关厂技术员吴大有，自发组织起来，帮助企业解决技术难题，并吸引更多的劳动模范加入进来。他们到企业帮助解决技术难题时，从来都是自己带饭盒。他们吃在一起，睡在一起，迎着困难前进，从而孕育出了"不计报酬、不计名利、艰苦奋斗、甘于奉献、为国分忧"的"技协精神"。

1996年11月，大拖俱乐部上演了最后一幕。不堪亏损重负的大拖，在给每个到会的职工发了一根香肠后，宣布破产。这个生产出中国第一台18马力蒸汽拖拉机的工厂，带着曾经有过的辉煌退出了历史舞台。

当年，在建设大路两边有许多让我们这座城市引以为傲的企业，如沈阳标准件厂、沈阳锻压机床厂等。这些老工厂为新中国的建设书写下了灿烂的篇章。篇幅所限，我无法一一列举。然而有一家老工厂，有必要提一下，那就是沈阳桥梁厂。

20世纪80年代，我去武汉，火车驶过武汉长江大桥的瞬间，我被壮观的万里长江第一桥所震撼。当我知道这座大桥由沈阳桥梁厂参与建设时，不由得为家乡的先辈们感到骄傲。

沈阳桥梁厂是一家有着英雄业绩的企业。在1950年朝鲜战争爆发时，工厂的一支由260多人组成的钢梁抢修队开往前线，顶着美国飞机的狂轰滥炸抢修鸭绿江大桥，修复了朝鲜清川江大桥、大凌江大桥以及万城、定城、白马、伏城、清水等处的铁路桥梁，筑成“炸不断、打不垮”的钢铁运输线，为抗美援朝做出了贡献。在抗美援朝战争期间，沈阳桥梁厂共有13名烈士血洒朝鲜战场。此后，沈阳桥梁厂又参与了北京人民大会堂等重大建设工程。

建设大路上的工业雕塑，不仅展现了铁西区伟大的工业成就，也成为铁西区最亮丽的一道工业记忆风景线。

建设大路也曾上演过不堪回首的一幕。20世纪90年代末，随着铁西工厂下岗大潮的来袭，建设大路两侧成了喧嚣嘈杂的市场。有修车、掌鞋的，卖磁带、光碟的，卖打包衣服、旧工具的，卖烤鸡架、凉皮

1951年，沈阳桥梁厂钢梁抢修队在抢修鸭绿江大桥

的，崩爆米花、吹糖人儿的，卖蟑螂药、耗子药的，当然也少不了酗酒闹事偷钱包的，吆五喝六骂骂咧咧的，这里曾经污水四溢，垃圾遍地，乌烟瘴气，上演着市井百态。好在这些痛楚的伤口，已经被时代愈合，成为光阴的故事。

建设大路新貌

2006年，在被称为沈阳“西部金廊”的建设大路两侧，开始兴建起公寓、普通住宅和商业楼盘。

当走到建设大路西端重工地铁站旁时，我看到一座钢包浇注钢水造型的雕塑，我的脑海中顿时浮现出工人们炼出新中国第一炉钢水的画面。这座雕塑表现的或许就是当年的那个炼钢炉吧。

地铁站的开通带动了周边经济发展，肇工街的建设公园、启工街的龙之梦大都汇、保工街的香江家居、铁西广场的万象汇，一幢幢高大的写字楼气宇轩昂。建设大路正以蓬勃的生机和活力，演绎着新的传奇。

如果你想要了解铁西这一工业重镇的兴衰沉浮，那就到建设大路走一走看一看，在这幅6500多米的长卷中，你一定会从建设大路的百年历史烟尘中，感受到斗转星移的沧桑巨变。工业文化已然成为铁西独领风骚的名片，建设大路则是中国工业重镇的清明上河图。

大吊钩的昭示

人们在铁西广场，会看到这样一座雕塑，一个二十多米高的大吊钩巍然屹立，超然独处。人们通常看过的一些城市雕塑，表达的主题通常是那些在历史上对国家和民族具有卓越贡献和业绩的人物，或者是具有纪念意义的重大事件等。而铁西广场上竟立起这么一个庞然大物，有人感到不解——在如此繁华的城市中心，矗立起这样一个粗犷刚毅的家伙，看上去有些土，似乎有失风雅。

矗立在铁西广场上名为《力量》的雕塑

每当看到这座名为《力量》的雕塑，我总会对它凝神仰视一番，不禁想起那个火红的年代，令我热血沸腾，心潮澎湃，备受鼓舞，浑身充满了力量。

从地域上来讲，铁西广场并不是铁西区的地理中心，但对于老铁西人而言，这里可堪称是精神上的中心，也是我青春之梦开始的地方。

1978年底，我从农村回到城里，结束了我的知青生活，接母亲的班，成为沈阳市玻璃计器厂的一名学徒工，那年我19岁。

别看这个玻璃计器厂不大，只有五六百名职工，但它生产的体温计、注射器却与人们的生活息息相关。它位于铁西广场西北角，用现在的话讲，绝对是黄金地段。我每天迎着橘色的晨光来到这里，傍晚又沐浴着落日的余晖返回家中。我在这里进进出出共5年，对这里再熟悉不过了。

铁西广场位于铁西区建设大路和兴华街交汇处，是铁西区的重要交通枢纽。20世纪70年代，广场周围集中了铁西区委、区政府、公安分局等国家机关，以及各大银行等金融机构，毗邻铁西区传统的商业区兴华街。

铁西广场建于1935年，是当年南五条通延长线（今建设大路）和嘉应大街（今兴华街）交汇处，为环岛广场。

铁西广场建成后，当时成立的奉天工业土地股份有限公司在广场西南角建立了办公楼，这座大楼就是后来的铁西区政府。

1943年，有轨电车铺架了由奉天驿（今沈阳站）途经南两洞桥、南五条通至兴顺街的线路，铁西广场环岛被一分为二，有轨电车从广场中间穿过……

沈阳解放后，国家在铁西投资兴建了一批大型工业企业，奠定了铁西区“共和国装备部”的地位。

1973年，沈阳市淘汰了有轨电车，改为无轨电车，铁轨从广场环岛中间被拆除，广场形成了一个完整的街心花园。

1978年，广场进行整修，喷泉周围栽植花灌木、果树以及松柏。每当夜幕降临，在氤氲的光色下，广场上的喷泉变幻出迷人的色彩，吸引许多人在这里驻足流连。

1992年，为突出体现铁西工业区的特点，铁西区政府对铁西广场主体造型进行了重新设计和改造。在广场中央，矗立起一座由6个支柱托起的不锈钢材质的太阳、月亮光环造型的雕塑，6个支柱分别代

20世纪90年代铁西广场的景象

表铁西区的六大支柱产业。

2002年，为发挥铁西广场交通枢纽的作用，相关部门拆除了铁西广场的中心建筑，使它成为道路交通的一部分。同时被拆除的还有位于广场东南角的建筑物，腾出的空地建成了精品绿园，为铁西市民提供了优雅的绿化环境。

2011年，一个近万平方米的新铁西广场展现在人们面前，为市民提供了宽敞的活动区域。

随着城市的变迁，铁西广场周围的许多老建筑已经不存在了，但是它们给老铁西人留下的难忘记忆却难以忘怀。

铁西广场的东南角，也就是现在地铁一号线铁西广场站C出站口的位置，当年是比较有名的铁西广场饭店。从规模上看，这是一家不大不小的饭店，由于处在极佳的商圈地理位置，饭店门前车水马龙，出来进去的人络绎不绝。在那个物质条件匮乏的年代，这家饭店在铁西工人的心目中已经算得上是比较高档的饭店了。我

20世纪80年代铁西区政府办公楼

在玻璃计器厂上班的时候，如果不带饭盒的话，中午一定是要来这里，花6毛钱吃上两大碗面条的。

铁西广场的西南角，也就是现在国美商厦的位置，当年是铁西区委、区政府办公场所。这座有着六十多年历史的老建筑，一度是铁西区的政务中心。

铁西广场的东北角，也就是现在万象汇的位置，当年坐落着两个建筑物：一个是建于20世纪40年代的铁西旅社，它当时是铁西区最大的旅社；另一个建筑物是位于铁西旅社北侧的沈阳酿酒厂，老铁西人习惯称它为果酒厂。当年沈阳产的一些白葡萄酒、红葡萄酒和山楂酒都出自这里。我每天骑车上下班从这里经过，都会闻到那浓浓的酒香。

铁西广场的西北角，坐落着中国工商银行铁西分行营业部。这座建筑也是建于20世纪40年代，最早为日伪时期的兴业银行。如今这栋建筑仍在，还是中国工商银行的营业楼，只是外观改造装修后看不到从前的样子了。

从地铁一号线的站台走出来，一眼就能看到铁西广场商圈繁华的场面，车流穿梭如织，行人骆绎不绝，万象汇、国美等，硕大的电子广告牌上，播放着当季流行的奢侈品、电器的宣传海报。经过多年的演变，铁西广场已经成为交通发达、经济繁荣的商业街区。

今铁西广场

铁西广场是铁西历史的“见证人”，它见证了当年日本疯狂掠夺我国工业资源的罪行，见证了铁西工业区乃至沈阳成为“共和国工业长子”的光辉历程，见证了这里诞生了数百项“新中国第一”的辉煌，也见证了铁西工业区的第二次腾飞。

铁西广场的大吊钩雕塑，是铁西老一代产业工人的化身，是东北老工业基地的风采展现，它勾起的是酸甜苦辣的岁月，是钢与火的回忆，是几代产业工人的情与爱，更是对铁西人劳模精神最好的诠释。它是英雄的丰碑，彰显着铁西老工业基地蓬勃的力量，唤起人们对老铁西辉煌的记忆与感知。

沿着时光隧道回望那段历史，我感觉那巨大的吊钩像一个倒悬的问号，仿佛在昭示：在共和国成立之初，都是谁在擎着新中国的重工业千钧重任——有我铁西！

兴旺繁华的“十字金廊”

兴华街，是铁西区最著名最繁华的一条大街。

兴华街始建于1935年，那时称为嘉应街。1957年改称兴华大街，蕴含兴旺、繁华之意。

兴华街从北一路到建设大路段称兴华北街，从建设大路到沈辽路段称兴华南街。

当年，我骑车上班从十马路到兴华街时，总会闻到一丝药品的味

20世纪90年代的兴华街

道，那是从沈阳第一制药厂飘出来的。

沈阳第一制药厂是一个与共和国同龄的企业。在抗美援朝时期，沈阳第一制药厂的工人们以极大的爱国主义热情，夜以继日地促进生产，为前线提供了大量滴滴涕、杀虫剂、漂白粉等药品，在战场上有效地预防和治疗了疟疾、痢疾等传染病，在新中国的医药史上做出卓越的贡献。如今，沈阳第一制药厂并入东北制药集团股份有限公司，迁至沈阳经济技术开发区。

向北走不远，就是兴华公园。别看这个公园不大，历史却很长，几乎与兴华街同时期兴建。小时候，每逢一些盛大的庆祝活动，我便同小伙伴们从工人村来到这里，爬到树上，看不远处铁西体育场燃放的焰火。上班后，有时和恋人一起去对面的和平大戏院看电影，偶尔也会到这里坐一坐。兴华公园是一个适合谈情说爱的好地方，它见证了铁西老一辈人青年时期的美好爱情。

兴华公园斜对面，是铁西新玛特，这个位置曾经是享有盛名的和平大戏院，当年这是铁西最好的一家影剧院。2007年，这座承载着铁

20世纪50年代末的铁西百货商店

西几代人美好记忆的影剧院被新玛特购物中心所取代。

兴华街一直有着浓厚的商业氛围，铁西百货大楼更是久负盛名，铁西人都习惯称它为“铁百”，“铁百”是1952年在铁西区建的第一家大型商店。作为铁西最大的国有老字号商业企业，七十多年来，“铁百”以波澜壮阔的工业重镇为背景，为铁西乃至沈阳市的广大消费者提供了一个舒适的购物胜地。“铁百”不仅仅是一个商号，还是一部记录铁西发展变迁的“记事本”，见证了一代代人的成长。

比邻“铁百”的北侧，在现在滔博运动休闲广场的位置，是铁西文化馆和图书馆原址。这是1948年建的一座三层小楼，一楼是图书馆，二楼和三楼是文化馆。当年这里可堪称是铁西的文化中心，是无数人编织文学梦、艺术梦的地方，一大批辽沈作家、艺术家从这座小楼脱颖而出。20世纪80年代，我作为一个文学青年，在这里扬帆起航，有6年时间都在这个楼里参加文学创作活动。那真是一段让人难忘的激情岁月。

兴华街是铁西区“十字金廊”的一部分。从2005年开始，随着红星美凯龙、宜家家居等国际大品牌的入驻，家乐福、新玛特等大型商超的开业，这里形成了一个崭新的商业生态集群。它不仅为铁西开辟了一片全新的消费天地，更为沈阳这座城市带来了商业格调的全面提升。

2010年4月，“十字金廊”建设正式启动。从铁西广场开始，沿兴华街南北伸展，沿建设大路东西延续，铁西“十字金廊”好似一个巨大的舞台，引来了一个个重磅商业项目的华彩登场，延展着铁西不断超越的新繁华。在这里，你能看到现代消费的快节奏，感受到明快的现代感，在众多林立的商业楼宇的衬托下，现代都市的疏朗与大气一览无余。

“十字金廊”，构建着沈阳这个现代都市商业生态的新范本，为新铁西的发展提供着连绵不绝的动力。透过“十字金廊”，我们会清晰地感受到，铁西从一个老工业区向立体产业体系区域的进化与成功转型，标志着铁西区由老工业基地迈向现代商贸城区的重要一步，成为东北老工业基地振兴中最具典范意义的区域。

在兴华街北四路，一批现代化的高档社区拔地而起，这里曾是兴

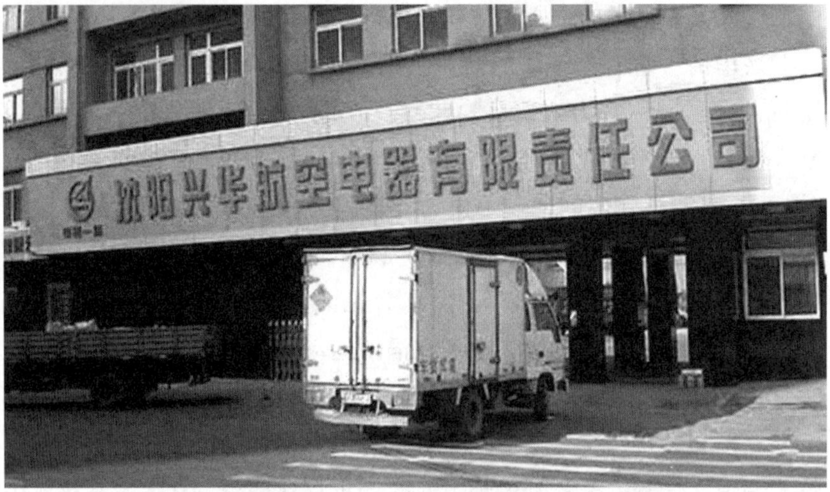

20世纪90年代的沈阳兴华电器厂

华电器厂的旧址。

当年，我上下班都从这个工厂门前经过，看着它低调简朴的工厂大门，不知道这个厂是生产什么的。我写这篇文字查阅资料时，才知道原来这家工厂专门生产航空插座、航空微型电机、自动保护开关，不仅为各种型号的飞机、导弹、舰船和地面设备提供配套零件设施，七十多年来，该厂还为各种新型军用飞机、民用飞机、新型导弹等研制生产配套产品，同时也为“两弹一星”、神舟系列载人飞船等研制配套产品，在国防工业的史册上，力鼎千钧，创下了非凡之举。如今，这家全称为“中航工业沈阳兴华航空电器有限责任公司”的现代化工厂，坐落在铁西经济开发区开发大路上。

在兴华电器厂旧址的北侧，矗立着新财富大厦和沈阳工人会堂，这里曾是原沈阳电缆厂的厂址，是20世纪全国最大的电线电缆制造基地。现在的沈阳工人会堂，熟知它的人都知道，它是原来沈阳电缆厂的工人俱乐部。在一座座流光溢彩的商厦的衬托下，沈阳工人会堂像一位老者蜷缩在那里，落寞地注视着来往的车辆和行人。逝去的岁月里，我不知在这里看过多少次电影，几十年过去了，兴华街上的老工厂已荡然无存，沈阳电缆厂早已不复存在，只有当年的电缆厂俱乐部还在以这种姿态在这里守望着。

20世纪末的沈阳电缆厂厂区

全国劳动模范、企业家，原沈阳电缆厂厂长徐有泮

1988年，我在《中国实业与中国文化报》当编辑时，在头版开设了一个叫《当代人物剪影》的栏目。为了采访时任电缆厂厂长的徐有泮，我曾先后6次来到电缆厂，对鼎盛时期的电缆厂做了一个深度的了解。

徐有泮出任厂长时是1984年，可谓是受命于危难。那时，沈阳电缆厂有职工15000人，固定资产原值1.4亿元，但净值只有4700万元，设备老化严重，效益低下。

徐有泮上任后，大刀阔斧地实行企业改革，不断完善企业内部机制。他摒弃了原来生产车间的旧体制，把划小核算单位作为增强企业活力的突破口，将原来的8个生产车间划分为16个，实行分级分权管理，做到权力层层有，责任层层负，利害层层担，人人有指标，个个有压力，一下子把吃了三十多年的“大锅饭”砸碎了。

改革给工厂带来了前所未有的生机和活力。1985年至1987年的3年中，沈阳电缆厂总产值平均每年以27.9%的速度递增，实现利税平均每年递增46%，相当于3年赚回3个电缆厂。

徐有泮担任厂长的这6年，有5年实现利润名列沈阳市工交企业第一位。他所倡导的划小核算单位、目标责任制等经验被推广到全国。1989年，他被提拔为沈阳市机械局局长、党委书记。

集能力与魄力于一身，汇才德与胸襟于一体，挺立在改革潮头的徐有泮是一位成功的改革者，自1985年起，他先后两次被评为沈阳市特等劳动模范、辽宁省劳动模范，1989年荣获全国劳动模范称号。

兴华北街8号，是兴华街上一个极具标志性的地理位置，它不仅是兴华街与北一路交汇的地点，也是铁西百年工业的开端。七十多年前，即1949年10月31日，在这里，新中国的第一炉钢水，如同朝阳，在工人们的欢呼声中喷薄而出。

铁西区“十字金廊”新景

如今，展示着老一代炼钢工人威武形象的重型文化广场已成为沈阳这座老工业城市的新地标。

毋庸置疑，

雄踞兴华这条百年大街桥头堡的沈阳重型机器厂以高昂龙首之势，以大气磅礴之豪情，呈现出绚丽多彩的光环。

在我上班的二十多年里，日复一日，我在兴华街上从青年步入中年。我饱览兴华街的云蒸霞蔚，领略兴华街的繁星璀璨，感受到了兴华街的和煦春风、潇潇秋雨，更见证了兴华街的飞雪漫天。

随着铁西区“十字金廊”建设的推进，铁西百货、大商新玛特、万象汇、万达广场、国美电器、苏宁电器、茂业百货、红星美凯龙、宜家家居等新老店铺纷纷在兴华街大放异彩，兴华街已经成为铁西区最繁华的、极具影响力的商业大街，是沈阳铁西商圈的重要组成部分。兴华街见证了铁西区从老工业基地到现代化商贸宜居城区的变迁。

历史是一条长河，时间是涌动的波涛。兴华大街，不仅是一条兴旺繁华的街，更是一条汇聚传奇的河。

铁西那些路

我用大半生的时光，走遍了铁西的大街小巷。岁月的尘埃在掩埋我的足迹的同时，也积淀了我厚重的情怀。

与其他区的路比较，铁西的街路有一个明显的特点，它就像老一辈工人的性格一样直来直去，一眼就能望到头。

要厘清铁西究竟有多少条路、多少条街道，以及这些街路的由来与变迁，的确不是一件容易的事，仅仅靠查阅枯燥的档案和资料是不够的。

在前面《寻迹铁西》这篇文章中我曾讲过，小时候我很好奇，为什么铁西的这些街名都带有一个“工”字，长大了我才知道这些带“工”字街名的由来。

地名往往能反映一个地区的文化传承。铁西区有大小街路300多条，对于这些街路，熟悉铁西的人都知道，老铁西街路的许多名称都有一个鲜明的特征，那就是大多数街路都突出了“工”字和“业”字，如兴工街、保工街、卫工街、启工街、肇工街、重工街，建业路、立业路、功业路、勋业路等。还有，铁西部分路的名字在“路”字的前面加有方位词和序数词，如北一路、北二路、北四中路、南七东路、南十中路等。

从有关铁西区地名的资料中可以看到，铁西带“工”字的街名多达68个，带“业”字的路名有20个。

考量这些带“工”字的街名你会发现，它们与相邻街的街名能够组词。

有些人认为，铁西区紧靠和平区的第一条街是兴工街。其实，在兴工街的东边，还有一条相对较窄的街，叫振工街，这条街才是铁西区东面的第一条街。接下来才是兴工街、铁工街、西工街。这几条街街名的首字连起来为“振兴铁西”。

铁西的路牌

再往西，与之平行的第一条街为热工街，紧邻热工街的是爱工街，然后是祖工街、国工一街、国工二街、国工三街，这几条街道的街名首字组合在一起为“热爱祖国”。

到了铁西中部，有几条大街分别被命名为保工街、卫工街，从字面上就很容易理解，其寓意为保护工业，确保工业快速发展。

在铁西西部，还有几条主要大街被命名为启工街、重工街、肇工街，寓意铁西是工业起始的地方，重视铁西工业。

铁西街名中带有“工”字的街路还有锦工街、绣工街、前工街、程工街，组合在一起为“锦绣前程”；安工街、乐工街，组成“安乐”；吉工街、利工街，组成“吉利”；繁工街、荣工街，组成“繁荣”；德工街、育工街组成“德育”；富工街、强工街，组成“富强”。这些词语既表达了铁西人对美好生活的祈盼，也表达了对铁西工业未来发展的美好祝愿。

铁西的路，从北到南分别命名为广业路、阔业路、伟业路、大业路、功业路、勋业路等，组成了“广阔”“伟大”“功勋”等词组，寓意铁西工业的伟大创举和卓越功勋。把建业路、立业路、功业路、勋业路首字连起来，一眼就能看出是“建立功勋”之意。嘉业路、创业路、立业路等，寓意铁西工业在广阔的发展空间里，创造新的更大的功绩。

“工”字街与“业”字路的融合交汇，记载的是铁西工业从起步到创造辉煌的发展历史，镌刻的是“共和国工业长子”对共和国工业发展所做出的巨大贡献。

走到铁西东南部滑翔地区时，会看到这里街路的命名既保留了昔日大企业的印记，又赋予了新的内涵。滑翔地区是原沈阳滑翔机制造厂的飞机试验跑道，20世纪80年代末住宅区在此建成后，街路的命名采用与航飞有关的名称，如飞翔路、腾飞一街、腾飞二街、凌空一街、凌空二街、滑翔路等，抒发着铁西工业再次腾飞的理想。

可见，铁西区地名办的先辈们，当年在为铁西的街路命名时，颇费了一番心思。这些独具匠心的街名，不仅蕴含了丰富的文化内涵，承载了几代人的祝福和期许，同时也是对铁西工业属性和文化记忆的直观反映。

铁西的街路名字，记载着铁西工业从起步开端到火红年代、从蹉跎岁月到改革探索，再到再创辉煌的各个时期的历史，传承着铁西大工业时代无私奉献、创造第一的精神，体现着具有铁西特色的深深的工业情结。

铁西区街路名字以其独特的鲜明特色，铭刻着铁西工业的历史印记，诉说着铁西工业的沧桑巨变，弥漫着浓郁的工业情结，体现着醇厚的工业底蕴。

还记得你家的老房子在哪吗？还记得你的学校在哪条街巷吗？当年你上班走的是哪条路？谁与你牵手同行？你曾和谁在哪个路口偶遇相拥？

今北二东路兴工北街路牌

重新踏上这片热土吧！在熟悉而又陌生的街道上走一走，回忆那些历历在目的往事。那些曾经的足迹和故人，都将成为我回望的驿站。

今建设大路爱工北街路牌

鲁迅曾说：“地上本没有路，走的人多了，也便成了路。”正是先辈们以开拓进取的献身精神，为我们铺平了一条条宽广的大道。然而步入当今社会，在新时代高速发展的快节奏生活中，阡陌纵横，在这全新而又陌生的空间里，人们面临着多重选择，甚至不知道该走哪条路。但愿人们在这个纷繁复杂的世界里，能够探索并确定新的目标，不因眼花缭乱而迷失，找到一条属于自己的路。

炽烈情怀铸国徽

在新中国波澜壮阔的历史画卷中，沈阳工人创造出无数个第一，若要说哪个“第一”最耀眼，还得数天安门城楼上的那枚国徽。

新中国成立前夕，选定国徽的工作就被纳入了筹备开国大典的重要议程，截至1949年8月20日，共收到应征国徽图案稿件112件，各种图案900幅。

经过反复讨论，大家对国徽应征图稿仍不满意。毛主席也认为这件事不能急，他说：国旗已经决定了，国徽是否可以慢一点决定。原小组仍继续设计，等将来交给中央人民政府去决定。

于是，在10月1日开国大典时，天安门城楼上没有出现国徽。

1950年6月23日，中国人民政治协商会议第一届全国委员会第二次会议通过了中华人民共和国国徽图案及对图案的说明。毛主席手持国徽图案，露出满意的笑容。9月20日，毛泽东主席签署命令，向全世界宣布了中华人民共和国国徽。

1950年国庆节前夕，虽然国徽主体石膏模型已制作成功并获批准，但受当时技术条件限制，制作一枚金属国徽并非易事，因此当时天安门城楼上只好悬挂了一枚木质国徽。

就在这时，沈阳第一机器制造厂（沈阳第一机床厂前身）接到了一项重大的生产任务——制作新中国第一批金属国徽。面对这项光荣而艰巨的任务，工厂立即成立了由十几个技术骨干组成的专项任务小组。

这天，19号铸造车间的铸造班长焦百顺接到通知来到厂党委办公室。

厂党委书记说："现在有一项重要任务需要你们去完成，而且只准做好不许做坏。"

"什么任务？"时年36岁的焦百顺由于连续几天为创高产没有休息，显得有些疲惫。

"铸造国徽！"厂党委书记郑重地把一尊带有五颗星、天安门城楼、麦稻穗和齿轮的圆形石膏浮雕立体模型轻轻地放在了桌子上，向他交代了任务。

"好，保证完成任务！"有着一手过硬铸造技术的焦百顺一听这项重大任务，立刻兴奋起来。

厂党委书记说："我们必须保证在明年'五一'国际劳动节前制造出质量最好的金属国徽。还有半年时间，要铸造出几种型号的国徽，从做模型到反复配料，再到浇铸、修整，任务还是非常艰巨的。"

焦百顺端详着国徽石膏模型，既激动又感到肩上的压力沉重。为了保证按时完成这项严肃而艰巨的政治任务，焦百顺带领陈喜芝、曹富、陈国俊、朱凤仪等工友在党旗下宣誓，绝不辜负党和人民的期望。

当时，沈阳的所有工厂还都处于恢复生产阶段，铸造车间仅能用勺炉生产一些简单的零配件，要完成制造国徽这一神圣的任务，无疑是一项巨大的挑战。

铸造国徽的首道工序是做模型，这直接关系到铸件的质量。焦百顺亲自翻砂做模型，力求使铸件平整光滑、纹理清晰、凹凸有序。刚开始时，做出的模型图案模糊，麦稻穗的粒不鼓、芒不显。由焦百顺、裴庆江、朱凤仪等组成的国徽铸造小组，经过多次实践和摸索，终于做出了合格的模型。

第二道工序是向模型里浇铸由8%的铜和92%的铝熔化在一起的铜铝合金金属液。没有炉子，工人们砌了个砖炉；没有化铝罐，以自制的铁罐代替；没有脱氧剂，就人工用木棒搅拌脱氧；没有测试铝水温度的仪器，就在炉前肉眼观察铝水颜色的变化。国徽的质地为铜铝合金，两种金属熔点相差大，容易出现局部缩型，铸造团队只能一次又一次地试验，直至总结出局部浇水加速铸件冷却的方法，才解决了

1951年4月初，沈阳第一机床厂制造的第一枚金属国徽

这一难题。

焦百顺和工友们克服了技术上的一道道难关，终于提前二十多天，按要求分别铸造出3种规格的67枚国徽。

1951年，在天安门广场上隆重举行的“五一”国际劳动节盛大庆典上，由沈阳第一机床厂铸造的第一枚直径2米宽、竖直径2.4米高的铜铝合金国徽庄严地悬挂在天安门城楼上，耀眼的中华人民共和国国徽绽放着瑰丽的光芒。

铸造第一批金属国徽的参与者之一，当年29岁的吴嘉祐，是工厂25号车间钳工组组长，负责国徽制作的第二道工序，在铝合金毛坯上做精加工，其中包括清洗、修补、精雕细琢、刮平、抛光。这些工序检验合格后才能转入下一道工序，进行镀金烤漆。

2012年，作为参与国徽制作第二道工序的唯一健在者，时年91岁的吴嘉祐老人，在家人的陪同下，来到天安门广场。当他远远地看到天安门城楼上的国徽时，激动得不由自主地离开了轮椅，拄着拐杖走到天安门城楼下，久久凝视着城楼上的那枚国徽。回忆起当年铸造国徽的场景，吴嘉祐心潮澎湃，参加国徽铸造任务是他一生中最大的荣耀。他不断催促儿女为他拍照留念，儿女担心老人长久站立太疲劳，要他坐回轮椅上，但老人一再说不累，执意站着多看看国徽。

当年刚满18岁的铸工朱凤仪在回忆这段历史时说，一天，师傅裴庆江突然把他叫到了身旁，对他神秘地说：“有个重要的任务跟你说一下，你一定要保密，不能跟外人说。我们要制作新中国第一批金属国徽！”听完师傅的话，年轻的朱凤仪非常高兴。那一晚，朱凤仪心里无比激动，非常想与其他人分享这分荣耀，可是一想起师傅交代要保密，他连爸妈都没敢告诉。

当两米多高的国徽模型运到车间现场时，朱凤仪轻轻地走上前去，“第一次感觉世界上有这么金贵的东西，比自己的生命还重要。很珍贵，不能磕着”。模型用油纸包着，“我撕掉了一层，里面还有一层，撕掉了一层，还有一层，不下10层”。

那些日子里，工友们经常通宵达旦，家离得近的就回家吃一口饭，然后马上跑回工厂，离得远的干脆家都不回了，吃住都在车间里，饿了就吃口干粮，咬口咸菜，困了就睡在自己做的国徽旁。

1955年，朱凤仪第一次来到北京。他仰望天安门城楼，当看到他们以心血和汗水铸造的国徽时，眼泪夺眶而出。他端详了好久好久。他真想在那里照张相留作纪念，可遗憾的是那时候没有相机。

1951年5月1日，沈阳第一机床厂铸造的第一枚金属国徽，悬挂在天安门城楼上

2004年11月，在赴北京参加一个颁奖仪式时，74岁的朱凤仪终于圆了自己半个多世纪的梦：他站在天安门城楼前，和自己参与制作的国徽合了影。

如今，当我们仰望那中间是五星照耀下的天安门、周围是谷穗和齿轮的国徽时，我们仿佛看到，当新中国的朝阳普照大地的时候，沈阳第一机床厂的工人们，用自己的心血和汗水，将对共和国的炽热情怀化成一个个齿轮，镶嵌在光芒四射的国徽上。

“开国劳模”赵国有

人们都知道“开国元帅”“开国将军”，而“开国劳模”这种称谓并不多见。本文所讲述的“开国劳模”，就是1950年登上天安门观礼台的车工第一人赵国有。

新中国成立两个月后，1949年12月22日的《人民日报》上，刊登了一篇题为《燎原的火焰——创新纪录运动的烈火是怎样点燃起来的》的长篇报道。现将报道的原文摘录一小段：

今年十月，中共中央东北局、东北人民政府工业部作了决定，号召东北工人阶级创造生产新纪录，迎接全国经济建设的新高潮。……

1950年9月，在全国第一届工农兵劳动模范和战斗英雄代表大会上，赵国有代表全体英雄模范向大会致辞

东北数十万工人的创造生产新纪录运动，就是沈阳第三机器厂张尚举、赵国有这两个火花点燃起来的。

报道中所说的事情是这样的：

1949年7月的一个夜晚，沈阳第三机器厂召开团员大会。会上，组织委员提出："咱们三厂的团员，谁敢和四厂去挑战一下？"

此言一出，会场一下沉静下来，大家都低下了头。就在组织委员以为不会有人应战的时候，一个人突然站了起来，说："我愿意。"

这个人就是车工赵国友。

原来，在开团员大会之前，传来这样一个消息：沈阳第四机器厂用4个小时车出了一个塔轮。这可把三厂的车工们惊呆了，4个小时车一个塔轮，怎么可能？难道他们是神手吗？

塔轮就是几个直径不同的轮，按照大小顺序装在同一根轴上，构成的皮带轮形状有点儿像宝塔，是一种用于改变转速的传动架。制作这种工件，既要车外圆又要掏内孔，加工程序复杂，精度要求非常高，通常需要八九个小时。

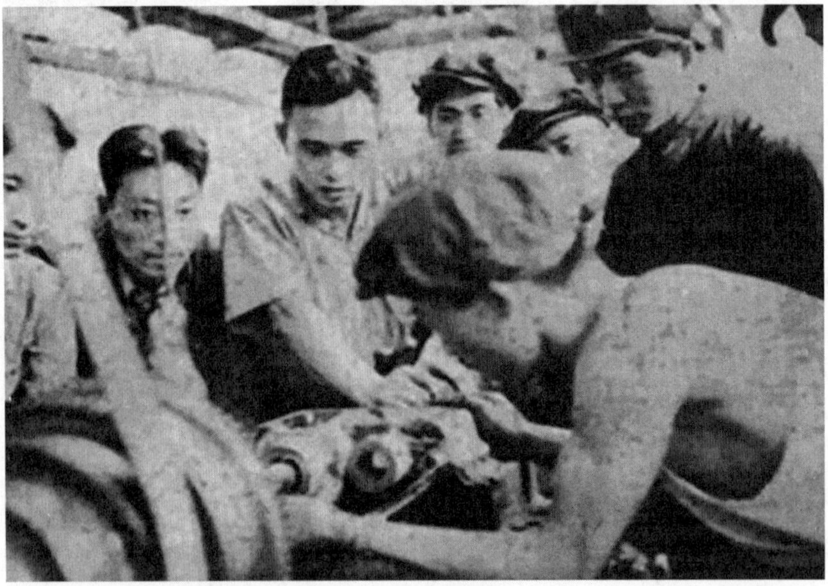

当年赵国有（左三）与技术人员正在进行工艺改造

再说，三厂和四厂，无论是技术、设备，还是历史，都差不多，在塔轮的加工上怎么会有这么大的差距呢？

几天后，第三机器厂工会组织了一些积极分子和技术骨干，专门到第四机器厂学习，他们亲眼看到第四机器厂工人用4个小时加工出了塔轮。他们回厂后便试着缩短加工时间，很快也由原来的用时八九个小时缩短到5个小时。

当时第三机器厂正在搞生产运动，团员大会上，组织委员就提出了开篇问的那个问题。当时没人应战的原因是厂里的团员大部分都是入厂不久的学徒工，少数青年工人技术水平不是很高。

赵国有虽然有着12年左右的工作经验，但是他根本不是专业做塔轮的，不过厂里还是同意了赵国有的请求。

一定要打破4个小时加工出一个塔轮的最新纪录，赵国有在心里暗下决心。他干活儿争分夺秒，后来索性将铺盖卷搬到了厂里，不分白天夜晚连轴转，最后终于创造出加工一个塔轮只用3个小时的新纪录，这让在场的人都对他刮目相看。

此后，赵国有不断改进工具，先后创造出了2小时20分、1小时16分的纪录，最终，仅用50分钟就车完一个塔轮。

一个塔轮仅用50分钟就能车完，在全厂引起了轰动。有人发起挑战，要和赵国有一较高下。赵国有主动团结和带动其他工友，探讨更高效的工作方法。在你追我赶的氛围下，东北工业部、东北总工会号召全体职工向赵国有学习，开展“新纪录运动”，半年时间创造出2万多个新纪录，使东北工业劳动生产率提高32%。

《人民日报》对赵国有事迹的报道结尾处这样写道：

> 一阵风传遍了全东北……从鞍山、本溪、抚顺，从更远的工厂矿山里，签着好多工人名字的信，不断地寄到沈阳，寄给赵国有，有的向他祝贺，有的请他介绍经验。
>
> 消息传到哪里，哪里便掀起创造新纪录的狂潮，到十月下旬，就形成有数十万劳动大军参加的，轰轰烈烈创造新纪录的群众运动。从工厂到矿山，从重工业到轻工业，从铁路

到贸易部门，到处燃烧起创造新纪录的燎原大火。

1950年9月25日，赵国有参加了中央人民政府举办的全国工农兵劳动模范代表大会。大会上，被誉为“新纪录运动”创造者的赵国有，受到了毛主席的亲自接见。当这位来自铁西北二路工厂的一名普通车工，握着毛主席的手时，心情格外激动。他没有想到，党和国家会给他如此高的荣誉。7天后，他又和劳模们登上了天安门观礼台，参加新中国成立一周年庆典，观看盛大的阅兵仪式。从此，赵国有与孟泰、马恒昌等23位全国劳模享有了“开国劳模”的称号。

1951年4月30日，作为全国工人代表，赵国有随同中国人民赴朝慰问团到达朝鲜前线，向志愿军将士介绍了祖国工人阶级在抗美援朝运动中开展爱国主义生产竞赛的情况，进一步激发了志愿军官兵的士气。

2022年，在采集赵国有事迹资料的时候，我查找到这样一段视频：即将步入百岁的赵国有看着当年工作的老照片，回忆起那激情燃烧的创业年代时，眼中泛着泪光。他激动地说：“现在咱们国家发展太快了，很了不起！年轻一代的工人要继承和发扬过去老一辈的光荣传统，希望在青年人身上。”

七十多年后的今天，在沈阳机床（集团）有限责任公司厂区内，有一条主干道，被命名为劳模大道。大道两侧，每隔几米就有一块劳模路牌，上面记录的都是从沈阳机床厂涌现出来的全国劳动模范和先进人物，排在第一位的就是赵国有。那贴有一幅幅熠熠生辉的劳模照片的路牌，如同一座座劳模精神的丰碑，伴随着一代代沈阳机床人，以甘于奉献的精神，行走在机床报国的道路上。

10万把军镐

在中国工业博物馆铸造馆内有一组雕像——几个志愿军官兵在挥军镐挖战壕。他们手中的军镐，是当年由沈阳重型机器厂制造的。在那个艰苦卓绝的年代，老一代工人在19天里生产出10万把军镐的奇迹，深深感染着每一位造访者。

中国工业博物馆内志愿军官兵挥舞军镐挖战壕群雕

我在沈阳重型机器厂（简称“沈重”）《沈重报》编辑部工作的那些日子里，曾多次听说过老一代工人们制造10万把军镐的感人事迹。时至今日，当我每次走进中国工业博物馆，看到志愿军官兵挥舞军镐挖战壕的群雕时，仍然抑制不住内心的激动，心潮澎湃、热血沸腾。

1950年10月，在举国上下欢庆新中国成立一周年的大喜日子里，美帝国主义悍然越过三八线，把战火烧到了鸭绿江边，多次派飞机入侵我国领空，轰炸我国安东（今丹东）地区。中国人民志愿军义无反顾地跨过了鸭绿江，并在10月25日打响了进入朝鲜后的第一仗，一场气壮山河的抗美援朝运动就此开始。

霜降后的朝鲜北方，已经是草木萧疏。美军凭借其现代化武器优势，对刚入朝的志愿军及阵地进行地毯式的疯狂轰炸。面对美军密集的炮火，志愿军需要在前线挖战壕修工事，开展坑道战，急需大批军镐。

10月下旬的一天上午，东北机械工业管理局通知沈阳实验厂（沈阳重型机器厂旧名）领导，速到局里参加紧急会议。当时，身为副厂长的祝德义参加了会议。

会上，东北机械工业管理局局长传达了东北局给沈阳市委下发的急件，以及市委又以加急方式通过机械工业管理局给沈阳实验厂下达的命令：两个月内造出10万把军镐，送到前线。

这是一项重大的军工任务，十万火急。会议一结束，祝德义骑上自行车赶紧返回工厂，向厂长汇报。厂长立即召开了全厂职工动员大会，传达了上级下达的任务。

在谈起当年制造10万把军镐时，沈阳重型机器厂原副总工程师、副厂长祝德义在回忆中仍充满激情地说道："上级把这么光荣的任务交给我们，是对沈重工人最大的信任。全厂职工群情振奋，大家一致表示，一定要竭尽全力为抗美援朝多做一份贡献。"

如果从今天看来，就制造军镐本身而言，技术含量并不高。然而在当时，刚刚成立的新中国百业待兴，从废墟中站起来的沈阳重型机器厂的厂区里只有几个饱受战争创伤的废旧厂房。一年前，工人们怀着对新中国的热爱，以主人翁的极大热情，在新中国成立仅一个月的时间里，于1949年10月31日就炼出了新中国第一炉钢，使工厂很快恢复了生产，托起了新中国工业的第一缕阳光。

在这之后，上级又调拨给沈重一台1.5吨的小电炉子，安装在炼钢现场，用于生产一些小型铸钢件。正是这台小电炉子，在制造10万把军镐的任务中发挥了重要作用。

能够接受这样一项艰巨而光荣的任务，工人们欢欣鼓舞。大家既高兴又担心，首先面临的第一道难关就是钢材资源匮乏，可谓是“无米下锅”。于是工厂发动全厂职工捡拾废钢铁，在厂区内外寻找日伪时期遗留下来的废旧钢材。许多工人还动员家属，开展捐献铁制用品的活动，大家齐心协力，材料短缺的问题很快得到了解决。

作为一项特殊的军工任务，军镐的生产在钢号和图纸上要求是很苛刻的，一共有十几道工序。在那个时期，对于创痛巨大的沈阳重型机器厂来说，其艰巨程度是难以想象的。历史重任以别无选择的方式落在了沈阳重型机器厂老一代工人的肩上。

危难时刻方显赤诚之心。一些刚刚加入党组织的老工人挺身站了出来，他们响亮地喊出了“工厂就是战场，机器就是武器”“加快完成生产军镐就是消灭敌人”的口号。他们把铺盖卷搬到了工厂，昼夜不离工作岗位，全身心投入这项艰巨的任务之中。

紧接着就是怎么造军镐的问题了。如何提高生产效率，保证在两个月内完成任务，这已成为摆在工人们面前的难题。按照制造工艺，正常铸造砂模，一次只能铸造一个镐头。这样下来，铸造10万把军稿至少需要三到四个月的时间。厂领导组织精干人员集思广益，极大地激发了工人们的智慧。

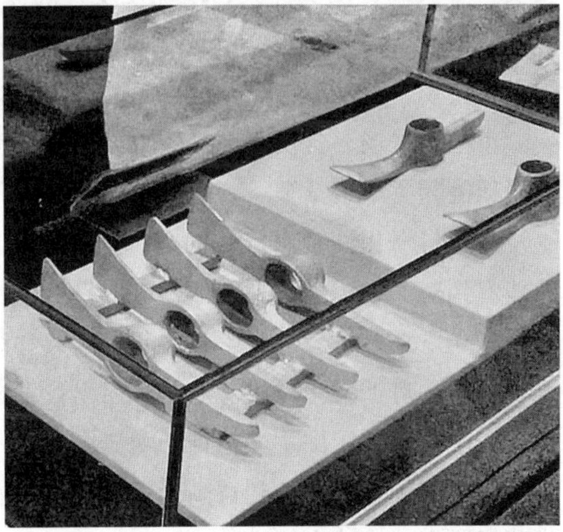

工人们发明的“串联铸造”新工艺，极大地缩短了浇铸工期，有效提高了制造军镐的效率

炼钢车间副主任祁宝仁创造性地提出“以铸代锻，铸锻结合”和“串联铸造”的新工艺。工人们经过反复试验，革新技术，研究出一套名为“叠芯串铸”的新工

艺，即采取一个砂箱叠放多层砂模的方式，像“糖葫芦串”似的一次浇铸若干个小型铸钢块，一次能铸出4个镐头。这种工艺极大地减少了切割和锻造的工作量，有效提高了浇铸效率。

实际操作过程中，工人们又发现了一个棘手的问题。镐头成形后，还不算大功告成，需要按照图纸要求，严格把控镐头淬火、打磨毛刺、镐头碾尖、磨扁、开刃等一系列环节，确保镐头符合质量标准。

工厂号召全厂工人投入清砂工作中，部分职工家属也被组织起来，义务加班献工，帮助打磨、包装，从而使生产速度大大加快。地方党组织也积极配合工厂党组织，一时间，工厂中炉火熊熊，生产场面热火朝天，职工群情高涨。

“我们在后方多流一滴汗，前方志愿军官兵就少流一滴血”，时间就是生命这一命题，早在共和国成立之初，就在沈重工人们的身上得到了深刻的诠释。抗美援朝前线将士们的英雄事迹，深深感染和鼓舞着沈阳重型机器厂工人们的斗志，前线的捷报声，更加坚定了沈重工人的信念。

工厂特意安装了一批砂轮机，突击打磨镐头。按照图纸要求，一头尖，一头扁，两头淬火，增加硬度，确保战场修筑工事攻无不克。军镐造好后要逐个过秤，重量超标2两的，要打磨下去。因为前线志愿军官兵要背着镐头行军打仗，太重了会增加负担。

车间当战场，党员干部带领工人们昼夜奋战在生产一线，工人们自发地搞起了小组竞赛。

那段日子里，夜幕降临时分，居住在附近光明街棚户区的人们，总能看到对面的厂区里那一盏盏灯散发的昏黄的光。他们或许不知道正是灯光下那些忙碌的身影，在新生的共和国面临危难的时刻，为了维护民族的尊严，毅然决然地挺身而出，发扬不畏艰难困苦、拼搏奉献、奋不顾身的爱国主义精神，塑造了老一辈劳模的风采，这种劳模精神，与祖国和人民的利益高于一切的抗美援朝精神交相辉映，谱写出我们这座英雄城市的魂。

在勤劳的汗水和智慧的浇铸下，奇迹终于出现了。从材料准备、工艺创新，到制造完成，经过19个日日夜夜的不懈努力，工人们终于提前四十多天，将10万把凝聚着祖国人民对志愿军深情厚爱的军镐运到了沈阳站，装上了开往前线的火车。

1950年11月，青年工人们踊跃报名参加志愿军

这是老一代沈重人主人翁意识的真情释放，工人们的激情融入了两头尖尖的军镐中。用他们当时的话说："真想与志愿军一道，扬起锋利的军镐，把阵地构筑成冲不垮的防线，那两头尖尖的军镐，权当是我们有力的双臂吧。"

军镐被提前送往前线，随着战役的纵深，志愿军构筑的大小坑道总长1250余公里。以坑道为骨干的坚固阵地防御体系，为志愿军解决了在敌人强大的空中打击下的战场生存问题。在著名的上甘岭战役中，志愿军将士们将坑道战发挥到了极致，官兵们依靠坑道工事快速进行攻守转换，最终打败了"武装到牙齿"的对手，打破了美军不可战胜的神话。

大功告捷，更加激发了工人们保家卫国的热情和决心。沈阳重型机器厂以党团员为骨干的110名青年职工（占当时全厂青年职工总数的10%），踊跃报名参军或做前线战勤工作。申请被光荣批准后，他们与沈阳其他工厂参军和支前的工友们一道，奔赴抗美援朝前线。

"去时少年身，归来甲子魂。"在《沈阳重型机器厂志》中，我看到了几位当年赴朝参战英雄的名字，在此请允许我向他们表示崇高的

陈列于中国工业博物馆的一把锈迹斑斑的军镐

敬意并呼唤一下他们的名字吧，他们分别是：于国栋、万福仁、邵甲全、胡廷禹、刘力昌、刘洪昌，对于其他英雄的名字，我已无从知道了。也许他们的名字，早已被镌刻在抗美援朝烈士陵园的英名墙上，也许他们远在异国他乡的遗骸刚刚回归家乡，魂归故里。老一代英雄们，请接受沈重厂一个后生对你们的跪拜！

在北京的中国人民革命军事博物馆里，也陈列着一把军镐。军镐的镐头已锈迹斑斑，木柄也渐朽泛黄。这不是一把普通的军镐，它是一件功勋武器，当年志愿军副班长赵顺山就是用这把军镐，在与美国兵的肉搏战中，一连刨死3个美国兵，荣立一等功。这把被命名为“功勋武器”的军镐，也正是当年沈阳重型机器厂的工人们生产的。

如今，透过军镐上那斑驳的锈迹，我看到了它曾经的底色，那是一种瑰丽的辉煌之色，也是我们这座城市的英雄本色。

“为什么战旗美如画？为什么大地春常在？”唯有传承着英雄基因的城市，才会唱出如此壮美的英雄赞歌。回首那远去的时代列车，属于沈阳的车厢里，都满载着辉煌；在岁月的站台上，都留下了感天动地的传说。

造国之重器，担国之重任。

一把军镐，成为沈阳这座英雄城市留在共和国史册上的光辉烙印，而共和国第一代工人们刻苦钻研、甘于奉献的劳模精神和工匠精神，一直在这片土地上代代传承。

圣地工人村

那天的盛况我至今记忆犹新。

2021年10月24日下午，辽宁大厦七楼会议室，来自辽宁省市委宣传部、文联、作家协会、评论界、新闻界等单位及媒体的80多位代表聚集一堂，参加由沈阳出版社主办的《圣地工人村》新书发布暨作品研讨会。幸运的我，成为这次会议的主角。

当晚辽宁卫视的《新闻联播》对该次会议进行了播报。接下来的几天里，新华网、人民网、学习强国、辽宁人民政府官网等60多家新闻媒体，陆续对该次新书发布暨作品研讨会进行了报道。一时间，在辽沈文坛上，《圣地工人村》刮起了一股旋风，成为一种现象级事件。

笔者所著《圣地工人村》散文集封面

《圣地工人村》一书共27万

字，收入了我近年创作的47篇作品。书中我以一个亲历者的感悟为脉络，揭示了生活在工人村的普通人物的命运，采用多方位视角，再现了工人村的发展轨迹，在还原那个时代的生态影像的同时，真实而朴素地呈现出历史记忆中“活”的那部分。

在这本书出版的背后，有这样一段故事。

2020年初，在一些文友的鼓动下，我开始整理陆续完成的以工人村为主题的散文作品。8月中旬，我在个人公众号上陆续推出了《圣地工人村》系列散文。一天，中共沈阳市委党校的孙政教授在微信里告诉我，她转发了我《圣地工人村》这篇作品后，一位出版社的资深编辑看到了，表达了要出版此书的意向。这让我喜出望外。我马上与这位素不相识的编辑老师微信联系，这位对我有着知遇之恩的编辑就是沈阳出版社综合编辑部主任沈晓辉老师。一年后，也就有了本文开篇的一幕。

那段时间，经常有读者问我这样一个问题：你为什么把工人村称为圣地？这个问题，正好切中我写这本书的初衷。

在新中国工业历史的长廊中，铁西区无疑是东北老工业基地的发祥地，作为铁西产业工人的聚居地，工人村则是一个极具传奇色彩的重镇。

这座当年有着“新中国工人第一村”美誉的沈阳工人村，是20世纪五六十年代工人阶级的骄傲，彰显了沈阳工业城市的风貌，在新中国工业发展的历史画卷中，以极具魄力的传奇色彩，描绘出浓墨重彩的一笔。

工人村从无到有，由辉煌到沉寂，它既有对劳动者的讴歌，也有对美好生活的憧憬和追求，它演奏了一曲东北老工业基地的咏叹调。

工人村为共和国创造了大量的物质财富，也留下了宝贵的时代精神，工人村的历史，也是沈阳这座工业城市的成长发展史。如果说铁西代表了沈阳这座工业城市的形象，彰显了这座城市的风骨，那么，工人村则是共和国工业长子精神风貌的缩影。没有工人村人夜以继日的付出，就没有共和国工业长子——沈阳这座重工业城市曾经的辉煌。工人村它不仅是我生命的摇篮，更是我心灵的栖息地，是我物质与精神的双重家园。所以我认为，工人村是新中国工业的一方圣地。

一

在工人村建成的第二年，我来到这个世界。我就像一棵小树一样，从儿童到青年，我和工人村相互见证着成长。

至今，我离开工人村二十多年了。当有人问我：“你的家在哪里？”我还常说：“在工人村！”即使到了外地，有人问我是哪里人，按理说，只回答辽宁或沈阳就够了，可我还是习惯说是沈阳工人村。我心里也明白，人家无须知道工人村，可是于我却不然，工人村如同我的标签，已刻在我的骨子里，我觉得我仍然是工人村的子民，有工人村的血统。工人村是我的骄傲和优越感。

翻看档案馆的资料，对工人村是这样描述的：

> 工人村，是闻名沈阳的工人住宅区，是新中国最早的工人住宅楼群。1951年以前是一片菜地，只有3条马车道往来运菜。后来，根据毛主席“在提高生产的基础上改善工人的生活”的指示精神，沈阳市人民政府投资1200万元，开始了工人村住宅建设，市政府将其命名为“工人村”。

1952年9月25日出版的《沈阳日报》有如下报道：

工人村举行全面施工典礼

> 全市职工非常关心的工人村工程，已经在本月23日正式举行了开工典礼。
>
> 23日下午3点，建筑工人村的全体工人、技术人员和干部共7000多人，都聚集在工地的临时会场里，大家冒着小雨来参加开工典礼大会。
>
> 大会首先是沈阳市人民政府焦若愚副市长讲话，他说：“三年多来，在共产党和人民政府的领导之下，全市职工生

活福利，虽然得到了很大的改善，但是由于生产发展得特别快，职工人数不断增加，职工的住房问题就必须解决……今天这一规模宏大的新型职工住宅区工人村，已经全面开始施工了。这是全市工人阶级的一件大喜事。”

两个月之后，《沈阳日报》又刊发了《荒野上出现了79栋大楼，工人村第一期工程基本完成》一文。

1952年12月20日的《东北日报》，报道了工人搬入工人村新居时的情况：

设备安排得是那样齐全、周到、实用、方便。卧室的墙壁上有衣柜，窗台下有暖气片。厨房面积不大，但是足够用，特别使主妇们感到满意的是有碗柜、米箱和瓦斯炉子、自来水，以及抽水的厕所。

新居的主人们来自四面八方，新生活给他们带来了无限的欢悦。他们都沉浸在这种喜悦的气氛里……

20世纪60年代的工人村建筑群

到了1957年，荒野上先后建起143幢三层红砖红瓦楼房，形成5个建筑群，后来陆续又有一些企业在工人村附近建职工宿舍。至此，工人村成为全国建设最早也是最大的工人居住区。

当时铁西区有520多家国有企业，其中大型国企58家，而这当中就有44家在工人村建有家属宿舍。

当年，工人村可不是什么人想住就能住上的，起初只有工厂领导、工程师、劳动模范才有资格居住，我家的邻居大都是工厂的干部。曾任全国政协副主席的叶选平，在1959年至1962年就住在我家旁边的楼里，那时他是沈阳第一机床厂副厂长兼总工程师。

工人村不仅享有“新中国工人第一村”的盛名，在当时国际社会都有着影响，许多国家领导人慕名而来，工人村成为中国展示工业进步与工人阶级社会地位的一张时代名片。

我家就是外国来宾接待户。这样的接待户，全楼只有4家，能够有这份让街坊邻居羡慕的荣耀，要归功于我奶奶，用现在的话说，奶奶是工人村的“对外宣传发言人”。

奶奶是一个旧社会过来的小脚女人。别看她脚小，干起活儿来却干净利落，街道工作人员到我家检查卫生时，无论哪个角落，即使是镜框后面，即便戴着白手套去摸，也是一尘不染。为此，我家被评为“沈阳市卫生之家”。我家搬到工人村以后，奶奶逢人便说是进了天堂，总是说新中国好，社会主义好，感谢毛主席，感谢共产党。

当外宾来时，外面围观的人们常常朝我家指指点点，像是在说，瞧，他们家就是接待外宾的。有的人还专门走进咱家，看看我家是啥样。

来过我家的人会发现，其实我家真的很一般，屋里所有的家具都是搬来时单位配发的。说到外宾到家里来时的变化，那就是奶奶将爸爸工厂发给劳动模范的花床单铺在床上，等外宾一走，再把床单叠好收起来。

外宾来的时候，学校会组织夹道欢迎。女生要穿花裙子，头上扎着花一样的头绫子；男生要穿白上衣、蓝裤子，脚穿白鞋。一次，我们重工二校的学生欢迎斯里兰卡总统班达拉奈克夫人，我班有好几个男同学没有白鞋，老师便拿出两支白粉笔，让他们蹭在脚上穿得灰不溜丢的黄胶鞋上，可那白粉笔灰一会儿就掉下来，需要不断地用粉笔去涂。老师怕他们的鞋露馅，只好让这几位同学站到后排。

这种接待外宾的情形，从20世纪60年代中期一直延续到70年代末。就在我当知青从农村回城上班的1978年末，我家还接待了来自美国、澳大利亚、瑞士、挪威、日本等许多国家的来访团。

有时，我会骄傲地拿着街道办事处（那时已改名为工人村公社）发的接待外宾通知单，找工厂车间领导请假，因为是外事任务，车间领导也是大开绿灯。

一次在接待日本访问团时，当把客人送到大客车上后，我回到家里一看，床上有一台照相机，显然这是日本来宾遗落下的。我马上拿着相机追了出去，可是大客车已经没影了。我把相机交给了街道办事处，几天后传来消息，相机已物归原主。此事得到了市外事办的表扬。有人说，这是日本人故意落下的，想通过此事看看中国老百姓的素质。至于他们是有意还是无意、出于什么动机，我没细想过，反正我觉得我为中国人争得了荣誉。

一次接待澳大利亚来宾，他们一个女团员看见我戴的上海牌手表，便伸出手腕让我看她的手表，我看到上面没有表针，只是闪着数字，不知道是什么，出于礼貌，我伸出了大拇指。结果，她摘下表递到我的手上，让翻译告诉我，是送给我的礼物。我一下子紧张起来，连连摆手拒绝。这么贵重的东西我怎么能接受，那样会有损中国人的形象。几年后我才知道，那只是一块普通的电子表，我的邻居到南方上货时，运回了好几麻袋。

居住在工人村的人，不仅享受着齐全的设施服务，还受到整个社会的尊重。我舅舅和姨家的孩子都喜欢来我家，他们都住在市中心的南站（今沈阳站）、太原街附近，他们家的厕所都在室外，夏天很臭，冬天冻屁股，晚上小便得撒在屋里的一个桶里。压力水井也在外面，用水时还要用一根木头棍子去压。做饭是在屋子里生地炉子，烟熏火燎，睡一觉醒来，鼻孔里面都是黑的，有时会被煤烟呛得头疼。

我家则不是这样了，厕所在屋里，上下自来水，做饭时用的是煤气，既没臭味也没有煤气味。冬天有暖气，更用不着烧什么土炕。再有就是我家买东西非常方便，工人村大商店就在住宅楼的对面，旁边是粮店、邮局、饭店和照相馆。后来又建了工人村少年之家和工人村电影院。

每年总会有老家人坐着绿皮火车从乡下过来，在咱家住上几天，他们如同刘姥姥进了大观园，以一种新奇的目光感受着工人村人的高级生活。每当这时，我就会充当导游的角色，领他们到工人文化宫看看电影，陪他们到劳动公园逛逛，为他们提供更多的向村里人炫耀的资本。

二

我家居住的64栋，在工人村被称为大长楼，5个单元有58户人家，我全都认识。那时，厨房和厕所都是两家合用，两户人家在一个厨房做饭、洗漱，用一个煤气表。一栋楼统一用一个电表和水表，到了月底，收水电费的人把表上的数字抄给楼里的人，各家各户轮流收水电费。水费按人头平摊，电费按每家灯泡度数大小计算。各家都以诚相待，没有少报或瞒报的。

夜不闭户路不拾遗，说的是那时的事。谁家晾晒在户外的衣服赶上刮风下雨或晚上忘收了，根本不用担心，准会有人替你收回来。那时在工人村很少有人丢失东西，至于小偷小摸的人几乎没有。一旦让左邻右舍知道谁家出了个手脚不干净的人，这家人在楼里就抬不起头了。

20世纪70年代后期和80年代初，工人村迎来了第二代人结婚的高峰，继而，工人村的第三代诞生了。三代人居住在不到20平方米的房子里，很多家都搭上了吊铺，还是转不开身。于是，一些老辈人开始考虑为儿孙们腾房了。

1986年，我退休的父母无奈地离开了他们居住了30多年的工人村，在远离市区的城郊一间小平房住了下来，又回到烧煤做饭到室外上旱厕的日子。

到20世纪90年代时，楼前的人一下子多了起来，大家整天吵吵闹闹的，凑在一起侃大山。原来是下岗大潮来了。

以前那些无忧无虑的上班一族两手空空地回到了家。人们见面时很难再看到以往的笑容，不是满腹牢骚就是怨天怨地，老婆哭孩子闹的声音不时从窗里飞出来。

楼前的墙根下，七扭八歪的带车子、倒骑驴取代了自行车。许多一楼住户的窗户改成了门，成了卖雪糕、修电器的杂货铺。

住在我家对门的金老三，每天推着带车子上早市卖菜，二楼的大林当上了出租车司机，四楼门的王超每天到夜市去卖打包西服，三楼门的刘嫂每天把缝纫机推到市场缝裤脚、换拉链。我将家里所有的积蓄凑在一起，买了一张台球案子，摆在了马路边上。

那时，我没有下岗，可工厂的工资没指望，这个月有，下个月可能就没有。我下班回到家，便请人帮忙把台球案子抬到路灯下。我计算着，如果按打一局收一元钱，每天晚上至少能收个二三十元的，一个月下来收几百元钱应该不是问题。结果，来打台球的人全是楼上楼下的邻居，是和我从小撒尿和泥长大的，我就是穷疯了，也不能伸手收他们的钱。就这样，我的台球案子成了社区的公共体育设施，我不仅要每天硬着头皮陪他们玩到半夜，还得搭上一盒烟。

那些日子搞得我身心疲惫。仿佛一夜之间，以往的骄傲突然被打得七零八落，与他人面对面时看到的都是迷茫的目光，如同一下从天堂跌落到谷底。两家合用一个厨房的邻居开始计较一些公摊的费用，邻里关系渐渐疏远了。在院子里晾晒的衣服也开始有丢的了，丢自行车也成了寻常事。

经济与生活的仓促变化让人措手不及，工人村开始进入落寞时代，就连以往欢歌笑语的劳动公园也成了小商小贩摆摊的市场。

出租车司机一听打车到工人村，直接就拒载，一是怕返回时空载，更怕有的打车人下车不给钱。全国最大的工人村，一下子成了全国最大的下岗工人“度假村”，与以往的骄傲和自豪渐行渐远。

当支撑生活的骄傲突然被磨灭，工人村一下子失去了声响。昔日的家属大院、和睦的邻里关系、深厚的工友之情，仿佛一下子消逝了。

那个曾经激励一代人豪迈前行的地标性建筑群，曾经孕育希望的热土，只能定格在回忆里了。

20世纪90年代工人村景象

到了20世纪末，萧条的工人村已是满目苍凉。那一年，大街小巷到处流传着这样一首歌："再也不能这样活……"当艰难的生活一次又一次将我推到尴尬的墙角，当下岗的妻子每天早出晚归到"板行"给人卖家具的时候，一个做丈夫的脸面被深深地刺痛了。一种与命运抗争的念头在不断滋生，我再也不能这样甘于现状了，于是我决定下海。我破天荒地借了一笔钱，在三经街报社附近租了一间房子，开了一家广告公司，就这样，我离开了工人村。

三

对于工人村的第三代人，也就是出生于1980年前后的人，他们只是从父母那儿听说过工人村的地位，在他们成长的年代，工人村已经建立三四十年了，与其他居住区相比，它已没有任何优势了。因此，他们对工人村的沉寂不会有切身的感知，对这个曾经激励一代人前行的地标性建筑群，曾经的辉煌与时下难以掩藏的落寞，他们的认知往往只停留在历史读本的抽象概念中。

今工人村生活馆

然而，对于我们这些工人村辉煌时期的亲历者，那些难以忘怀的生活细节，那些浓郁的场景，那些峥嵘的岁月，时不时地就会在我们的脑海中呈现。

辉煌之后的年岁中，下岗潮汐下的灰色记忆，在我们这一代人的心底留下了不堪回首的伤痛。可是，坚忍不拔的工人村人最终还是挺过来了，他们以高姿态跟往事告别，伴随新时代的浪潮汇入崭新的生活。

2003年，开始了工人村改造工程，启动经济适用住房建设，实现了“居者有其屋”的美好愿望。随着工人村大规模改造工程的进行，原来的苏式三层楼已被一座座拔地而起的高层住宅楼取代。在工人村改造工程中，保存了32幢楼，其中7幢楼被改造成工人村生活馆。工人村生活馆的楼群及其他纪念性的老建筑作为第一个以工人生活为题材的原生态博物馆，于2007年6月18日开馆。

进入生活馆，当年的生活场景真实地再现了昔日不同历史时期工人村人的生活。除此之外，这里还恢复了当年的“大合作社”、粮站、邮局、抗大小学、幼儿园等原貌，成为铁西工业进程的历史见证和沈阳一道独特的风景线。

2014年，工人村生活馆成为沈阳市文物保护单位，并成为工业遗产保护与利用的典范。

许多物件都随着时光远去，但时代变迁后，工人村人心里那些未曾磨灭的东西，那些面对苦难不畏惧的面孔，或许正代表着永不会被遗忘的时代精神。

对比当下周围鳞次栉比的新建筑群，原来那只有三层楼高的工人村建筑显得太过渺小了，除了仅剩的只能扮演“历史博物馆”角色的两组老建筑群之外，工人村的老一辈人曾经引以为豪的环境早已全部被改变。在外人眼中，或许这都该是令人惋惜且落寞的，然而事实并非如此，工人村虽然见证了没落，但它曾上演过辉煌。

我不会忘记，在分别为父母出殡的那个清冷的早晨，工人村第二代和第三代人，刻意让送葬车穿过工人村，让父母最后再回望一次他们的家园，以工人村不朽的历史，告慰那不舍的魂灵。

老一代的艰难守望，新一代的毅然逃离，都标志着时代的发展变化，诠释着社会的进步。老工人村已经被收藏进历史博物馆，它留住的将是几代人的记忆。

工人村生活馆记录了我成长的岁月

近几年，铁西区的城市改造和建设发生了翻天覆地、脱胎换骨的变化，尤其是老工业区的东搬西建，使老铁西几乎完全失去了原有的面貌。在这种颠覆性的改造中，一些老铁西区人离开了几代人居住的家园。当这些人再度回到铁西新区时，几乎找不到曾经的栖息地了。而我却不同，我生活过的工人村被建成了工人村生活馆，我上班的工厂还留下了重型广场和“1905文化创意园”，从这点上讲，我的情感有落点，乡愁有寄托，我的精神家园依然在。

正如有评论家指出，《圣地工人村》一书是第二代工人的自我言说，它不仅是作者个人的成长史，也是工人村的历史，同时也是中国工业历史的一部分。《圣地工人村》为工人言说、为工人村言说、为中国工业言说，它代表着中国工业的声音。《圣地工人村》是在为国家做出突出贡献的东北老工业基地立传，是在传承和弘扬东北老工业基地精神，尤其是老一代工人村人所蕴含的那种积极向上、爱岗敬业、艰苦奋斗、甘于奉献的精神。

风雨70年，工人村留给沈阳的，也远不应该只是一个背影。我们需要做的，也许正是还原历史，用故事讲述早已超出一个文化符号的工人村。在历史的长河中，走过半个多世纪的工人村只是一朵激越的浪花，无论是它的精神还是物质，都终将汇入时代的大潮，而我只是其中微不足道的一滴水，但就是这滴水，它承载了大潮的记忆，记录了它的方向；我也曾伴随着滚滚奔涌的浪潮，或跌宕起伏，或迂回曲折。我为人生中有过这段波澜壮阔的经历而骄傲。在工人村这个家园中，我同父兄们一样，虽然都是平凡的人，但都绽放着生命的光华。

卫工明渠话今昔

铁西区有一条内河，人们叫它卫工明渠。在我小时候，人们叫它“臭水沟”。那时从我家到臭水沟不算太远，走路也用不了20分钟。这条臭水沟很长，两边还分布有很多家工厂。

20世纪70年代卫工街上的“臭水沟”

臭水沟修建于20世纪50年代，北起新开河，南入细河，全长约7公里，是专为附近几个大工厂排污水挖的沟渠。天长日久，这条沟渠的水质日渐浑浊，散发出难闻的气味，两岸杂草丛生，蚊蝇成群，住在渠边的居民苦不堪言，三伏天也紧闭门窗，“臭水沟”这个名字从那时便传开了。

后来人们不再叫它臭水沟了，因为臭水沟不臭了，水也清澈了，它也有了一个新名称——卫工明渠。

整个卫工明渠，给我印象最深的是建在渠边上的工人文化宫。它建于1957年，是附近产业工人生活聚集区地标性的文化娱乐场所。

我上小学一年级的时候，学校经常组织师生去工人文化宫看电影。电影散场后，同学们都往家走了，我却还想接着再看一遍，可又没有买电影票的一毛钱，便躲到文化宫的厕所里，但还是被清场的工作人员发现了，把我从厕所里拽了出来，可能是看我太小了吧，也可能是这样的事他们见得多了，所以也没说什么，只是把我推到了门外。

我上班的头一两年，每月挣的二十多块钱基本上一半都消费在了工人文化宫。记得1979年2月，正赶上春节期间，我在一个月内看了25场电影，几乎天天看。

当年工人文化宫旁边还有体育场和游泳池，周边的孩子们在这里都留下了快乐的时光。

两年前的一天中午，一个朋友张罗聚会，地点在红梅文创园。我按照他发来的位置打车到了卫工街北三路，下车时我才反应过来，这个地方我当年太熟悉了，这不就是原来的沈阳味精厂厂址吗？

说起沈阳味精厂，老沈阳人都知道，当年家家户户的菜盘里几乎少不了的红梅味精就出自这里。当年，红梅味精不仅仅是享誉全国的

沈阳味精厂旧址

工人们在包装红梅牌味精的场景

烹饪调味品，也是沈阳人走亲访友必选的馈赠礼物。那时，我家每有外地亲戚来串门，临走时我都要买上一些红梅味精给他们带回去。红梅味精承载了老沈阳人的记忆和骄傲。

人们穿过那既熟悉又陌生的工厂大门，环视一座座老建筑，斑驳的墙面上，依稀可见曾经的工业痕迹。若隐若现的工厂安全生产标语，勾起我对那逝水流年的遐想。

经过修旧如旧的改造，老厂址和旧厂房得到了充分利用，植入了工业主题、游乐、观光休闲、科普体验、文创消费等新业态，摇身一变成了新潮的咖啡馆、古色古香的茶社、时尚的餐厅等。有着八十多年历史的老厂区、老建筑焕发了新的生命力，在点亮老工业记忆的同时，也为人们提供了一场味觉、视觉、听觉完美交融的生活和文化盛宴。

建筑是凝固的历史，见证着城市的变迁。我坐在桌旁一边品着咖啡，一边欣赏着卫工明渠的风景，一边重温那段与工厂有关的记忆。在这里，历史文化遗产正以现代设计语言的方式被重新解读，这片老厂房的蜕变，意味着它与新沈阳一起步入了一个全新的时代。它见证了沈阳新老工业时代的经济发展，也提升了沈阳这座城市的活力与品质。

今红梅文创园一角

往昔，红梅味精是人们舌尖上的调味品；今天，红梅文创园成为我们这座城市心尖上的“会客厅”，为百姓生活增添新时代的滋味。

当年，我是很不喜欢这里的，不仅仅是因为那臭气熏天的味道，还缘于上中学时，学校组织我们去沈阳化工厂参观，当看到那些奇形怪状的大管子、大罐子时不时地冒着热气时，我就觉得它们随时都有爆炸的可能。从那以后，我路过这里总是心有余悸。对于当年的沈阳化工厂究竟生产什么产品我并不清楚，只知道家里用的人民牌香皂是这里生产的。

那时，家里人洗脸是很少用香皂的，只有逢年过节或者来了客人，才拿出香皂用一下，平时洗脸都用肥皂，用香皂洗脸是件很奢侈的事。那年头，香皂、肥皂都是凭票供应的。

一次，我去工人村洗澡堂洗澡，那时男孩子很少到澡堂子洗澡，春夏时节都是在家里用凉水擦擦身子，只有快过年的时候才会上澡堂子洗一次澡。有一句戏谑男孩子的话，说“脖子像车轴”，是指这个男孩子脖子总也不洗，黑黢黢的。我买了澡票后，卖澡票的人递给我一小块洗澡用的肥皂。这一小块肥皂相当于大块肥皂的十六分之一，还不抵火柴盒一半大。

我在洗澡时看见地上有被遗弃的肥皂残渣，都是小手指甲那么大。想到家里平时洗衣服不舍得用肥皂，我便四下搜寻起来，把看到的肥皂残

沈阳化工厂旧址

渣收到一起，团成一个小肥皂团。回家后，我妈看到我带回来的肥皂团，夸我知道顾家了。我爸在一旁却生气了，对我说：“你把它送回去，不要把外面的东西往家里拿。”我妈回应道：“这又不是咱偷的，是他们扔掉了咱们捡的，干吗要送回去？”我爸说：“只要不是咱家的东西，就是别人扔在马路上，咱也不能要，更不能往家拿，一个小孩儿把外面的东西往家里拿，天长日久，就会去偷人家的东西。”我一听我爸这话，心里好不委屈，本以为会听到爸妈表扬两句，却好心没得到好报。一气之下，我走出屋，把那个肥皂团和我的怒气一起撇得远远的。

有点儿扯远了，还接着说沈阳化工厂吧。2016年3月，作为铁西区最后一个搬迁的老工厂，沈阳化工厂搬迁到了沈阳经济技术开发区的化学工业园，成为当时亚洲规模最大的化工企业。

离开沈阳化工厂的原址，循街向北不远，就到了卫工街与北一路西南角，在这里会看到一座气势恢宏的建筑——中国工业博物馆，它是在沈阳铸造厂旧址上改造扩建的。

沈阳铸造厂前身为日本高砂制作所，始建于1939年。沈阳铸造厂是国家在“一五”期间建立的最大的专业化铸造厂。作为机械制造的第一道工序，当年沈阳铸造厂支撑了全国工业的基础。天上飞的，地上跑的，水里游的，为国家的装备制造业，特别是重矿机械、通用机械等行业，提供了大量的优质铸件，在全国铸造行业有着举足轻重的地位。

提到沈阳铸造厂，那个年代的人或许会想到一位全国著名劳动模范——张成哲，他被誉为“革新大师”“工人阶级优秀代表”“活着的孟泰”。

2007年，沈阳铸造厂在浇注完最后一炉铁水后，完成了它的历史使命，搬到了沈阳经济技术开发区铸造工业园。

2012年5月18日，在沈阳铸造厂基础上改造的中国工业博物馆开馆，为卫工明渠添加了亮丽的一笔。

徜徉在卫工明渠步行道上，感受着春时樱花盛开，夏日清水潺潺，秋季黄叶映绿波，寒冬银装素裹的美丽景象。这一幅幅醉人的

享有铁西区内河美誉的卫工明渠

风景，谁又能不喜欢呢？卫工明渠这条承载铁西区历史的河，是流淌着时代变迁的河。

总长7公里的卫工街串联起劳动公园、工人文化宫、红梅文创园、中国工业博物馆等工业遗址，形成了工业文化展示区、工匠精神风貌区、工人生活生态区三大片区。工业遗存最为丰富的卫工街片区，已然成为铁西工业文明最饱满最浓厚的景观轴。

我设想，有一天，卫工明渠也会像南京夫子庙旁的秦淮河一样，在春夏的傍晚，于璀璨的灯火之中，游人们从劳动公园东门登上游艇，平和惬意地溯流北上，卫工明渠诉说着工业重镇的百年往事，人们尽享晚风撩拨的都市景观。

这一天不会太远吧。

重工街之重

现今居住在铁西的很多人也许不知道，当年铁西工人村东西两边是以臭水沟为界的。东边的臭水沟宽一些，人们叫它大臭水沟，就是现在的卫工明渠。西边的臭水沟窄一点儿，叫小臭水沟。建设大路以北一些工厂的废水，都让这条背负骂名的小水沟昼夜不息地送到了城外的一条大河里。

那时，我家所在的工人村老楼，离小臭水沟一百多米，夏天时，我会和小伙伴到小臭水沟边上捉蜻蜓。到了傍晚，熏蒸了一天的臭水沟散发着更加呛人的臭味，闷热的空气中，不仅充斥着臭味，还夹杂着机油的味道。后来，这条小臭水沟被修成了排污管道，上面铺设了平坦宽敞的马路。再后来，到了2014年，在这条路上

今沈阳西北二环高架桥

修建了沈阳西北二环高架桥，这时许多开车的人才知道，这条承载沈阳西北交通大动脉的重要干道就是重工街。

重工街，北起广业路，南至沈新路，人们习惯称它为西部“大二环”。

据史料记载，在日本帝国主义侵略我国东北时期，这里是日本关东军的军马场。沈阳解放前这里住的除了少数工人外，大部分是农民。

重工街最早修建于1950年，那时是一条小土路，1958年修了沥青混凝土路。当年在重工街的北边，东侧是东北制药厂，西侧是于洪苗圃、熊家岗子、牛心屯，南边是大片的棚户房和菜地，过了十马路，是远近闻名的工人村住宅区。

熊家岗子是重工街西北部的一个重要区域，三百多年前，这里因一片地势偏高的原野而得名“岗”，又缘于一户熊姓人家长期在此安家务农，该地被称为“熊家岗子”，1957年更名为“熊家岗里”。

新中国成立后，熊家岗子经历了从农业到工业的逐渐变迁。1952年，沈阳铸造厂在这里建了第一栋住宅楼。此后，沈阳电缆厂、3301厂、沈阳化工厂等，陆续在这里建立住宅。

1974年，沈阳水泵厂、沈阳冶炼厂、沈阳重型机器厂、沈阳高压开关厂、沈阳纸板厂等纷纷在熊家岗子建职工住宅楼，这里成了一片较大的工厂家属住宅区。

沈阳水泵厂旧址

1959年，沈阳水泵厂在这里建立新厂，成为全国最大的泵类产品制造厂，为电站、石油、化工、矿山、冶金、交通、国防、城建和农业等国民经济各部门提供了大量的技术装备。

2006年末，沈阳水泵厂并入沈鼓集团，迁入沈阳经济技术开发区沈鼓集团新厂区。

穿过历史的硝烟，我们会看见，在辽沈战役的炮火中，人民解放军就是从熊家岗子这个地方突破国民党守军的防线攻入铁西区的，为解放沈阳写下了重重的一笔。

1948年10月31日下午，人民解放军东北野战军第一、第二纵队，以摧枯拉朽之势，边攻击边前进，到达沈阳西郊。夜幕降临后，解放军部队向国民党守敌发起强大攻势，各种枪弹、信号弹来往穿梭，爆炸声隆隆不断。第一纵队在炸毁了于洪机场西面的敌军碉堡群后，向铁西区发起攻击。第二纵队主力在于洪方士屯歼灭敌军两个营。黎明时分，解放军各路部队已从东、西、南、北四个方向，紧紧包围了沈阳。

1948年11月1日，人民解放军攻占铁西

1948年11月2日，人民解放军攻入沈阳市中心，沈阳解放

11月1日上午9时，解放军攻城部队一鼓作气，攻占了铁西区。国民党二〇七师被歼灭，被俘官兵达13000多人。占领

东北制药总厂旧址

铁西区后，解放军部队乘胜向市中心挺进。11月2日，沈阳这座城市终于回到了人民的怀抱。

沈阳解放的第二天，地处佳木斯的东北制药厂，奉东北军区卫生部之命进入沈阳，接收了7家药厂。

东北制药总厂的前身是延安八路军卫生材料厂，是新中国第一个制药基地，位列全国制药“四大家族”之首，涌现出了中国工程院院士安静娴、辽宁省劳模金润素等先进人物。

20世纪七八十年代，人们沿着重工街由北向南走，除了能看到东北制药厂和沈阳水泵厂外，还会看到很多其他工业企业，其中有我国东北地区最大的调坯轧材生产厂——沈阳薄板厂，还有生产出我国第一台电冰箱的沈阳医疗器械厂，以及和平制药厂、延风制药厂、沈阳汽车车架厂、沈阳市消防器材二厂等。

在重工街与十马路交汇处的一角，有一家由几个家庭妇女自发组织创办的冶金粉末加工厂，工厂只有几十个人，属于“三小一道大集体”企业。所谓的“三小一道”，是指20世纪70年代那种街道办的级别很低的小工厂。在当时，组织创办这种小工厂是解决城市就业的一种主要途径。工厂的规模虽然不能和重工街上的那些大工厂相比，但是这家弹丸大的小厂，硬是以白手起家、自力更生、艰苦创业的精神而名声大噪。这家工厂经常有外国来宾参观，每当有外宾来时，我们重工二校的学生们就放下课本，在马路边上挥舞着纸扎的花环，夹道欢迎，尽显礼仪之邦的热情。后来，在铁西许多大厂职工下岗失业的大潮中，这个弹丸大的小工厂也不知道被裹挟到哪里去了。

2016年，铁西区委、区政府搬迁到原东药集团办公区，形成了铁西新的政务中心。

在重工街的最南端，一座始建于1989年的沈阳新长客西站，活跃了西城区的对外交通，成为沈阳重要的客运枢纽站之一。

重工街的西侧，有一块20世纪50年代建的育苗基地，被称为于洪苗

2016年搬迁到东北制药总厂旧址的铁西区政务中心

2008年6月竣工的铁西体育场

圃，目前已经改造成沈阳市内最大的森林公园，并引进了许多具有观赏性的树木。

森林公园的建立，带动了周边楼市的兴起。坐拥100万平方米的城市森林公园，让周边的熊家岗子、牛心屯老棚户区华丽转身，高楼林立、宜居宜商的居住环境，呈现出现代大都市的气派。

如今，走在重工街上，到处是树木、花草，还有休闲区域，满眼都是赏心悦目的风景。新建的铁西档案馆、铁西区文化馆、体育场，已成为铁西区打造西部文化中心的标志性建筑。

东搬西建之后，重工街大工业的影子渐渐淡出，取而代之的是鳞次栉比的高楼大厦和绿化带。嬗变之间，工业记忆在每个人的心中印刻，重工街正在上演更加精彩的故事。

大国重器的开拓者

一部厚重的《沈阳重型机器厂志》摆在我的案头，翻开这部泛黄的史籍，在编撰者一页上，印有我的名字。当年在编这部厂志时，我几次看到王铮安的名字，却从未见过其人。20世纪80年代中期，我到沈阳重型机器厂工作时，他离开这个世界已有二十多年了。那时，每当同事们聊起工厂辉煌的历史时，王铮安总是一个绕不过的话题。在同事只言片语的描述中，我对王铮安有了一个模糊的印象，对他的业绩产生了好奇。近几年，随着对他的了解愈加深入，这位新中国重机工业开拓者的形象在我的脑海中逐渐清晰起来。

《沈阳重型机器厂志》

新中国成立的第三年，1952年12月16日对于许多人来说是一个平平常常的日子，然而对于新中国重机工业而言，这一天开创了我国生产重型机器的历史。一台高9.5米、重150吨、压力为5吨的蒸汽锤在沈阳重型机器厂试制成功。

这台机器的成功制造具有里程碑的意义，当时国家第一机械工业部当即发来贺电表示祝贺。这台机器的设计者就是王铮安。

王铮安，曾任沈阳重型机器厂设计股长、设计处长、总设计师。

1944年，19岁的王铮安考入重庆中央大学航空工程系。当时抗日战争烽火连天，日军飞机经常轰炸重庆。这一切，让血气方刚的王铮安义愤填膺，他恨不得立刻驾驶战机，把日本人的飞机全都打下来。于是，王铮安改考国民党空军学校飞行班。一年后，日本投降，王铮安这一抗日报国的志向也随之放弃。

1946年，他考入南京大学工业学院机械工程系，1949年毕业被分配到北京钢铁工业局。

1948年11月，沈阳解放。从战争废墟中站起来的沈阳重型机器厂，经过一年多的恢复改造，初步具备了生产能力。可是，要开工生产必须要有懂技术的人才，这在当时是十分稀缺的。恰在这时，一位手持北京钢铁工业局介绍信的青年来厂报到，他就是王铮安。

初到工厂，王铮安被分到仅有15人的厂设计股，他每天埋头于测绘、转化图纸和各种生产技术准备工作之中，很快便展露出过人的才华。当年工厂接到主管局指令，制造18台龙门刨床支援兄弟厂。在制造过程中，床面变形，总是达不到精度要求，成为一大技术难题，在这一关键时刻，王铮安及时采取整改措施解决了问题。从此，王铮安受到工厂领导的重视，委任他为设计股长。

王铮安像

1950年9月，美帝国主义把战火烧到鸭绿江边。工厂积极投入抗美援朝运动之中，王铮安按照上级的要求，多方收集图纸、资料，为军工企业设计了粗压机、精压机等一批军工生产急需的设备。

如果把工厂比作一台机车，那时，王铮安就是这台机车的牵动轮，拉着工厂前进。1950年至1952年，王铮安以卓越的贡献，连续3年当选沈阳市劳动模范，1953年又当选辽宁省劳动模范，并担任辽宁省青年联合会副主席。

20世纪60年代初，我国正处于国民经济困难时期，为了应对苏联和以美国为首的巴黎统筹委员会的全面禁运封锁，决定自行研制九套大型成套设备。当时国际环境严峻，党中央决定自力更生研制原子弹、导弹和新型军用飞机，以增强国防实力，而所需的新型原材料必须立足于国内。

为了提供生产航空、导弹、原子能和电子工业急需的新型材料的生产设备，1961年5月15日，中央批准国家计委、国家科委《关于安排九套大型成套设备生产任务》的报告。1961年6月1日，国家科委以（61）科绝工字356号文件正式下达设计研制任务书。

九套设备之一的12500吨挤压机是用于飞机和导弹的翼梁、壁

当年王铮安在车间与工人们交流

板、型材、鼻锥的锻压和挤压的大型挤压模锻设备。生产12500吨卧式挤压液压机这一关系国家命脉的国宝级装备的研制任务，落在了沈阳重型机器厂的肩上。

那时，国际上只有美国和苏联有12500吨卧式挤压液压机，国内既没有相关设计经验的人，也没有任何资料可以参考借鉴，研制的困难程度可想而知。为了完成这项艰巨而光荣的国家战略任务，各级领导经过层层讨论，时任国家一机部副部长的沈鸿亲自决定，由王铮安担任总设计师，主持该工程项目的设计。

怀着一颗报效祖国的赤子之心，王铮安踌躇满志地投入到这项设计任务之中。英雄有了用武之地，似雄鹰展翅于蓝天，王铮安开始大显身手了！

一天，王铮安正在潜心计算一个数据，有人推门进来说："老王，说是你的信。"沉浸于计算数据的王铮安头也没抬，说了句谢谢后就把接过来的信随手揣进了衣兜。就是这么一个不经意的动作，竟给王铮安带来了弥天大祸。

下班回家吃完晚饭，王铮安才想起白天揣在衣兜里的信，掏出来后马上撕开了信封。当看完信的内容后，他吓呆了，一下子蒙了。这是一封来自台湾特务机关的印刷信件，上面要求收件人与其联系。他再一看信的名头，没写自己的名字，这时惊恐的心情才稍微平复一些，想明天上班将信退回去就没事了。

第二天，王铮安上班走进办公室，见有人在等他，原来是市公安局的人。还没等王铮安开口说话，公安局的人就向他提出了一连串质问："不是你的信为什么要收？不是你的信为什么要拆开看？看了为什么要退回？"王铮安被问蒙了，这才意识到问题的严重性。

当时正是国民党叫嚣"反攻大陆"时期，台湾特务机关经常选择一些历史上与国民党有过瓜葛的知识分子进行投信骚扰，也向大陆一些重要部门、科研院所投送"离间信"。由于王铮安在抗日战争时期曾在国民党空军学过战斗机驾驶，再加上他的姐姐和姐夫在香港经商，因此他成了公安局的追查对象。从此，王铮安被推入了深渊。

在市公安局的责令下，王铮安每天除了反省、检查、交代，还是反省、检查、交代……

这一事件在工厂大院里掀起了巨大的波澜，谁会相信一个连续多年获得省市劳动模范的人会是特务？谁又会相信一个为新中国建设创造出无数个“第一”的人会是特务呢？可是在那个时期，中国社会刚刚经历过肃反运动和反右斗争，一个又一个政治运动搞得人心难测。

当王铮安的检查书写到半尺多高时，他终于看明白了，即使自己长出一千张嘴，也是辩不清身份了，即便自己跳进辽河洗上一千遍，也洗不掉公安局贴在自己身上的“特务”嫌疑的标签。经过几个通宵的思考，王铮安找到厂长刘元青，恳求说：“我的问题无论怎样处理都可以，只请给我一次机会，让我继续把挤压机设计完。”

厂长刘元青恰在这天上午接到了市公安局下达的通知：此人有重大特务嫌疑，待查，不得重用。身为一厂之长，刘元青为失去王铮安这一得力干将而惋惜。面对王铮安的请求，虽然他心中默许，但一人做不了这个决定，于是他同党委书记商议，出于爱惜王铮安的才能，最后答应了王铮安的恳求。

蒙受着这种不白之冤，在这种危难时刻，王铮安能怎么办呢？他又能做出怎样的抉择？他没有任何选择和解释，只能面对现实。王铮安太热爱自己的事业了，他那颗报效祖国的赤子之心如炽热的炉火一样在燃烧。

王铮安不能参加厂里召开的任何会议，甚至不能出席由他主持设计的产品的投产典礼。一些同志遇见他，老远就避开，怕受牵连，只因为他是“特嫌”。对于这些冷落，王铮安压抑着心中的痛苦，他理解同志们的心情，他坚信总有一天，他的事会水落石出，还他清白。

一支熊熊燃烧的火炬，在一场突如其来的暴风骤雨的袭击下，即将熄灭。王铮安夜以继日地埋头于数据计算中，以此排遣心中的烦恼。

由于中苏关系破裂，苏联撤走了专家，断绝了一切物资供应，一些苏联援建的工程项目也陷于瘫痪，一些原来依靠苏联供应零件和材料的企业受到影响，首当其冲的是我国铁路运输和航天工业。由于中断了车轮轮箍的供应，铁路运输接近停运的边缘；由于中断铝合金型材的供应，航天工业面临停产的威胁。

苏联为了卡我们，不要外汇，提出用农产品交换，一吨车轮轮箍要用50头生猪来还，一吨铝合金型材要折合30吨大米或面粉。

当时中国正处于三年困难时期，国内粮食极度短缺，但为了保证铁路运输和航天工业能照常生产，全国人民只好勒紧裤腰带来满足他们的要求。这就是家喻户晓的苏联“卡脖子”的由来。

在这种艰难的情况下，国务院作出决定，在安徽省建设中国的车轮轮箍生产基地——马鞍山车轮轮箍厂，在重庆建设中国铝合金型材生产基地——西南铝加工厂。国家一机部考虑到沈阳重型机器厂有设计制造轧钢机械和液压机械的经验和实力，便将上述两项任务下达给沈重厂，并要求其尽快拿出设计方案。

沈重厂接到任务后，厂领导经过分析讨论认为，对马鞍山车轮轮箍厂所需要的设备有把握完成，但对西南铝加工厂的铝合金加工生产线的设计感到为难。沈重厂先后提出的10种设计方案，均被第一机械工业部一一否定了。

沈鸿部长火速从北京赶到沈重厂，找厂长刘元青商量解决办法。刘元青就把王铮安的遭遇向沈鸿部长做了详尽汇报。沈鸿部长同刘元青厂长一起分析了案情，认为这个案件不但离奇、古怪，在处理方式上也荒唐、武断，便让刘厂长找公安局商量，可否重新启用王铮安。刘元青厂长费尽口舌与公安局交涉后，仍遭到拒绝。

沈鸿部长听刘元青汇报后，第二天亲自来到公安局，那位局长还是固执己见。无奈之下，作为一个从延安时期成长起来的机械工程专家，有着“边区工业之父”之称的沈鸿部长，只好以中共中央委员和部长的身份，从国家战略角度出发，为王铮安做了担保，那位局长才做了让步。

当天下午，王铮安茫然地走进厂部接待室，经刘元青厂长介绍，沈鸿部长拉着王铮安坐在自己身旁，向他讲述了国家目前遇到的困难，以及请他担负起的这个重任。王铮安听后，大滴的泪珠从脸庞上滑落下来，他觉得在部长面前失了礼，连忙扭头擦掉，随后站起来激动地说："请部长放心，我会让中国飞起来。"说完，他顿感用词欠妥，马上又说："我是说让中国的飞机飞起来。"沈鸿部长高兴地说："不必纠正，你说得没错，就是要让中国飞起来！"

"要让中国飞起来！"是王铮安对沈鸿部长的承诺，也是他对党和国家的承诺。他之所以能做出这种斩钉截铁的承诺，不仅缘于他对自己设计才华的自信，更缘于他那颗报效祖国的赤子之心。在沈阳重型机器厂这个国家重器研发生产基地，经过多年的历练，王铮安对轧钢机械和液压机械两个科学领域的熟悉程度就像雄鹰熟悉天空能自由翱翔，像鱼儿熟悉江河能随意畅游一样。

就在王铮安向沈鸿部长许下承诺的第十天，在北京第一机械工业部，沈鸿部长主持召开了专家论证会，王铮安带来的设计方案获得一致通过。沈鸿部长意味深长地说："这个世界第三台，终于有了希望。"并对王铮安说："你为中国的航天工业立下了大功。"

此后，沈阳重型机器厂设计处轧钢和锻压两个科室的设计人员全力投入设计。王铮安除了主持铝合金加工生产线的设计工作，同时还参与指导车轮轮箍轧制机组的工作。经过4个月的苦心钻研、辛勤劳作，在设计人员的齐心协力下，车轮轮箍轧制机组于1962年完成设计和制造，12500吨卧式挤压液压机也于当年完成设计。

就在这时，王铮安时常感到右侧胸部隐隐作痛，他以为是劳累过度所致，便没有放在心上。后来痛感加重，他就吃上些止痛片用以缓解。再后来吃最大剂量的止痛片也不止痛，他就用手按压，或用膝盖顶压。见他露出痛苦的神色，他的妻子和同事纷纷劝他到医院做彻底检查，而他总是找理由找借口一推再推。

明知自己有病却迟迟不肯到医院做检查，他的妻子和身边的同事都很不理解，甚至和他争吵。厂长刘元青找到王铮安，命令他赶快去医院检查身体，王铮安这才说出自己的想法："不是我不想去医院，是我已经感觉到自己得了很严重的病，一旦确诊，我怕自己难以面对那种残酷的现实，摧垮我的意志。莫不如就像现在这样，我会靠我的意志去完成手头上更多的设计。”

听完他这番话，刘元青厂长强忍泪水，他明白了王铮安是在用生命铸造着新中国工业崛起的希望。面对眼前这位身受不白之冤，背负“特嫌”的沉重包袱，却挺着羸弱的身躯一心报国的人，刘元青厂长把头扭了过去。

没有感天动地的誓言，没有慷慨激昂的豪言壮语，一个基层工厂的普通设计师，顶着巨大的压力，忍辱负重，砥砺前行，默默奉献，以信仰的力量释放着重机报国的光芒。

当西南铝加工厂传来试验机完全达到预期效果的消息后，王铮安脸上露出了三年多来从未有过的笑容。

第二天，他在妻子的陪同下来到医院。经过医生检查，确诊为肝癌晚期。尽管妻子刘燕没有告诉他实情，但他从医生背着他和刘燕谈话的举动已经知道了结果。医生建议他住院治疗，但被他拒绝了。他知道这种疾病没有治愈的可能，只能靠注射止痛药度日。如果这样，他宁愿选择在家里同妻子和小女儿一起度过自己生命的最后时光。

每当单位同事到家里来探望，他最想知道的是12500吨卧式挤压机制造的进展情况，当同事详细告诉他以后，他的眼中闪着欣慰的泪光。

王铮安设计的12500吨卧式挤压机

一天，刘元青厂长到家里看望他，只见他已骨瘦如柴，神态疲惫，但仍不忘问起挤压机制造的进展情况。当刘厂长告诉他详情后，这次他没有笑出来，而是长长地叹了口气。刘元青厂长问他有什么愿望和要求，他没有回答，只是用颤抖的手指了指床头的墙壁。刘元青厂长走近细看，那些原以为是他受病痛折磨而抓挠的道道痕迹，竟然是他改编的两句诗："天生我材必有用，奈何天不从我愿。"此时此刻，刘元青厂长无言以对，不知说什么才能表达对他的安慰。

一周以后，无情的病魔把王铮安带到另一个世界，王铮安离开了他所热爱的沈重，终年39岁。让他抱憾的是未能亲眼看到自己设计的挤压机成功投入生产。

在这套设备试车生产时，当第一根圆整光洁的钢材被挤压出来时，现场的工程技术人员喜出望外，甚至不敢相信这是经自己的手生产制造出的大型设备，不由得欢呼雀跃。

这套设备自投产以来，一直是我国铝加工业的骨干设备，规格是亚洲同类设备中最大的，被誉为"四大国宝"之一。

1978年3月，在全国科学大会上，王铮安设计的12500吨挤压机获得全国科学大会奖。

改革开放以后，来自美、日、德等国的制造设计专家在参观这些设备时，对在20世纪60年代我国能研制出这样的大型成套设备，无不表示惊异和钦佩。

在写这篇文章时，我在朋友宋敬泽提供的资料中，看到了一本1964年12月由中国工业出版社出版的《轧钢机导卫装置》一书。这是王铮安在抱病期间翻译的一本由德国专家所写的轧钢技术专著，只不过在这本书出版时，译者王铮安的名字被打上了黑框。怀着景仰的心情，我又一次来到沈阳劳动模范纪念馆，王铮安的身影又一次出现在我的眼前。

我仿佛看到一块块火红的钢锭在轧钢线上变成钢轨，看到那些烧红的坯料经过水压机组，由车轮轧机轧成车轮，看到王铮安脸上挂着欣慰的泪水，微笑着向我走来。现在，如果王铮安还健在的话，他应该是一位97岁的睿智老者了，他如果看到今天穿梭在各地的高速列车，看到蓝天上翱翔的国产大飞机，该是一种怎样的心情呢？

王总您好，久违了！王铮安，您不仅是沈阳重型机器厂的骄傲，也是新中国重机工业的骄子！

在中国制造业总量连续12年雄踞世界首位的今天，我们不能忘记新中国成立初期的那些中国重机工业的奠基者们。让我们以新时代的彩霞为共和国的功臣们披红挂彩吧，向为新中国重工建设做出卓越贡献的开拓者致敬！

在磨难中成长

日月如梭，人生的车轮将我推向了花甲之年。可是无论时光多么悠远，像我这样常常忘记前天或昨天事情的人，一提起小学时的那些往事，却仍感觉历历在目。

我和我的同学们一出生就赶上了国家三年困难时期，嗷嗷待哺时就吃上了榆树钱掺苞米面做的充饥物。

我还没上小学就已经认识很多字了，那是爸爸在我三四岁时，用两盒《看图识字》卡片教我的。之后我学会的一些字，大多是通过马路上的大标语、大字报认识的。我不仅认识，还会在马路上用粉笔写大字。邻居鲁叔看我会写，特意从单位拿回大号粉笔给我，作为对我的奖赏和支持。鲁叔站在马路边上，一边看着我写，一边不时地对路过的人说："看这孩子，还没上学，就能写大标语。"鲁叔的话，让我写得更起劲儿了。一个幼稚的孩童，得到了大人的鼓励，就像踏上了泳池的跳板，逞能会使他做出超乎寻常的动作。鲁叔越夸，我就越发能耐，写得更欢了。直到有一天，我被一个骑车的人撞了，那个在马路上写口号的小孩儿就此消失了。

一天，学校在操场上开批斗大会，一位女老师被推到台上，她脖子上挂着一块大牌子。我那时刚上学，不知道她是谁，直到有人发言了，才知道她原来是校长，后来被安排打扫学校的厕所。

学校开完批斗大会，各个班还要开。老师在黑板上写完"批斗大会"四个字后，同学们纷纷拿出家里大人帮助写的批判稿，磕磕巴巴地念了起来。

学校还请老贫农“忆苦思甜”，忆苦思甜要先唱《不忘阶级苦》的歌：“天上布满星，月牙儿亮晶晶，生产队里开大会，诉苦把冤申……”这歌很长，有三四段，在歌还没唱完的时候，有人就“呜呜”地哭了，还有人举起拳头喊口号，然后吃“忆苦饭”。

忆苦饭是由一个姓王的大爷在学校食堂做的，就是用苞米面掺白菜叶子蒸的窝窝头，有的同学吃了说挺好吃。王大爷一边吃着窝窝头，一边诉苦：“同学们呀，要说旧社会的苦，三天三夜也说不完呢。远的不说，就说那三年困难时期吧……”老师急忙跑过来，“王大爷，你停一下停一下……”然后凑到王大爷身边耳语了几句。只见王大爷一个劲儿地点头，“啊啊，记差了，好好，我重讲，我重讲……”

1969年放寒假，学校让学生在放假期间捡粪，说是为国家多打粮食做贡献。小伙伴们拿着铁锹，拽着一个破筐，顶着寒风，走在马路上。看到马车来了，就跟在马车后边跑，一边跑还一边喊：“马快拉！马快拉！”马要是真拉了粪，小伙伴就会欢呼着一拥而上，小心翼翼地将马粪装进筐里。有时跑一天也捡不着粪，学校安排的任务完不成，有的家长便趁天黑的时候，打着手电，到公共厕所里偷着刨粪，把带着冰碴的粪堆在一楼的窗户下。开春，一打开窗户，屋里都能闻到一股大粪的臭味。

寒假结束刚开学，我们就上街游行，据说苏联要侵占我国珍宝岛，解放军边防战士打败了他们。那时，处于战备状态，各家窗玻璃都贴上了防空袭的米字形纸条。经常在上课时，突然警报响起，我们马上跑出教室，趴在操场上，这是学校组织的防空演习。

在我们家属楼，每家都要出一个大人挖防空洞，挑灯夜战。我和小伙伴们觉得这太像电影里的地道战了，便带着家里停电时用的蜡烛和小人儿书，钻到防空洞里大家交换着看。那时，无论谁家都会有几本小人儿书，不然，孩子就失去了和更多的小伙伴在一起玩儿的筹码。因为我有好几百本小人儿书，所以在小伙伴中常常是我说了算。小人儿书是那个时候最好的家庭老师，从小人儿书里，我们不但知道了关羽、张飞、武松、鲁智深，还认识了英雄董存瑞、黄继光、邱少云。

后来防空洞塌了，砸到了小孩儿，大人们就把防空洞堵上了。

有时我们还在晚上游行，收音机里一广播重要新闻了，我们就马上到学校集合游行。

1970年4月24日那天晚上，我国第一颗人造地球卫星——“东方红一号”卫星发射升空了，我们连续游行庆祝了好几天。

有时我们上半天的课，剩下的半天要出去捡废钢铁。每次都走挺远的路，到一些工厂边上转悠。有的同学在外面捡不着，就回到家里翻箱倒柜地找，大到铁锅铁盆，小到铁钉螺丝帽。那时我们常唱的一首歌是《小小螺丝帽》：“路边有颗螺丝帽，路边有颗螺丝帽，螺丝帽，弟弟上学看见了，看见了，看见了，看见了，螺丝帽虽然小，祖国建设不可少。捡起来，瞧一瞧，擦擦干净多么好，送给工人叔叔，把它装在机器上。嘿！机器唱歌我们拍手笑！”

1969年我（左）与小伙伴的合影

学校开始学农劳动，在教室边上搭了个猪圈，养了两头猪，每天从各班抽调两名学生轮流值日喂猪。有一天轮到我值日，我把猪食弄好后，就躺在猪圈的稻草上看起书来。我被书里的情节深深吸引了，直到有人从我的手中把书拿走，我才反应过来。原来是邻班的一个老师，她走近猪圈时，看到我正躺在臭烘烘的猪圈里痴迷地看一本书，很是好奇这该是一本什么样的书，能把一个小学三年级的孩子迷成这样。后来，我的班主任对我讲，当那个老师把我的书拿到手时，她有点儿蒙了，她没想到，这么小的一个孩子竟然在看一本竖版繁体字的苏联小说。她对我的班主任说：“说实话，那本叫《一颗铜纽扣》的书上有好多字我都不认识，他这么小的孩子能看懂吗？”

一天上体育课，男生学跨栏，女生学跳绳。体育老师是一个年轻健壮的小伙子，用现在的话讲是个帅哥。他先是在栏架上做了几个示范动作，讲解了跨栏要领，然后就让我们每人分别试跳。当轮到我跨栏时，膝盖一下子磕到了栏架上，很疼。我便走到学校围墙的墙根下坐了下来。

看到我在墙根下坐着，几个男生也凑到我身边坐了下来。体育老师一看很恼火，喊我们起来。有几个男生起来了，还有几个男生见我没动，也像我一样装作没听见。体育老师急了，气冲冲地走到我们身边，抬起脚，佯装要踢我们。我身边的几个男生忽地站了起来，躲开了，唯有我仍旧一动未动。体育老师觉得很没面子，他伸出去的脚若要收回来，那他就算栽了，于是一脚踢在了我身上。

我立马站了起来，随口骂了他一句。体育老师做梦也没想到，我这么一个小屁孩，非但没被他吓住，竟然还敢开口骂他。他猛地冲到我身前，朝我劈头盖脸地打了几下。我哭着跑回了家，将下乡回家的二哥领到了学校，要和体育老师打架。学校领导听说后，让一个姓李的女老师出面调解。她让体育老师给我赔礼道歉后，这场“恩怨”才算得以平息。

从那以后，我在内心里对跨栏反而来了劲儿：我怎么就不能跨栏？我不但要跨栏，还要跨得好。于是，凡是在走路时，只要看见一米左右高的围栏或草丛，我总是要先疾速助跑，然后快到围栏跟前时再起步、跨越。

有时吃过晚饭，我便将楼里邻居们放在外面的自行车按照一定的距离摆上几辆，当作栏架，然后我从车梁上面飞跨过去。上初中时，在学校运动会上，在110米栏的项目中，我第一个冲过了终点线。

十多年前我就喜欢看跨栏运动员刘翔的比赛镜头，我有时想，当年我要是有一个好教练，或许也会像刘翔那样成为一名职业跨栏运动员吧。这样一想，我开始怀念那个踢我的体育老师了。

到了五年级，也是小学的最后一年。我们上学要从家里带着红缨枪，或者背着木质步枪，在学校操场上练队列、卧倒、匍匐前进、刺杀、投弹，每个人几乎都成了小战士，课余时间还要到学校的小工厂去学工劳动。小工厂主要做家庭用的插菜板，据说卖得还挺好，但对于我们这些在家吃不饱肚子的学生而言，在无偿地消耗了体力劳动后，还要抹着顺脸淌下的汗水自豪地说："我已成为一个有文化的劳动者。"

春天来了，这是我们最期盼的季节，学校组织我们坐着租来的公交车，到抗美援朝烈士陵园扫墓，然后到北陵公园去玩儿。为了等这一天的到来，我提前好些天就开始攒妈妈给的零花钱。到了这一天，我的书包里会装上一个面包、两瓶汽水，兜里还揣着从储蓄盒里抠出来的买冰棍的钱，别提多快乐多开心了。

我还记得在小学时最后一次祭扫烈士墓，不是坐车去的，为了向英烈们学习，我们是行军走去的。我们一大早从工人村出发，沿着铁西建设大路前行，绕过中山广场，循着黄河大街，整整用了一上午时间，我们这些十二三岁的孩子，走了十六七公里路。汗水把衣服都浸透了，许多同学的脚也磨出了泡，但大家还是一路唱着歌继续前行。只有几个人在半路上掉了队，被老师安排上了汽车。我作为班级的旗手，高举着红旗，走在队列的前面。一路上看到路边的人们注视着我们，感觉威风极了。

1972年，在祭扫抗美援朝烈士陵园后，笔者在北陵公园留影

前几年在一次同学聚会的酒桌上，老同学相聚感慨万千。我对一个同学说，我们少年时不但受困苦的煎熬，更重要的是知识贫瘠。我们没有学到应该学的知识，

造成了我们这一代学业的荒废。

有人说，磨难是成长的阶梯，是成功的试金石。那么，对于一个孩子而言，过早和过多地承受磨难是否会影响孩子健康成长？

往事不堪回首。慌乱的年代给了我们衰竭的土壤，我们在蛮荒的旷野中长成顽强，在这时光中，我们经历了雨雪风霜。

在那遥远的地方

在一趟北京至哈尔滨的高铁列车上，我的邻座坐着一个看上去比我年龄稍大的人，估计六十四五岁。当知道我在沈阳下车时，他便问我："你是上沈阳办事？"我说："不是，我就是沈阳人，我回家。"

他说："我向你打听个事，铁西工人村的老楼现在还在不？"

我说："大部分都扒掉了，已经盖上新楼了，但还有三十多栋，作为工业文化遗产保留了下来。"

我反过来问他："老哥，你怎么想问这个？"

他说："我小时候家在那儿，就在工人村64栋，不知道现在还有没有了？"

"什么？你家在64栋？我原来就在64栋楼住。你家在哪个楼门？"

"我家在第二个楼门。"

"你家在第二个楼门？我家就是第二个楼门的，我咋不认识你？你叫啥名？"

"我叫王玉忠啊。"

"你叫王玉忠？你是小忠子？你知道我是谁不？我就是你家南屋的，咱两家公用一个厨房，我是你二胖哥。"

"你，你是二胖哥？这真是太巧了！你不说我根本看不出来是你呀！"

"是啊是啊，我也看不出来是你啊，你变化太大了。"

"是啊，二胖哥，你也没小时候的模样了，这一晃五十多年了，不，应该说快60年了，咋能认出来呀？"

那时候，我家后屋住着老王家一家人，我们两家公用一个厨房和厕所。王玉忠是他家老儿子，比我小两岁，大家都叫他小忠子。王玉忠还有一个哥哥、两个姐姐，他爸爸是厂里的工程师，我叫他王大爷。我和小忠子经常在一起玩儿。

有一天，小忠子对我说，他家要搬家了。我问他往哪搬，他说不知道，听他爸说要搬到很远的地方。

过了几天，老王家真的搬家了，他家的锅碗瓢盆都被装到了用木板钉的大箱子里，就连酸菜缸也被缠上草绳搬上了车。听我爸说，王大爷是被厂里派到三线了，是到甘肃的天水，那是一个很远很远的地方，坐火车也得好几天才能到。

接下来的几天里，工人村老楼里，天天有解放车停在楼前，有好多邻居都搬家了，也说是上三线。这些搬走的邻居中，有好几家的爸爸是在厂里当官的，还有的是工程师。我当时不知道三线是什么地方，只是猜想，他们这些有能耐的人都去了三线，那么三线一定是个好地方。

后来我才知道，我只猜中了一半，当年能够被选中去三线的，的确都是各工厂的精兵强将，能上三线那是一件很光荣的事，有很多人主动报名，写决心书，争先恐后。

当下的一些年轻人或许不知道，共和国有这样一段历史，它深刻地改变了几代人的命运，那就是“三线建设”。

20世纪60年代，中苏交恶，面对可能爆发的世界核战，我国按照地理区域，由中国大陆的国境线依其战略地位的重要性（即受外敌侵袭的可能性）向内地收缩，划分三线，形成三线地区，大量国防、科技、工业项目迁到了位于战略大后方的三线地区。

所谓的三线地区，主要包括甘肃、四川、陕西、云南等13个中西部省和自治区。数百万工人、干部、知识分子、解放军官兵和成千上万人次的民工投身三线，安排了1100多个大中型建设项目。从铁路、公路等交通基础设施，到钢铁、煤炭等工矿企业，再到国防、航天等科研单位，几乎是从零开始，重构了我国第二套完整的国防工业和重工业体系。

上三线的人们从不同的城市举家搬迁到偏僻山区里开荒建厂，形成了一个个有别于当地的、生产生活一体化的三线小镇。在三线厂里的孩子，像王玉忠他们被叫作“厂子弟”。

王玉忠向我讲起了他家刚到三线时的情景。

王玉忠爸爸的工厂，到三线的任务是在天水建一个新工厂。当厂里把第一批援建人员名单张贴到墙上后，王大爷是不在名单之列的。王大爷看到有许多熟悉的老工友都在名单中，自己又是一个刚入党的工程师，在党和国家需要的时候，不能当缩头乌龟，于是他找到厂领导，要求把他的名字给补上。

出发前，王家人不知道他们所去的三线是什么样的，更不知道通往三线的路是怎样一段旅程。

从沈阳到甘肃天水有两千多公里，即使在铁路、公路发达的今天，也是一段遥远的路途。

王家人和一同去三线的其他同事及家属坐着硬座火车，几经中转，颠簸了两天一夜才到达天水。下车后又走了很远的泥泞山路，才来到他们的建设工地。这时他们才发现，这里就是一片荒山野岭。

当年援建三线的工人在盖“干打垒”土坯房

天水是一个地形狭长的地方，被夹在两山之间，他们包建的工厂厂址就在山沟里。尽管事先也听说三线都在偏远的山区，但是异常艰难的生活环境和条件是他们根本想象不到的。

“住的房子是我从来没有见到过的，当地人叫‘干打垒’。其实干打垒是一种简易的筑墙方法，就是在两块固定的木板中间填入黏土，然后夯实，待墙体稳固、结实之后再将木板撤掉。而有的人就连用干打垒方法盖的土坯房都没有，只搭个席棚子。屋里那个冷劲儿就别提了，尽管点着炉子取暖，也是冻得直哆嗦。”王玉忠说道。

“说到吃的那就更难了，因为是山区，海拔高，水的沸点低，馒头蒸不熟，吃到嘴里黏黏糊糊的，还没有带叶的菜，成天吃土豆。”王玉忠补充道。

从小忠子的描述中，我知道，那里连个办公室都没有。王大爷和他的同事们，无论是搞技术的还是做行政管理工作的，都得去搬砖运土，人背肩扛，一砖一瓦地开始盖厂房。

在那里，唯一能让小忠子他们这些孩子感兴趣的是，每天都能听到爆炸声，比过年时放的二踢脚声音大多了。工厂建在山沟里，山又都很陡峭，每天都在炸山，一层一层地炸，这样才能开出一块建工厂的大平地。

身为机械工程师的王大爷还担任了党小组组长，在繁重的生产劳动之余，党小组仍要利用业余时间定期组织学习。艰苦的工作条件更显现出大家极高的政治素养和觉悟，在日复一日的并肩工作中，很少能听到有人说抱怨的话，大家非常团结，互相帮助，俨然一个大家庭。

沈阳第一机床厂的援建者们用手推车和人拉肩扛，开启了天水星火机床厂的包建工程

就这样，王大爷和他的同事们从零开始、白手起家，盖起了厂房、车间、宿舍，仅用一年多的时间就生产出了机器产品。

王玉忠现在是甘肃一所工业大学的教授，从事自动化机械研发，也算是子承父业，发扬了他爸爸的专长。他这次是到齐齐哈尔同中国一重洽谈一个项目。

不知不觉，聊了3个小时，车到沈阳站，我下了车，这一路我与小忠子同行半程，他还要接着前行。我邀请他回程时在沈阳下车，带他去看看当年的老房子。他动情地说："真想回去看看，经常在梦里回到老房子，还梦到你和我在一起弹玻璃球。"当我问起他的父母时，他说老两口早就不在了，算是客死他乡吧。

同他握手告别的瞬间，看着眼前这位一脸沧桑两鬓斑白的人，我虽然熟悉他的童年，可是我不知道在逝去的半个多世纪的岁月里，大西北的风沙是怎样把他变成了这副让我陌生的面孔。

在这场史诗般的工业大迁移中，在党中央"备战备荒为人民""好人好马上三线"的号召下，作为中国工业重镇的沈阳，扛起了"共和国工业长子"之责，承担了艰巨而繁重的任务。沈阳将工业实力雄厚的企业中的优秀干部、技术骨干派遣至四川等地，同时也将先进设备陆续运往四川、贵州、甘肃、宁夏、青海、河南等地。数万沈阳工人不计回报、不讲条件，把满腔热血装进行囊，奔赴祖国大西南、大西北的深山峡谷、大漠荒野，从此背井离乡，不问归期。

这让我想起在铁西区博物馆里看到的一组数字，铁西区有48家企业支援了国内526家企业建设，其中3家企业进行了全厂搬迁，23家企业包建新厂，29家企业车间整体划拨。这48家企业先后共派出23304人，其中厂级干部94人、中层干部7000人、技术工人16210人。他们背井离乡，在异地他乡落地生根，把异乡当家乡，与所有三线人共同铸就了"献了青春献终身，献了终身献子孙"的"三线精神"。

下面是我摘抄的一组数字资料，它们或许是枯燥的，但是，这些数字是老一辈鲜活的心血和智慧的体现。在共和国的功劳簿上，这些数字是不应该被遗忘的。

当年铁西援建兰州石油化工厂的技术人员在勘测选址

沈阳重型机器厂：

1958—1962年，为第二重型机器厂（四川德阳）提供生产线51条，输送管理人员、工程技术人员及生产骨干300余人，为受援方培训各类骨干300余人。

为太原重型机器厂提供生产线52条，输送管理人员、工程技术人员及生产骨干100余人，为受援方培训各类骨干100余人。

为洛阳矿山机器厂提供生产线53条，输送管理人员、工程技术人员及生产骨干60人，为受援方培训各类骨干50人。

为西安冶金机械厂提供生产线54条，输送管理人员、工程技术人员及生产骨干50人，为受援方培训各类骨干50人。

1959年，包建了陕西压延设备厂。

沈阳风动工具厂：

1958年，为洛阳风动工具厂提供内燃凿岩机及全套设计图纸等，为宜春风动工具厂提供内燃凿岩机技术资料。

1965年，为山西榆次液压件厂输送管理人员、工程技术人员及生产骨干171人。

当年援建工人在为包建的天水星火机床厂铺设铁路专用线

为天水风动工具厂提供凿岩机全部图纸，设备145台，辅助机具596台（件），原料、半成品及其他物资403吨，输送管理人员、工程技术人员及生产骨干605人。

沈阳第一机床厂：

1958年，为洛阳矿山机器厂输送管理人员、工程技术人员及生产骨干6人。

为西安仪表厂输送管理人员、工程技术人员及生产骨干25人。

1967年，包建甘肃天水星火机床厂。

沈阳第三机床厂：

1954年，为河南洛阳轴承厂输送管理人员、工程技术人员及生产骨干241人。

1958年，为西安仪表厂输送管理人员、工程技术人员及生产骨干18人。

1984年，为三门峡豫西机床厂包建新厂，输送管理人员、工程技术人员及生产骨干227人，为受援方培训各类骨干432人。

沈阳鼓风机厂：

1954—1955年，为兰州石油化工机械厂输送管理人员、工程技术人员及生产骨干120人。

1958年，为兰州石油化工厂输送管理人员、工程技术人员及生产骨干65人。

1963年，为河南开封空分设备厂输送管理人员、工程技术人员及生产骨干22人。

1964年，为开封高中压阀门厂输送管理人员、工程技术人员及生产骨干17人。

1968—1970年，为陕西鼓风机厂包建新厂，输送管理人员、工程技术人员及生产骨干229人，其中厂级干部2人，为受援方培训各类骨干150人。截止到1985年，为全国其他46个风机制造厂提供图纸12782套，其他技术资料10万余张（套），为受援方培训各类骨干580人。

沈阳水泵厂：

为西安仪表厂输送管理人员、工程技术人员及生产骨干33人。

1966年，包建自贡特殊泵厂。

1967年，包建甘肃天水水泵厂。

沈阳高中压阀门厂：

1966年，包建兰州高中压阀门厂，提供产品工艺设计、改扩建设计等全部技术资料及各类生产设备124台（套），输送管理人员、工程技术人员及生产骨干292人。

沈阳标准件厂：

1969年，为宝鸡标准件厂提供产品设计图纸及各类生产设备19台，输送管理人员、工程技术人员及生产骨干14人。

为辉南标准件厂提供生产设备及主要产品19台，输送管理人员、工程技术人员及生产骨干250人，其中党委副书记1人。

1970年，为援建西安标准件厂，沈阳标准件厂六车间整体划拨，提供各类机械加工设备29台，输送管理人员、工程技术人员及生产骨干120人。

“窥一斑而知全豹”，透过这些抽象的数字我们看到的是一种甘于奉献勇于奉献的精神。为了支援三线建设，铁西以共和国工业长子的情怀，把家里的老底儿都拿出来了。

当时由于保密的需要，这段涉及几十万人的大迁徙，媒体基本上没进行报道宣传。如今，这场轰轰烈烈的迁徙已经成为历史中薄薄的一页，而中国的每一片土地也发生了巨变，三线工程已逐渐退出历史舞台，那些“厂子弟”的青春岁月，也随着他们故乡的远去，一起逐渐消失在历史长河之中。

三线建设是新中国的一项伟大决策和英勇壮举，奠定了我国西部的工业基础，带动了西部地区经济社会初步繁荣，培育了艰苦奋斗的革命精神。

一代人有一代人的责任，一代人有一代人的奉献。在那个特殊而又艰苦的年代，曾有这么一大批人，在祖国需要的时候，积极地站出来听从召唤，用近乎不问代价的牺牲，为新中国国防工业建设和国家工业总体布局做出了历史性贡献，光荣地完成了自己肩负的历史使命。他们的故事我们不应该忘记，不应该忘记在那遥远的地方，曾经有这样一些可敬的人。

两支中华铅笔

手机进来一个电话，是一串陌生号码，我没接。但电话铃还挺执着，响个没完。无奈我接通了电话，没好气儿地问：“哪位？”

一个女人的声音：“你是张瑞吧？”我说：“是我，你是——”

“我是你小学同学，你的同桌，能想起来吗？”

“小学同学？同桌？”我迟疑了一下。“你？你是叶莹吗？”

“你还真行！能想起我来，看来我这个电话打对了。”对方的声音很是兴奋。

“那当然了，我这个人什么都不好，就记性好。”我调侃了一句。

“你还是那么顽皮。”叶莹说道。

“老同学，你是从哪冒出来的？怎么知道我的电话？”我问。

“哎呀，你现在是个名人，想找你这个大作家还不容易，我现在就在沈阳呢。”叶莹说。

“你可别逗我啦！你在沈阳，那可太好了，我请你吃饭。”

放下电话，我想了一下，我和叶莹分别有五十多年了，说实话，我早就不记得她了，今天她突然冒出来，让我感到很意外。

小学时，我和叶莹是同桌，记得在她转学离开同学们的前一天，我还和她吵了一架。

于是，我打了几个电话，张罗了几个能找到的小学同学，在当年我们上学的重工二校附近选了一家饭店，表示一下同学之情和地主之谊。

临出门时，我想起一件事，就从书房的抽屉里找出两支铅笔，放在了包里。

想到聚会要喝酒，我没开车，打了一辆出租车赶往饭店。当出租车开进工人村时，看着那一幢幢建于20世纪50年代的红楼，回忆的闸门情不自禁地打开了，眼前浮现出和叶莹同桌时的情景。

那时，叶莹穿着一件漂亮的“布拉吉”，她学习好，人长得也好看，像一个小公主。可是她不爱说话，不大合群，虽然我和她同桌，但也很少说话。和她住在一个楼里的同学说，她是单亲家庭的独生女，没有爸爸。其实她有爸爸，她爸爸是一名工程师，是从国外回来的，会说外语，只是不知怎么，前两年悄悄地没影了。有人说她爸爸和她妈妈离婚了，在外面又找了一个女人；也有人说，她爸爸有海外关系，有特务嫌疑，被抓走了。

暑假前一天的课堂上，我打开文具盒，拿出新买的中华铅笔，故意将文具盒弄出响动，从而引起同学们注意到我手上的中华铅笔。这支铅笔我早就想买了，咱班只有叶莹的文具盒里有一支中华铅笔，可她从来都不用，总是拿出来静静地看一会儿再放回文具盒里。

我的铅笔都是妈妈给我买的，是那种3分钱一支的。大多数同学的铅笔也都是3分钱一支的，还有的同学用的是1分钱一支的，就是铅笔杆没刷油色的那种。

我买这支中华铅笔，倒不是想用，就是想在同学们面前显摆一下。

下课铃声响了，叶莹整理书桌时，顺手拿起我的中华铅笔，装到了她的文具盒里。我忙说：“这是我的铅笔。”她说：“怎么是你的呢？这是我的。”我说：“这是我好不容易用攒下的零用钱买的。”说着，我打开她的文具盒，把中华铅笔给抢了回来。她哭着告诉了老师，说这笔是她爸爸给她买的，一看到这铅笔，她就好像看到了爸爸。

我一听马上说：“你撒谎，你根本就没爸爸，我听说了，你爸爸没有好几年了。”

叶莹哭着说：“我有爸爸，你凭什么说我没有爸爸？”

我说：“你爸爸在哪上班？是干啥的啊？说不上来了吧？你根本没有爸爸。”

看到叶莹如此伤心，老师从我的手里拿过铅笔，递给了叶莹。叶莹接过铅笔，扭头捂着脸就走了。

我气愤地和老师争辩起来。老师写了一张纸条，让一个同学交给了我妈妈，妈妈打了我。妈妈问我："你哪来的中华铅笔？"我不敢说，因为我是偷拿了我妈放在抽屉里的钱买的，妈妈用笤帚抽了我几下。

我感到特委屈，我找到叶莹家，敲开了叶莹家的门，我要讨回我的铅笔。

门打开了，是叶莹的妈妈。她妈妈长得像电影里的女演员，我想起来了，有人说过，她妈妈是歌舞团里弹钢琴的。她妈妈说话的声音特好听，她温柔地问我："你叫什么名字？找叶莹有事吗？"

我把事情和叶莹妈妈从头到尾说了一遍。我在说话时，非常紧张，也许是她家太闷热了，大夏天的，她家关着窗户，墙上还挂着毯子，不大的房间里，摆着一架很大的钢琴，显得房间又拥挤又阴暗。

叶莹妈妈说："原来是这样啊！阿姨一看你就是个好孩子，你是不会抢叶莹铅笔的，那是叶莹搞错了，误会你了，让你受委屈了，阿姨替叶莹向你道歉。"说着，她打开一个抽屉，从中拿出两支中华铅笔递给我说："这是叶莹爸爸给她买的，这两支阿姨送给你了，算是补偿你吧。你回家跟你妈妈说，你没有拿叶莹的铅笔，你还得到叶阿姨的表扬了。"真没想到，结果会是这样，叶莹妈妈真好，我高兴地拿着两支中华铅笔回家了。只不过我没敢告诉妈妈，我把这两支铅笔藏了起来。

暑假过去了，开学第一天，老师拿着一封信，向同学们念了起来。原来这信是叶莹妈妈写的，信中说我没有拿叶莹的铅笔，是叶莹那天把中华铅笔掉到书包里，才误以为是我拿了她的铅笔，让我遭到误解。叶莹妈妈说向我表示歉意！

当同学们看向叶莹时，叶莹的座位是空的，老师告诉同学们，叶莹家搬到外地去了，叶莹转学了。和叶莹住在一个楼里的同学说，她家搬到三线去了，很远很远的地方。

出租车到了饭店门前。我走进饭店时，同学们也到齐了。分别了五十多年，看着一张张两鬓斑白的面孔，有的同学如果不自报家门的话，还真是不知道眼前的人是谁。

三线建设时期，青海省金银滩的二二一基地地下指挥中心旧址

聊天中才得知，叶莹这次回沈阳是给她的父母选墓地来了，她要让二位老人魂归故里。

当年，叶莹的爸爸没了影是因为上了三线，到了一个代号叫二二一的核武器生产基地。这属于国防重大机密，任何人都不知道，对家人也要保密，也不让给家里写信。后来组织上考虑到叶莹爸爸的生活状况，经过严格审查，才批准把他们一家三口安置在一起。不料，他们一家团圆不到两个月，在一次试验事故中，叶莹的爸爸因公殉职了。

叶莹的妈妈和爸爸是在国外留学时认识的，她妈妈当年学的是钢琴专业。叶莹爸爸去世后，组织安排她妈妈当资料翻译员。每天叶莹妈妈总要面对一大堆资料，可是一旦有点儿空闲，她妈妈就指导叶莹弹钢琴。

叶莹对我说："你还记得那次你去我家要铅笔时，大夏天的我家窗户上挂着帘子、墙上挂着毯子吗？那是因为我妈教我弹琴时，怕让邻居们听到而打扰大家。"

在三线基地，每当报捷庆功时都要举行联欢活动，那是叶莹和妈妈最开心的时刻。领导会派工人们把钢琴抬到一个临时搭起的舞台上，由她和妈妈为大家弹奏钢琴。特别当她和妈妈四手联弹《咱们工人有力量》时，全场一片欢腾，工人们挥舞着帽子，齐声合唱起来。

青海省金银滩中国原子城纪念碑

全国重点文物保护单位——中国第一个核武器研制基地旧址。这里是“两弹一星”精神的发源地之一

我插话道：“想不到在那大漠荒野，那些没有多少艺术细胞的工人，会对钢琴演奏这么感兴趣。”

叶莹说：“其实你真是不太了解，当年能上三线的人，都是一些素质比较高的人，不是说‘好人好马上三线’吗？特别是在二二一这样的重要基地，很多人都是科技人员，这些人的文化程度可高呢！”

“我长大了才感悟到”，叶莹继续说，“他们这些艰苦奋斗的创业者是最懂得追求美好生活的，更懂得欣赏艺术的价值。他们喜欢音乐，同样喜欢钢琴，因此，在看到他们为我和妈妈抬钢琴那小心翼翼的样子时，我真的好感动。”

后来，基地的一位首长看叶莹钢琴弹得那么好，就把她推荐到解放军艺术学院。

听着叶莹平实而冷静的讲述，好像拂去了时间落下的灰尘，让光线照进了那段逝去的岁月，照亮了那些我不曾知晓的往事，我从那些未经渲染的艰苦中感受到了艰苦奋斗的力量。

叶莹说：“等我把父母二人的墓地选好了，我也要回沈阳了，沈阳是生我养我的地方，我也快六十岁了，大半生在外漂泊，也该落叶归根了！”听了叶莹这话，我心里有一点儿感伤。

这时有人提议，咱们吃也吃了喝也喝了，聊得也差不多了，咱们去歌厅唱歌吧，大家边唱边聊。

我们走出饭店，在马路上拦了几辆出租车，直奔建设大路边上的一家歌厅。

走进歌厅的大堂，只见地中央摆放着一架钢琴。我打趣地对叶莹说：“你看，这歌厅知道今天你来，特意摆了一架钢琴，就请钢琴演奏家给我们弹上一曲吧，让咱们也享受一下。”

叶莹笑着说：“好吧，既然同桌的你都这么说了，我就给大家弹一首吧，算是感谢大家的盛情招待。”

叶莹在钢琴前坐了下来，只见她的手指在琴键上一划，随之一曲《沈阳啊沈阳》的旋律便从她的指尖飞了出来。

叶莹说：“我们大家一起唱吧！”听了她的话，大家围在钢琴旁拍着手唱了起来。经过的人都停下了脚步，先是静静地观看着，随后也凑上前，跟着一起唱了起来。

一曲终了，大堂四处响起了热烈的掌声。有人呼喊着：“太好了！再来一曲！”我对叶莹说：“这是广大人民群众的呼声，请你再演奏一曲吧。”

叶莹微笑着点点头，手指轻轻地往琴键上一搭，只听大堂里又响起了众人大合唱。

鲜花曾告诉我你怎样走过，
大地知道你心中的每一个角落，
甜蜜的梦啊谁都不会错过，
终于迎来今天这欢聚时刻。

水千条山万座我们曾走过，
每一次相逢和笑脸都彼此铭刻。
在阳光灿烂欢乐的日子里，
我们手拉手啊想说的太多。
星光洒满了所有的童年，
风雨走遍了世界的角落。
同样的感受给了我们同样的渴望，
同样的欢乐给了我们同一首歌。

午夜，当我们从歌厅里走出来时，我们这些年近花甲的人彼此拥抱。我从兜里掏出那两支中华铅笔，问叶莹：“你还记得这两支铅笔

青海省金银滩中国第一个核武器研制基地旧址纪念碑

吗?”叶莹接过铅笔，仔细地看了看，惊喜地说道：“我太认识了！这是当年我爸爸给我买的中华铅笔，是101系列HB的。真想不到这么多年了你还保留着这两支铅笔!”叶莹说这话时，我看到她的眼中闪着泪光。

我解释道：“其实我也不是刻意保留的。那天你妈妈给了我这两支铅笔后，我回到家不敢拿出来。因为我妈妈要是知道了我上你家去讨要铅笔，非掐我不可。你不知道，我妈妈掐我可疼呢。于是我就把这相当于走私品的两支铅笔封存起来了。想不到，今天它的主人回来了，那就物归原主吧。”

叶莹高兴地说：“太好了！这样吧，我留下一支，好让我一看到它就想起我爸爸。”说着，叶莹从包里拿出一块橡皮递给我，说：“同桌的你，我送你一块橡皮，把小时候我误解你抢我铅笔的事从记忆里擦掉吧。”

我接过橡皮笑着说：“这块橡皮我收下了，不过那些记忆我是不能擦了，我怕擦狠了，把记忆擦没了。”

那一瞬间，我望了一下夜空，繁星璀璨，耳边仍回荡着我们的歌声：“星光洒满了所有的童年……”

钢与火的诗情

那是一个激荡着文学情怀的年代，是钢花与诗情迸发的年代。

有人说："人类历史上的一些浩荡传奇，往往都是从一缕微光开始的。"这话说得真好，只是我不知道是谁说的。我能在文学创作的道路上一走就是大半个人生，也是从一缕微光开始的。

20世纪70年代末一个初冬的傍晚，我下班走在兴华街上，经过铁西区文化馆的橱窗，昏黄的路灯下，只是那么不经意地瞥了一眼，就注定了我的文学人生之路。

四十多年后的今天，我仍然清晰地记得那座灰白色的三层小楼。透过悠远的记忆，我依稀感受到那天傍晚的路灯昏黄而辉煌，充满了浓浓诗意。

昏黄的路灯下，我看到橱窗里张贴着一则通知：铁西文化馆将要在每星期四晚上举办文学讲座。这对我来说，就像一只在沙漠里跋涉许久的骆驼遇到了甘泉。我一下子意识到，这正是冥冥之中我所寻觅的。

在听文学讲座期间，我得知在这座楼二楼办公的是铁西文化馆文学创作组。于是，一天我敲开了创作组的门，一位三十五六岁有着教师气质的人将我迎进了屋。和他简单寒暄之后，我知道眼前的这位就是我要找的王传章老师。

接下来的日子，每到星期四的晚上，无论刮风下雨，还是酷暑严寒，十几位来自铁西工厂的文学青年，不顾工作一天的劳累，有的拿着中午吃空的饭盒，有的穿着油渍渍的工装，有的放弃和恋人约会，还有的急匆匆地跑下轰鸣的机台……一起汇聚到文化馆二楼会议室。我

1987年初，《沈阳日报》文艺部主任解明老师（右一）与铁西文化馆创作组王传章老师（右二），来到沈阳重型机器厂文化宫，参加“沈重报‘兴华’百期征文纪念”活动。左一为当时《沈重报》编辑部主任姚戈，左二讲话者为笔者

们围坐在白炽灯下，拿着各自的习作，交流探讨创作体会，抒发青春的追求，宣泄豪放的激情。

一天，我正在车间走廊写墙报，这时从楼梯走上来一位工人师傅，他拿着当天的《沈阳日报》，指着上面的名字问我：“张瑞，这个是你吧？”我扭过头一看，这正是前几天我投到报社的一首诗，没想到这么快就发表了。我放下手中的粉笔，立刻跑到铁西广场邮局，一下子买了20份当天的报纸。在卖报人诧异的目光中，我抑制不住内心的喜悦，一边跑一边跳，回到厂区只要有人同我搭话，我就送他一份报纸，告诉他报纸上有我写的诗。一时间，我在报纸上发表作品的事传遍了厂区。那时我还不到22岁。

从那以后，我不再是车间主任眼中穿格衣服、戴蛤蟆镜的公子哥儿了，而是走在厂区被人高看一眼的青年诗人。这首诗的发表，为我文学人生第一行足迹写下了注脚。

我们这些文学青年大多来自工厂，每天都与钢铁打交道，写的作品往往也都是关于钢与铁的诗句，于是我们便把自己誉为“钢铁诗人”。一时间，“钢铁诗人”成了我们的代名词。就这样经过不到一年的时间，随着“钢铁诗人”们陆续在报刊上发表作品，产生了磁场效应，参加创作活动的人越发多了起来。

一天，传章老师派我到《沈阳日报》文艺部解明老师办公室取一篇稿件。文化馆要成立青年诗歌小组，我取回来的正是解明老师为诗歌小组及刊物写的题名和发刊词。因为我们这些文学青年尚属诗歌原野上的新苗，所以“绿野”便成了诗歌小组和刊物的名字。

我不会忘记那个夜晚，在两只日光灯管的照射下，铁西文化馆创作组的房间明如白昼。在我手臂的推动下，墨辊在油印机上来回滚动，一张张带着墨香的诗稿铺展开来。

当诗稿都印完后，借晾干油墨的空隙，我们几个人抽起了烟。那时我们真的没有想到，就在这样一个平平常常的夜晚，在白炽灯照耀下的烟雾缭绕的房间里，一个后来对沈阳诗坛有着重要影响的油印诗刊在此诞生了。这一天是1981年4月15日。如今，我总能想起那个夜晚灯光下的一张张充满激情的面孔。

那时我写诗到了痴迷的状态，每天下班后一出厂门，我蹬上自行车就开始打腹稿。很多次我怕把腹稿忘了，便匆忙拐进途经的工人文化宫院里，坐在甬道边上，把腹稿记在本子上。一次我忘了带本子，

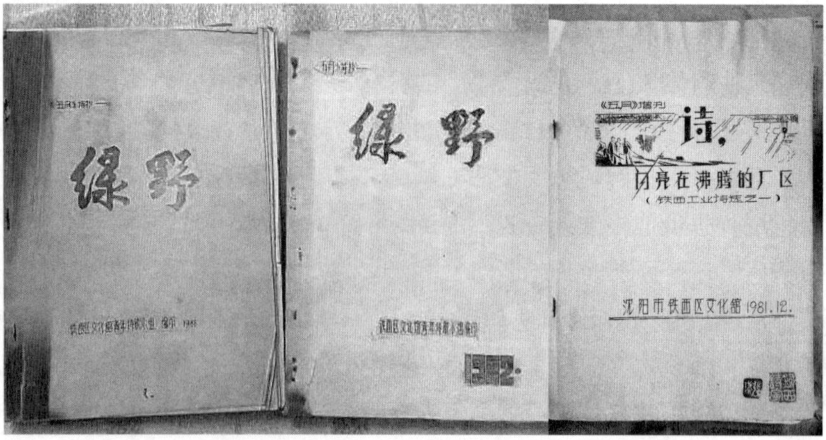

1981年、1982年《绿野》油印诗集合订本

便把烟盒里的烟掏出来，把腹稿记在烟盒上。当我写完想抽支烟时，才发现抠出来的烟都被风吹跑了。我沿着甬道找了好一会儿才找到几根，马上捡起来，叼在嘴上，用火柴点着。旁边一个人用疑惑的目光看着我，像是在看一个精神病患者。

2018年，在胡世宗老师家中，笔者手中拿的书是他15岁时参加学校诗歌朗诵会获得的奖品。该书是胡世宗老师于1974年出版的第一本诗集《北国兵歌》

《绿野》诗歌小组的成立，很快引起了辽沈诗坛乃至国内诗界的关注。在《芒种》杂志编辑罗继仁老师的引荐下，《诗刊》编辑晓刚从北京来了，在军旅诗人胡世宗老师的陪同下，诗人雷抒雁和当时辽宁省作家协会副主席晓凡、军旅作家王中才也冒雨赶来。因那天晚上突然停电，我们便从楼下的日杂商店买来蜡烛，大家在烛光中感受诗的光辉。

一天，我们正在活动，门突然被推开了，一位两鬓斑白的老人走了进来，是阿红老师，想不到他竟从泰山小区换乘好几趟车不邀自来。

此后，《沈阳日报》为我们发了专版，《辽宁群众文艺》《芒种》等刊物为我们多次编发了诗歌专页，在连续三届的沈阳诗会上，《绿野》诗歌小组成员频频获得大奖，掀起了“铁西风”。《绿野》的作品在《芒种》时节起舞，乘着《春风》，跨过《鸭绿江》，飞过山海关，在国内许多大型文学刊物上占有了一席之地。

从1981年《绿野》创办到1983年末，《绿野》诗歌小组在国家、省、市级报刊发表诗作达四百余首。

那些日子，每到星期二下班后，我同诗友们都要带着刻好的蜡纸来到文化馆，用辊筒油印机将《绿野》诗稿印刷出来，待晾干后装订

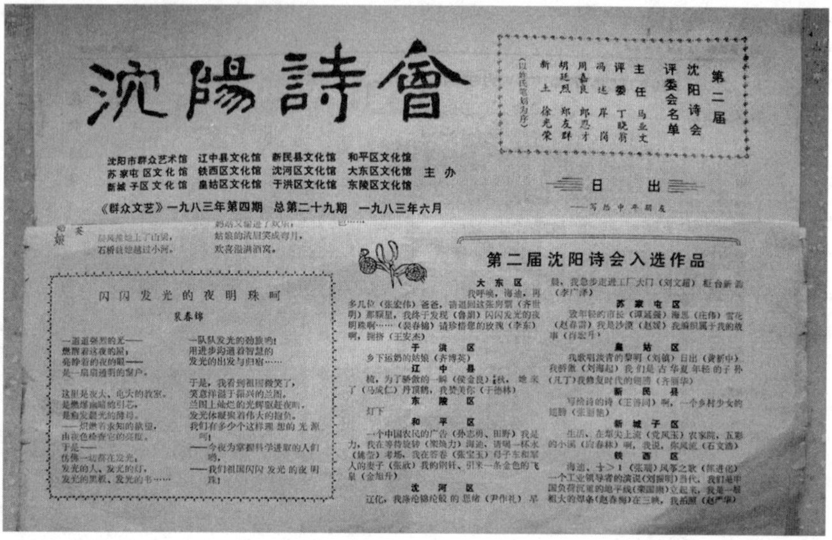
沈陽詩會

第二届
沈阳诗会
评委会名单
主任 马业文
评委 丁晓筠 冯述 岸岗 周嘉良 郎恩才 胡廷烈 郑友群 新土 徐光荣
（以姓氏笔划为序）

沈阳市群众艺术馆 辽中县文化馆 新民县文化馆 和平区文化馆
苏家屯区文化馆 铁西区文化馆 沈河区文化馆 大东区文化馆 主办
新城子区文化馆 皇姑区文化馆 于洪区文化馆 东陵区文化馆

《群众文艺》一九八三年第四期 总第二十九期 一九八三年六月

日出
——写给中年朋友

闪闪发光的夜明珠呵

第二届沈阳诗会入选作品

大东区
于洪区
江中县
东陵区
和平区
沈河区
苏家屯区
皇姑区
新民县
新城子区
铁西区

1983年6月《沈阳诗会》获奖作品专刊

成册。那时我开玩笑说：“我们就像《红岩》里印《挺进报》的成岗，只不过我们不是地下工作者，而是大张旗鼓地工作。”午夜时分，当我骑着自行车飞驰在回家的路上时，工人村已进入了沉寂的梦乡。望着满天繁星，年轻的我诗意盎然。

一天下班后，我骑着自行车来到太原街报刊门市部。推开门，在摆放着上百种刊物的书架上，我一下就找到了我要买的那本杂志。我随手一翻，一眼就看见了我的那首诗。1981年9月号的《辽宁群众文艺》刊登了我的一首诗。

回来的路上，华灯初上，晚风和煦地吹拂着，我兴奋极了。看着车筐里刚买的刊物，忽然一行行诗句飞入我的脑海。一路上我反复打着腹稿，当进入家门时，一首诗已经孕育而生。

几个月后，我参加了《鸭绿江》杂志举办的第一期函授创作学习，我便将这首诗邮寄给了函授中心。函授中心的创办者阿红老师见到后，将这首诗寄给了北京大学的谢冕教授，请谢冕教授为这首诗写则评语，然后发表在函授学员的教材上。

当时，孤陋寡闻的我还不知道谢冕是谁。后来，听阿红老师介绍，我才知道谢冕是北京大学博士研究生导师、中国新诗研究所所长，《新诗评论》《诗探索》刊物主编。

那些天，我总会接到来自天南海北的学员来信，有时一天竟有三四十封。母亲担心地问：“怎么这么多人给你来信，你和他们都认识吗？不会出什么事吧？”工人村邮局的邮递员对我说：“你每天来这么多的信件，你自己做个信箱挂在走廊吧。”后来，这个爱好写诗的邮递员还成了我的学生。一开始，我对每一封来信都认真回复，后来信件越积越多，达到二三百封时，便回复不过来了。我把这一情况告诉了阿红老师，阿红老师让我写一封公开信，在函授教材上发表。就这样，来信事件才算告一段落。但就是那几天的鸿雁传书，让我结识了许多其他省、市的诗友。

1983年夏天，应山海关诗社张魁柱等厂矿诗友之邀，我来到“天下第一关”城楼下。当时正值酷暑，我们在城门前一个还算高档的饭庄里，头顶吹着电风扇，在酒精的激发下，每个人都释放着激昂的诗情。初次相见的我们如同久违的老友相聚。酒喝到一半，面红耳赤的我干脆连背心都脱掉了，真可谓是坦诚相待。我们从中午一直喝到晚上，不知喝了多少酒。当几个诗友扶着我走出饭庄时，踉跄的我提出来坐在路边歇一会儿，醒醒酒。说是坐在路边歇一会儿，对我而言就是躺在路边。至今我还清楚地记得那个山海关

2017年夏，与相识了36年的山海关诗人张魁柱、张敏利重逢

夏夜，天空星光璀璨，一群意气风发的青年诗人在激情地谈论着。

40年过去了，如今我们这些亲如兄弟的老家伙相逢，还会调侃起那个夜晚，我们的青春热血，得到了山海关蚊子的热情吸吮。

每当《绿野》诗歌小组在文化馆活动时，角落里总会有一位慈祥的长者，以父亲那种欣慰的目光看着我们，直到夜深时刻，我们鸟一般散去后，他才和传章老师关掉灯，锁上房门，骑着除了车铃不响哪哪都响的自行车消失在夜色之中。初来诗歌小组的人，还以为他是文化馆的打更老头儿，殊不知他就是铁西区文化馆的老馆长，我们爱戴的长者张忠和老师。

1981年，时任《芒种》杂志社诗歌组组长的罗继仁老师陪同《诗刊》编辑晓刚老师，在铁西文化馆与《绿野》诗歌小组座谈。坐在角落里的是文化馆馆长张忠和老师

我认识张忠和老师时，他已年逾花甲。1953年，还不到三十岁的他就担任铁西区文化馆文艺组组长，后来担任馆长。他是德高望重的群众文化工作者的典范，在他热心的组织和带领下，在作为工业重镇的铁西区，一大批文学创作者破土而出，并在文学界崭露头角。

铁西区方兴未艾的群众文化工作，引起了沈阳市和辽宁省甚至国家文化部门的关注和扶植。1958年6月初的一天，时任国家文化部部长的沈雁冰，即作家茅盾先生，在中国作协党组副书记、书记处书记兼秘书长郭小川的陪同下，来到了铁西区，调研群众文化工作。在铁西文化馆，茅盾先生高度赞扬了工业文明结出的硕果，称铁西街区的群众文艺运动如万马奔腾，有声有色。

为此，茅盾写了一篇题为《跃进中的东北——群众文艺运动在沈阳》

的文章，刊登在1958年9月10日的《人民日报》上。在这篇长达1400字的文章中，茅盾特意提道：“就工厂而言，铁西区的文艺创作网已经建立起来了……大工厂都有内部刊物，文艺作品在这些刊物上都占一定的地位。我看到的《一机床报》和《重机报》就是这样的。”

1984年9月，在沈阳重型机器厂庆祝新中国成立三十五周年的活动上，笔者与时任辽宁省作家协会副主席的晓凡在厂办公大楼前交谈

提到当年沈阳的工人诗人，胡世宗老师在他的《人生与诗》一书中这样写道：“那个时候沈阳重型、机床等一些工厂里，涌现了大批的工厂诗人。他们本身就是工人，他们生产机床，生产低压开关，他们同时也生产诗歌。像晓凡、刘镇，他们一个在重型、一个在第三机床厂，他们都在第一线，但他们的诗歌影响了全国，给城市增辉。我们都为沈阳能走出那些工人诗人而骄傲！”

晓凡，原名范长钰，历任沈阳重型机器厂工人、干部，辽宁省作家协会专业作家、书记处书记、党组成员、专职副主席、顾问，《当代诗歌》月刊主编，《当代作家评论》杂志主编。晓凡曾是沈阳重型机器厂二车间的一名钳工，之后当过厂报编辑，后来担任厂党委宣传部干部。1986年，我从辽宁文学院毕业，回到沈阳重型机器厂党委宣传部，也成为一名厂报编辑。那时我曾想，当年晓凡是否在我现在的办公桌上写过诗？说来也是有缘，当年阿红老师把我借调到《当代诗歌》做编辑的那段时间，正值晓凡担任《当代诗歌》主编，其间，我与他经常接触和交流。

铁西不但有钢与火的交响，还有钢与火的诗句和诗人。当年的北

2017年1月15日，在辽宁诗歌春晚会场与著名工人诗人刘镇老师久别重逢

二路，不仅制造机器产品，也是出产工人诗人的地方。

也就是在我被借调到《当代诗歌》编辑部期间，我与从三线回到辽宁省作家协会工作的刘镇老师有了许多交流。刘镇老师也是一名在诗坛享有盛誉的工人诗人。他是从北二路机床三厂走出来的，在20世纪60年代，他创作了大量反映工矿生活的诗歌，被誉为“一手拿锤，一手拿笔”的“工人诗人”。

当年工作在北二路的高压开关厂的高东昶，低压开关厂的徐光荣，沈阳味精厂的毕增光、乔魁才，沈阳电缆厂的关维国，都是颇有影响力的工人诗人。

还记得1985年7月的一个傍晚，我和辽宁文学院的几位诗友应邀来到沈阳机电学院（后改名为沈阳工业大学），与大学生们交流诗歌。我们一下车，就被眼前的场景惊呆了。一大群大学生蜂拥而上，把我们团团围住。在他们的簇拥下，我们几乎不是走进学生礼堂的，而是相拥而入。礼堂里，大学生们不是坐在座位上，而是站在上面。不知所措的我们被人群裹挟着来到讲台上。当每个人朗诵完诗歌作品后，潮水般的掌声仿佛瞬间会把人淹没，那分狂热，远胜过粉丝追逐迷恋的歌星。

诗意如钢花一样迸发，炽烈的诗句在汗水中淬火。铁西人以诗抒发豪迈的情怀，讴歌激情豪迈的年代，描绘出一道感人奋进的文学风景。

那年春节

除夕夜下了一场不大不小的雪，夜色中，道路上见不到行人，家庆蹬着自行车，行进在积雪的路上。黑蒙蒙的天空不时爆开一两个蹿天猴，隐约能听到噼里啪啦的鞭炮声。工人村里很是冷清，守岁的人们或许进入了梦乡。

此时是1981年2月5日，农历辛酉鸡年的大年初一凌晨。

冷飕飕的西北风吹来，身穿军大衣的家庆起初没有感到冷，若不是晓丽妈吊脸子，家庆那兴奋的心情会使他像怀揣一个小火炉一样温暖。本来是一件激动不已的好事，却让晓丽妈的一句话给泼了一盆冷水。

“你们俩还没结婚就在外面过夜，这让别人知道了算什么事？你俩不要脸，是不是得给当爹妈的留点儿脸！”

刚一走进晓丽家，晓丽妈就甩过来这么一句。家庆一脚门里一脚门外，进也不能，退也不是，不知如何是好。晓丽一句话给了家庆一个台阶下：“行了，你快回家补觉去吧。”

昨晚，也就是大年三十的晚上，家庆骑车来到晓丽家楼下。等晓丽从楼门出来后，他车架上驮着晓丽，兴致勃勃地来到工人文化宫。

大年三十看通宵电影，这是家庆和晓丽早就计划好的，一连看4场电影，怎么想都过瘾。几天前，家庆就买好了电影票，一块钱一张票虽然有点儿贵，不过也是值得的。

当晓丽和她爸妈一说，老两口马上反对。她妈说：“等你俩结婚了，愿意看几宿就看几宿，现在还没出嫁就夜不归宿，好说不好

1980年上映的电影《庐山恋》，2018年被评为“改革开放40周年中国十大优秀爱情电影”

听，不许去！”

晓丽却一反常态，以往一向顺从的她，这次却没听妈的话，让她妈很是恼火。这不正应了那句话：女儿大了不由娘。

这4部电影真好，都是新上映不久的电影，第一部是反特片《戴手铐的旅客》，第二部是《乔厂长上任记》，第三部是《第二次握手》，最后一部是《庐山恋》。

特别是这最后一部电影，让家庆看得血脉偾张。电影中演员张瑜竟然和郭凯敏亲嘴了！当时在中国电影里能看到接吻的镜头，可是“大姑娘上轿头一回”。

当电影演到接吻的一幕时，家庆扭头看着晓丽，只见晓丽有点儿羞涩地低着头，抿了一下嘴唇说：“你看电影，看我干啥？”家庆一把搂过晓丽，将嘴唇贴到了晓丽的唇上。晓丽扭动了一下，便顺从地侧过身伏在家庆的怀里。

家庆和晓丽恋爱快三年了，家庆几次要亲吻晓丽，晓丽说啥也不让，甚至有时还一脸愠色，家庆也不敢造次。想不到，在这大年三十晚上的电影院里，屏幕上见证了新中国电影“第一吻”，屏幕下，家庆和晓丽也有了人生第一吻。

1981年的春节，爱情真是太美好了。

家庆回到家时，屋里静悄悄的，一家人还在睡觉。妈听到动静，从床上一骨碌爬了起来，对家庆说："看了一宿电影，困了吧？赶快上床补一觉吧！"说着下了地。

家庆说："妈，你睡吧，我不困。"其实，家庆已经困得昏头涨脑了，嘴上却说不困。他也只能这么说，他要是想躺下睡的话，还真是没个地方。

16平方米的房间里摆着两张双人床、一个大衣柜、一对沙发、一台缝纫机，只有吃饭时才能支上圆桌，吃饭的人都坐在床上，地上没有落脚的地儿。以往没有什么感觉，就是一到年节，一大家子人聚在一起的时候，屋子里就拥挤不堪。

平时，爸妈睡一张双人床，家庆睡另一张床。腊月二十九那天晚上，临产的二姐淑滨回来了，和妈睡一张床。爸爸张凤祥是厂里铁路专用线巡检员。他同其他工友商量，这几天工友上白班，夜班由他来上。这样，张凤祥在晚上也就有了个栖身的地儿。

这时，二嫂醒了，披着棉袄下了地，说："你挨着你二哥睡吧，我睡好了。"说着话，起身进了厨房。

二哥家国和二嫂是昨晚半夜接神时来的。刚上学的侄儿晓峰睡在二哥的身边，双人床没了地方，家庆只能侧歪着身子挤上去，然后躺下来。

对面床上的二姐说话了："老弟，你上这床来睡吧，我睡好了。"

"二姐，你睡你的，我这样睡挺好的，你不用管我。"

从习俗上讲，嫁出去的女儿是不能在家过年的，尤其是大年初一不能在娘家吃饭，会把娘家吃穷，这样对娘家兄弟不好，会让娘家破败。可是淑滨的丈夫在部队，是个连长，1979年春节前回家探亲时，刚办完婚礼就接到了部队电报，说南疆发生了战事，让他火速归队。上一次回家还是去年清明节。淑滨怀了孕，预产期就在这两天，男方家只有公公一个人，照顾不了淑滨。娘家人也就不顾忌那些老说道儿了。

家庆迷迷糊糊地睡着了，一阵吵闹声把他搅醒了。原来是大哥家栋和大嫂领着儿子大浩来了。睡觉的人都从床上坐了起来。二哥家国打开了12英寸的黑白电视机，看起了《上海滩》。

大浩进屋看到电视，就嚷着要看《敌营十八年》。二哥看《上海滩》正在兴头儿上，舍不得调台，便起身拿出两挂100响的小鞭儿送给大浩。大浩一看小鞭儿，便忘了要看《敌营十八年》的事，高兴地跑出了屋。

大哥和大嫂把拎来的东西放在地上，想找个地方坐下，四下看了看没地方坐。二哥便把在床上睡觉的晓峰扒拉醒了，告诉儿子："你浩哥来了，他出去放鞭炮了。"晓峰一听马上从床上翻身下地，跑了出去。

大哥和大嫂给妈拜了年，便从拎来的兜子里往外掏给家里带的年货。

这时，张凤祥下班回来了。儿女们看着一脸疲惫的老爸，忙让老爸上床歇一会儿。张凤祥知道两个孙子在屋外面玩儿，猫腰从床下面拿出来两个灯笼。这是他用两个罐头瓶子做的，上面还用红油画了两条鱼。

一股油炸香味飘进屋来，厨房里开始忙活起来了。两家公用一个小厨房，做饭时只能容纳一家一个人在里面转悠。有些菜都是昨天半夜择洗干净切好的，不然赶上两家同时洗菜，一个水槽子根本不够用。

妈在厨房里掌勺，二嫂站在厨房外打下手，炒完一个菜端进屋里一个菜，白菜炒木耳、蒜毫炒鸡蛋、青椒炒肉，把炖好的鸡又热了一下，事先切好的皮冻、炸好的花生米、煎鱼和拌好的粉丝白菜，还有一瓶桃罐头，当这些菜都摆在了支起的圆桌上时，菜盘一个压着一个。大人喝着黄牌啤酒，孩子喝着八王寺汽水。看着桌上摆的菜，张凤祥满脸笑容地说："今年的团圆饭可是比往年丰盛多了。"

在外面玩儿堆雪人的孩子被喊回了屋，一大家人脱下的棉袄棉猴儿，在床上堆成一座小山。团圆饭要赶在天黑前吃完，明天家栋、家国都要去老丈人家拜年。春节期间公交车少，收车又早，走晚了就没有车了。

就在这时，杨卫民骑着白山牌自行车从辽中茨榆坨出发了。车大梁上坐着他5岁的大女儿清华，后车架上驮着妻子淑娟，淑娟抱着3岁的小女儿清梅。这一家人刚从婆家吃完团圆饭，他们要迎着寒风骑五十多公里的雪路赶回沈阳，为的是能在明天一早回娘家拜年。

正月初二上午十点多钟，杨卫民和淑娟带着两个孩子全家四口人，给岳父岳母拜年来了。这个三十多岁的男人真是一条汉子，他不但骑着车驮着妻女三人，还带来“四合礼”，简直堪称运输队大队长。

四合礼包括两瓶白酒、两包槽子糕、两包绿豆糕、两瓶水果罐头。他俩额外还带了两条鱼和两本挂历。

淑娟说，鱼是工厂发给职工的年货。厂子给每个职工发了一箱苹果、两条鱼，这是淑娟上班十多年头一次得到福利。两口子在一家工厂，年货就是两份，夫妻俩一商量，婆家娘家一家两条鱼。

妈接过鱼笑着说：“你二哥二嫂前天晚上也带过来两条鱼。这机床厂还真行，到底是大工厂，给上万名职工每人发两条鱼，那得发多少鱼啊！今年咱家过年的鱼真真是太多了，春节供应的鱼我还没买呢。”淑娟迎合道：“这是好兆头，预示着咱家连年有余。”

妈从衣兜里掏出两个小红包，递给清华、清梅：“来，这是姥姥给你俩的压岁钱，孙子的我昨天给了，外孙女和孙子都一样，不偏不向。”

两个外孙女接过红包，马上打开了。淑娟看见每个红包里装着5元钱，笑着对家庆说：“按说5块钱也不少了，可咱妈有钱，应该多给点儿，咱妈太抠了。”

淑娟说妈有钱，这话的确不假。妈自打两年前提前退休让家庆接班后，没在家闲着一天，她在劳动公园摆了个筋饼摊，成了第一批个体户。她每天起大早烙筋饼，一天能挣5块多钱，一个月下来能挣150多元，快赶上两三个工人的工资了。可是妈仍不舍得花，说要攒出娶老儿媳妇的钱。

姐夫拿出两本卷着的挂历，对小舅子家庆说：“这两本挂历家里挂一本，给你一本，送给你对象家。”

家庆打开挂历一看——太漂亮了！是《红楼梦》主题挂历，12个月对应金陵十二钗。家庆和姐夫客套了几句后，说：“姐夫，我不能陪你了，我得上晓丽家拜年去了。”

中午，家庆带着礼盒来到晓丽家。这是他第一次以准女婿的身份拜访准岳父岳母。

人民日报
RENMIN RIBAO

中国共产党第十一届中央委员会第三次全体会议公报

（一九七八年十二月二十二日通过）

（一）

（二）

1978年12月22日《人民日报》刊登的《中国共产党第十一届中央委员会第三次全体会议公报》

一进屋，晓丽一家人正在看电视，屏幕中苏小明正在深情演唱《军港之夜》。

家庆心里有点儿忐忑，还在为昨天早上晓丽妈说的话纠结，可是晓丽妈好像忘了这茬儿，这让家庆心里轻松许多。晓丽爸和家庆聊了起来。晓丽爸说："我听说你现在在厂工会搞宣传，这是一件好事，好好干。"

家庆说："是啊，可能是因为我在《沈阳日报》发表了诗歌吧，再加上我会写美术字。"

那是在两年前，也就是1978年12月下旬，中共中央召开了一个具有重大历史意义的会议，厂领导说要大力宣传。家庆的车间要挂一幅"热烈庆祝十一届三中全会召开"的宣传标语，车间工会主席不知听谁说的家庆会写一手漂亮的美术字，便找到家庆。这幅标语挂出来后，厂里一有写标语的事就来找家庆。当家庆的诗在报纸上发表后，厂工会主席觉得家庆能写会画，正适合在工会搞宣传，于是便把他调了过来。

在晓丽家吃完晚饭后，家庆回了家。一进屋，发现家里人正处于紧张的忙乱之中，原来是二姐淑滨有了生产的征兆。家庆忙推出自行车，又在后车架上垫上一个小棉褥子，由大姐扶着淑滨，用自行车将她送到了医院。

大年初三的早上，一个新生儿降临在这个世界。家庆问淑滨："二姐，想没想好给孩子起个什么名？"二姐说："你二姐夫早就想好了，叫'凯'，祝愿在部队的爸爸凯旋，让我们这个家凯歌飞扬。"

早上，阳光明媚，家庆从医院里走出来，感觉风比昨晚柔和了许多，甬道上的积雪也开始融化，一只喜鹊在树枝上欢快地鸣叫。

啊，早春来了！

家庆骑车行驶在街上，身后传来了"再过20年，我们来相会"的歌声，他扭头一看，一个骑自行车的青年，车后架上坐着一个拎着录音机的人。

家庆想，再过20年，他该是四十多岁的人了，那时他将会走进一个新的世纪。

去年，年过六旬的家庆和晓丽去庐山旅游。在庐山电影院，老两口又看了一遍《庐山恋》。家庆不禁想起了40年前那场通宵电影，家庆说："真要感谢那难忘的80年代。来，老伴儿，让我再亲亲你。"晓丽笑着说："你可拉倒吧，别把假牙弄掉了，你给我省俩钱儿吧！"

曾经有过这样一场游戏

手机进来一个电话，我按下了接听键。

“哪位?”

“是张老板吧?”

“什么张老板? 你是哪位?”

“我可找到你了! 你欠我的钱该还了吧?”

“胡扯什么? 你找错人了吧?”我刚要挂断电话。

“哈哈，老同学，我是崔大海，想不到吧?”

“是你呀! 你从哪儿冒出来的? 二十多年没见了，我咋能想到是你呢? 你要是不自报家门，我还以为骗子呢! 你挺好吧?”

“挺好，挺好! 听说你开公司当老板啦! 发大财了吧?”

“你听谁说的? 竟扯淡! 我只是做点儿小生意，养家糊口呗。”

“哎呀，我不跟你借钱，你就别谦虚了，我给你打电话，是想咱们老同学聚聚。”

“那太好了!”

周末傍晚，在离母校很近的一家饭店里，分别了三十多年的十几个老同学相聚了。难怪说岁月无情，是把什么什么刀，很多人都变了模样，若是不提名字，真不知道眼前这位大叔大妈是哪位。

酒过三巡，菜过五味，有人提议敬一下崔大海，是他把大家召集到了一起，都夸崔大海是念旧情的人。大家的这一番称赞，让崔大海脸上泛起红光，更加兴奋起来，频频举杯。

看着眼前这个吆五喝六的崔大海，我怎么也找不出他当年的影子。上学时，崔大海总是默默地跟在其他同学身后，他的存在就像是空气。不禁感叹，人的变化真是太大了。

说起来，我和崔大海在二十多年前是见过面的。

20世纪80年代末，我在一家报社当编辑。那年夏天的一个星期日中午，我正在家吃午饭，听到窗外有人喊我，走到窗前一看，想不到竟然是分别了十多年的中学同学崔大海。我连忙跑出屋，往屋里迎崔大海。

崔大海一手推着自行车，一手擦着脸上的汗，一副很着急的样子。他说："我就不进屋了，我有急事和你商量。"

我说："有啥急事也得进屋说呀！这大热天的，你大老远跑来，怎么也得喝口水呀！"

"不了，咱们就在外面说吧，我听说你在报社工作，认识的人多，就特意找你来了。我有一个发大财的机会，咱俩一起做一做？"

我一听，有点儿发愣，毕业十多年了，我俩互相没了来往，想不到他今天突然冒出来，专门给我带来了一个发财的机会，让我觉得有点儿云山雾罩。

我心想，他这是哪根神经搭错啦？于是，我装作特感兴趣的样子问："是吗？还有这好事，那赶快说说，怎么发财？"

他颇神秘地对我说："我的一个哥们儿手上有一份螺纹钢的批件，要找一个大买家。这种事要找靠谱的人，我想你在报社工作，一定认识很多厂长，就找你来了。"

真想不到，十多年不见，当年那个蔫不唧的崔大海，竟变成了这样，和之前相比简直判若两人。

那阵子，不知是刮起了什么风，人们好像一下子都长了能耐。一见面没说上三句话，立马就会问你："我有钢材，你要不？""我有螺纹钢、盘圆、石蜡、212吉普，你要不要？"

一次我去医院看病，在走廊候诊时，旁边一个男人捂着肚子问我："我能搞到煤，你要不？"我一听，气就不打一处来，心想，就你这副倒霉样，还能搞到煤？谁信呢？我便对他说："我家住楼房，不用煤。”他一听显然知道我在泡他，便自我解嘲地说：“看来跟你也说不明白。”

想到这儿，我有点儿憋不住想笑。崔大海大中午顶着烈日来找我，为了对得起他对我的这分信任，不让他扫兴，我便按照他的剧情陪他一本正经地演了下去。

我掏出烟，递给他一支，点着后我狠狠地吸了一口，说：“这事你来找我真是找对人了，该着咱俩要发财了。”

我问他：“怎么付货？”

他回我：“付货好商量，关键是看怎么付款。”

我说：“鉴于咱俩是老同学，咱就要从双方的角度来考虑，我看这样吧，看货时先交一半货款作为订金，另一半货款交货时再付。”

他点了点头说：“那行。”他又马上问我：“你能搞到车皮不？”

我皱了一下眉说：“眼下车皮最难搞了，我搞不到，你还是先把车皮搞到吧。要是弄不到车皮那就麻烦了。”

送走他后，我回到屋里继续吃饭，一边吃一边憋不住笑，嘴里含着饭，腮帮子抖动着。家里人见我这样，问我：“你咋啦？”

“噗”地一下，我把饭喷了出来，这个游戏太好玩儿了！这是这个夏天里最好玩儿的一个游戏，反正我也不太忙，闲着也是闲着，闹着玩儿吧。

过了两天，崔大海又来找我，说他找到车皮了。他领我来到了北二路一家工厂的专用线。铁路上停着两节车皮。他跟我说，他一个哥们儿的爸爸是这个厂运输处处长，要是能给他一些好处的话，他可以让他爸爸帮着弄到车皮。

我说：“没问题，那就给他两个点，你拿出一个点，我拿出一个点。”

说话的时候，从铁道那边走过来两个人，其中一个人看见我主动打了声招呼，我一看，是我家那栋楼二楼的范叔。他问我：“干吗呢？”我说明情况之后，他说了一句：“你可真行，我就是这个厂的运输处处长，你们真能瞎扯淡。”

就这样，范叔一句“瞎扯淡”，让这个游戏提前结束了。

同学聚会进入高潮的时候，崔大海看了一下手机，然后端起一杯酒说：“各位老同学，我们久别重逢，本应该一醉方休的，可是实在不好意思，我明天一大早要见一个大客户，有个大项目要谈，只好先撤了，扫兴了。”他掏出一个漂亮的钱夹，从里面抽出一张百元票放在桌上：“这次大家AA制，下次我做东请大家!”

崔大海走了，大家相互问：“知道崔大海做什么生意吗？”有人说他开了一家公司，具体做什么不清楚。

第二天一大清早，吃过早饭后，我打车赶到集合地点。今天我组织公司员工到海边旅游。前几天我安排公司办公室主任在汽车公司租了一辆旅游大巴。

我来到大巴车旁，公司办公室主任迎上前来，向我汇报说：“员工们都到齐了，刚才司机还问人到齐了没，我告诉司机还差一个人没到呢，再等一会儿吧！司机有点儿不高兴了，说发车时间都到了，怎么能让大伙儿等一个人呢？我告诉司机，这个人必须等，他是我们公司老总。”

办公室主任边和我说话边把我迎上了车，当我想和司机打个招呼，表达一下歉意时，我一下子愣住了，驾驶座上，崔大海正直勾勾地瞅着我。

“大海，是你呀？”我不由脱口而出。

“老同学，原来这家公司的老板是你呀！真人不露相啊！你太能装了，我真服你了，我算是栽到你手里了！”

我一听笑了：“哈哈，老同学，你咋能这样说呢，有些事呀，就像旅游一样，就是个玩儿，就是一场游戏。”

一对与新中国同龄的夫妇

在新中国成立的礼炮声中，他来到了这个世界，如今他已是一个退休十多年的老工人，他就是我的二哥。

我早就想写这篇与二哥有关的文字了，可一提笔却发现开篇竟把二嫂扯了进来。在我六七岁时，二哥就处上对象了。说好听的是早恋，可在那个年代，没有几个人会这样说，通常说是“不正经”。

第一次见到二嫂时，当然那时不能称她二嫂，她还是一个中学生。

那天我从外面回家，刚一推门进屋，二哥正和一个女生坐在床上。我的突然闯入，让他俩顿时尴尬起来。

1968 年知识青年上山下乡出发时的场景

二哥向我介绍说：“这是你李大姐。”我心想，糊弄谁呢？什么大姐？不就是搞对象吗？就像谁不懂似的。

后来，到了 1968 年，开始了知识青年上山下乡运动，二哥和李大姐下乡了。他俩有时会回家待上几天，然后再返回乡下。他俩回知青点的那个小火车站离家很远，不通公交车，二哥便骑着自行车，车后座上驮着李大姐，车大梁上驮着我，到车站后，我再把自行车骑回来。

他俩临上火车前，李大姐从兜里掏出一把零钱，也不看是多少就塞给我，我假装推脱不要，李大姐就揣到我兜里。火车轰鸣了一声，把他俩拉走了，我摸着揣在兜里的这一把零钱，有一种成为富翁的感觉。其实，仅仅七八毛钱吧，可那时对我来说就是一大笔财富。

一年后的初冬，二哥兴高采烈地回来了，穿着一身崭新的绿军装，虽然没戴领章和帽徽，但依旧英姿飒爽。原来二哥应征入伍了，军装发下来了，只是入伍通知书还在县武装部没发到生产队。这下我可高兴坏了，以后咱家将会成为军属，过春节时，门上还会被贴上光荣之家的对联。我很快就把这一消息传遍了全楼，邻居们知道后，纷纷来我家道喜，我妈像过年似的买了喜糖发给大家。

第二天一大早二哥就走了，临行时他同全家人依依话别，说到了部队上再回家就得3年以后了。

不料，3天后二哥就回来了，不过这次他没穿军装。二哥耷拉着脑袋懊丧地说，他的入伍名额被人走后门给顶了，当他风风火火赶到县武装部时，只见征兵入伍表格上自己的名字被涂改成了别人的名字，军装也被武装部收了回去。

二哥从小就有一个参军梦，他曾在穿草绿色衣服拍的照片上，粘贴过用红纸剪的领章和五角星。本来以为这次梦想成真了，不料竟出了这么一档子事。晚上，当外面没有楼里的人活动后，沮丧的二哥悄无声息地消失在了夜幕中。

一年后，二哥和李大姐都从农村回来了，他俩都被分配到了机床三厂，二哥当上了铸造工，李大姐当上了车工。

又过了两年，二哥和李大姐都二十六七了，因为没有房子，婚期一拖再拖。后来，爸在奶奶的小院子里，用几块预制板搭起了一间小房，二哥和李大姐这才结束了8年的恋爱长跑，有了一处栖身之地。从此，我管李大姐叫二嫂了。

别看这个房子不大，可对二哥二嫂而言，却是一个上演冰火两重

二哥二嫂当年居住的简易房

天的舞台。冬天水缸里的水会冻成冰，夏天时像是进了桑拿房。尽管如此，二哥二嫂还是心满意足的。他俩每天都成双入对，骑着自行车迎着晨光，沿着北二路行进在通往工厂的路上，傍晚又沐浴着彩霞，如一对归燕，返回爱的小巢。

一年之后，不怕吃苦、勤劳肯干的二嫂当上了厂青年标兵，后来又当上了厂劳动模范。二哥也当上了班组长，成了入党积极分子。这时二嫂怀孕了，生活充满了憧憬。

一天下班，二哥推着自行车走出车间，发现车胎被扎了。二哥想起师兄弟大亮的更衣柜里有补车胎的胶水。这时大亮已经先走了，二哥看大亮的更衣柜没上锁，于是从里面翻出胶水，补完车胎，把胶水放回去后骑上车就回家了。

第二天一早，二哥刚进车间，就听说班组里发生了盗窃案——大亮的更衣柜被人翻了。二哥一听明白了，忙上前跟大亮解释说："你的更衣柜是我翻的，我昨天下班时车胎扎了，我用你的胶水补车胎了。"

听了二哥这话，一旁的车间主任不高兴了。他对二哥说："你在人家不知情的情况下，没经过同意就拿人家东西，这和盗窃没什么两样。"

二哥一听急了，跟车间主任吵了起来："你说谁盗窃？"车间主任说："你这种行为就是盗窃，我就说你了！"两人说着说着就推搡起来，二哥一使劲儿，把车间主任推倒在地，车间主任的脸磕在一个工件上，淌了一脸血。

晚上下班后，全厂召开职工大会。二哥和工友们来到会场刚坐下，正和大亮聊天时，只见过来几个人，不由分说地把二哥拉上了台。原来，召开的是批斗会，批斗二哥盗窃、打架斗殴的行为。二哥和大亮一下子蒙了，没想到会把事弄这么大。

这时，只见一个挺着大肚子的女工冲上了台，站在二哥的身边，原来是二嫂。

二嫂指着二哥说："这个人是我丈夫，他犯了错，与我做妻子的也有关，是我平时没看管好他，现在我和他站在一起，向大家认错，向被打的人赔罪。"

二嫂是厂劳动模范，厂领导亲自给她颁发过奖状。可是厂领导不知道这个全厂闻名的女劳模和二哥是夫妻，更没料到怀着孕的二嫂冲上了台。厂领导怕由此事引起更多的麻烦，连忙草草地结束了会议。

从那以后，作为入党积极分子的二哥，也就成了一名普通群众。二嫂每月还是拿全车间最高的超额奖，但厂劳模光荣榜上却见不到她的照片了。

不久，二哥和二嫂有了一个男孩儿，二嫂在休了56天产假后，又像往常一样忙碌在机床旁。

那时二嫂是我们家里收入最多的人，因为工厂实行计件奖励制度，她得的超额奖多，所以用现在的话说，她是个大款。当知道我想买彩电而缺钱时，二嫂主动提出借我500块钱。

十多年后，二哥当年在工厂上台被批斗的阴影渐渐消散了，二哥入了党，介绍人就是车间主任。当二哥二嫂想在工厂大干一番时，北二路刮来一场"下岗风"，从此北二路成了下岗一条街，二哥二嫂的工厂放长假了。

凭借二嫂多年不舍得吃不舍得穿省下的积蓄，二哥在离北二路不远的地方租了一个门市房，想自谋职业。不料，就在挂门市牌匾的当晚，二哥正想骑摩托车回家时，发现有两个人在偷他的摩托车。二哥冲上前去阻止，其中一个人拿出一把尖刀，插在了二哥的后背上。

我赶到二哥家，把二哥被扎的消息告诉了二嫂，正要睡觉的二嫂吓得连衣服都穿不上了，怎么也想象不出来，这个女人就是当年挺着大肚子冲上台，勇敢地站在丈夫身边的二嫂。

从天而降的劫难，将二哥的创业梦砸得粉碎。无奈之下，二哥和工友大亮合伙筹钱，去搞蔬菜贩运。一次，二哥和大亮来到河北，跟菜农谈好了价，一转身的工夫，二哥发现他装钱的包被前来谈价的人偷走了。

屋漏偏逢连夜雨，二哥一下子弄丢了两家的钱，二哥和二嫂的日子一下子跌进了深渊。没有了任何本钱，又身负重债，为了能尽快还上大亮的钱，二嫂开始打很多零工，白天给人做饭，晚上熬灯点蜡地给东湖市场加工毛衣、刺绣。二哥凭着多年的工厂工作经验，到一家装修公司当上了施工监理。经过两年多的奔波，总算把欠大亮的债还上了，二哥和二嫂从此过上了无债一身轻的日子。

随着新世纪的到来，二哥的儿子结婚了，儿媳妇是儿子的同学，人长得也漂亮。二哥和二嫂的脸上又露出了那久违的笑容。

小两口结婚后，侄儿在一家大公司当司机。侄儿白天给单位开车，下班后给人开夜班出租车。后来，侄儿想自己当老板，要买出租车雇人开。二嫂和我说了这件事后，那时开公司的我拿出10万块钱帮侄儿垫上了买车的钱。

天道酬勤。侄儿不分白天晚上地奔波，很快有了积蓄。可是，侄媳妇整天闲在家里，总得找点儿事做。小两口掂量了一下自己手里的钱，一商量，决定开一家美容店。二哥和二嫂也把所有的钱财全都投到了美容店上。功夫不负有心人，一家人很快就把最初的一家低端小美容店发展成了一家上档次的大美容院。

我搬进大房子时，二嫂送给我一幅巨大的“八达岭长城”刺绣，上面还绣着毛主席诗词《沁园春·雪》。二嫂说看过我在八达岭长城上照的照片，知道我喜欢长城，觉得送这个礼物适合我这个文人。这是她用半年多时间绣好的，这幅刺绣被我挂在客厅沙发上面的一面墙上。每次看到这幅八达岭长城刺绣，我就想起二嫂，想起当年在火车站她往我兜里揣钱，想起她挺着大肚子冲上台站在二哥身边，想起她听到二哥被扎后那慌张的神情，想起她说等退休了和二哥一起出去走一走。可是，退休后在家带孩子的二嫂，却一直没舍得花钱去看看长城。

就在这时，积劳成疾的二哥突发了心梗。那天夜里，通往医院的路上，120蓝色顶灯急促地呼叫着。我握着二哥耷拉在担架床上的手，心里默念着：二哥，马上就到医院了，你一定要挺住哇！

平常觉得不远的路，此刻是那样的漫长。眼前这个头发稀疏、满脸皱纹、脸色苍白的瘦弱老头儿，是我的二哥吗？是我的二哥！不过他已不是那个血气方刚争强好胜的二哥了，岁月已经把他拖进了古稀之年，人怎能不老？

记得二哥临结婚那年冬天，我正在上初一。一天，学校组织学生到马路上扫雪，我正闷着头用锹撮雪，有两个大小伙子骑着一辆自行车撞到了我，他俩跳下车就要打我，吓得我扔下铁锹就往家跑，他俩在我身后一边撵一边骂，一直撵到我家门口。

我气喘吁吁地跑进家，妈问我怎么回事，我跟妈讲了刚才发生的事，此刻躺在床上的二哥头也没抬，只甩过来一句："真够可以的，太掉价了！老张家的人怎么能让人撵回家，被堵在家门口？"

二哥这样挖苦我，我一下子急了，到厨房拿起菜刀，拉开门就冲了出去。那两个人还在门口骂着，没想到我会拿着菜刀闯出来，吓得扭头就跑。

我只听到妈在后面一边追我，一边骂二哥"勾火"。

二哥出院后的一天，二哥和二嫂张罗着一家人聚聚。大家聚到一起才知道，这天是二哥和二嫂结婚45周年。

聚会的餐桌上，不由得聊起了二哥和二嫂结婚时的场景。

当时我家在工人村的房子太小了，装不下那么多宾客，二哥和二嫂的婚礼仪式得在屋外举行。爸就把毛主席像挂在了屋外的墙上，那时举办婚礼，首先要向毛主席像敬礼。当婚礼仪式马上要开始时，新郎不见了。大家四下找也找不到，妈问二嫂，二嫂也说不知道。这一下可把妈急得怒火中烧，她当着亲朋的面，吵吵巴火地骂起二哥。

后来才知道，二嫂是知道二哥去向的，只是当着众人没法说。

不一会儿，二哥回来了，一起来的还有一对中年夫妇。二哥向爸妈介绍说，这是张叔、张婶。当时急于举行婚礼，妈也不便多问，只好把怒气先压下，但心里直嘀咕，哪冒出来这么一对张叔张婶，非得在这么紧要的关头去接？大家也都很纳闷儿。

其实，这张叔张婶是二哥和二嫂在下乡插队时认识的城里下放户，曾在二哥二嫂最困难的时候出手相助。二哥和二嫂说，他俩的大喜日子不能忘了恩人。这才出现结婚典礼前新郎官失踪的事。

在二哥二嫂结婚45周年的聚会上，侄媳妇没有出现。二嫂说美容院太忙了，儿媳妇脱不开身。为了活跃气氛，在餐桌上，我给二哥二嫂唱了一首《牵手》。当我唱到“没有风雨躲得过，没有坎坷不必走，所以安心地牵你的手，不去想该不该回头……”时，二嫂含泪为我鼓掌，二哥也抹了一下眼角。我打趣道：“这扯不扯，挺高兴的日子，让我把二哥二嫂给唱哭了。”二嫂说：“我这是高兴。”后来二嫂对我说，儿媳妇没来是小两口吵架了，儿子打了儿媳妇，两人在闹离婚。二嫂对我说，她骂了儿子，说替儿媳妇出气。结果儿媳妇不依不饶，后来小两口还是离了。

散席的时候，二嫂对我说：“我看你在桌上没吃多少东西，知道你不大爱吃外面的饭菜，爱吃二嫂包的包子，我起大早给你包了包子，你拿回家吃吧。”

回到家里，我拿着二嫂包的包子，一边吃，一边眼泪流了下来。

在我们的生活中，有千千万万个像二哥和二嫂这样普通平凡的人，平凡得如原野上的小草，任风欺凌，任雨抽打，但他们仍然默默无闻地簇拥着大地，当春天来临的时候，为原野增添盎然的生机。

在此，我要向与共和国同龄的二哥和二嫂道一声：保重！

代代芳华

多年前的一天早上我逛工人村早市，在卖旧物的摊位上看见一个笔记本，便捡起来翻看。

这是一本很新的笔记本，里面的文字显然是出自一位女性的手笔，记录了她家的一些往事。这引起了我的兴趣。

“这本笔记是你家的吗?”我问摊主。摊主摇摇头说：“不是，是我在工人村改造拆迁时捡的，估计是笔记本的主人在搬家时掉落的。如果你感兴趣，就拿走吧，在这儿也卖不了几个钱。”

我高兴极了，立马在摊位前仔细阅读起来。渐渐地，我被这笔记本里的故事所感染。于是，我把这些文字复制了下来：

姥姥的喷枪

国庆节放假期间，我陪妈妈去了北京。妈妈退休半年多了，她说以前上班时没有空，这下退休可有时间了。

这是妈妈第一次来北京。在人民大会堂前，她戴上了当年获得的厂劳模奖章，手里捧着姥姥戴大红花的遗照，让我给她拍张照片。妈妈说，她和姥姥早就应该在人民大会堂前拍这张照片，遗憾的是这个心愿今天才得以实现。

我的妈妈叫张惠娟，姥姥叫郑凤英，我先从姥姥郑凤英说起吧。

1970 年 4 月 24 日晚上，那天是一个让中国人难忘的日

1970年4月24日夜，我国第一颗人造地球卫星成功发射后，人们在街头发喜报的场景

子，收音机里播放了一个震惊世界的大喜讯——中国第一颗人造地球卫星“东方红一号”升入太空。据姥爷讲，在那段时间里，家中常有亲朋好友来访，想托姥姥郑凤英帮忙在厂里买收音机，希望早一天收听到“东方红一号”卫星从太空中传回的《东方红》乐曲声。

郑凤英上班的工厂是沈阳无线电厂，专门生产收音机。郑凤英是喷漆班的班长，是连续3年的厂劳模。喷漆班组由7个女工组成，厂里人称她们为“七仙女班”。

4月末的一天早上，工厂召开动员大会，要在一个月内完成3个月的生产任务，以缓解商场里收音机断货的状况。

工厂开始两班倒，将每班工作8小时改为每班工作12小时。郑凤英每天一大早就走出家门，顶着星星去乘有轨电车，当下班回家时，工人村里的人们已进入了梦乡。

工厂呈现一派热气腾腾的大干场面，生产流水线高速运转，以往宽敞的厂房，一下子狭小而拥挤起来，各个角落堆满了大量的成品和半成品。没有想到的是，收音机外壳的生产，却拖了组装生产线的后腿。

喷漆班到处摆满了喷完漆的收音机外壳，郑凤英便带领3个女工，在一个简易的库房里进行喷漆作业。

一个收音机外壳，从喷漆到烘干需要一周时间。在这种情况下，必须打破常规，在两天之内完成。郑凤英向厂长建议，在油漆中加大快干漆的配比，以缩短外壳烘干的时间。

厂长高兴地竖起了大拇指，夸郑凤英的建议好，这样会大大提高组装的进度。可不过一分钟，厂长眉头又紧锁起来，说："增加快干漆的比例，增强了油漆分子的活跃程度，使油漆加快挥发，这会增加作业工人苯中毒的风险……你们这个临时搭建起来的喷漆流水线，窗户又小又少，空气不流通，为了防止灰尘，又不能使用风扇，这可是一个大问题。这样吧，多发你们几个口罩，干活儿时最好戴两层口罩，干一段时间就停一停，到院子里站一会儿，呼吸一下新鲜空气，尽可能降低苯中毒的危害。"

然而一拿起喷枪，女工们就顾不上到外面去换新鲜空气了。郑凤英不时地提醒工友到外面去透透气。而她自己，只有吃中午饭时才关上喷枪。为了减少上厕所次数，一干起活儿连水都不喝。

她们一干就是两个月。6月底，工厂提前半年完成了全年的生产任务。

当年人们收听我国第一颗人造地球卫星成功发射的喜讯

厂庆功大会上，当厂领导要给郑凤英戴劳模大红花时，她却住进了医院。

厂长将慰问金和大红花送到郑凤英的病床前，嘱咐郑凤英安心养病，并询问她有什么困难。郑凤英说：“大家都是这么做的，我也没做什么突出的贡献，都是应该的。”厂长走后，丈夫开始埋怨郑凤英，说厂长提到有啥困难时，她应该请求厂领导批准她买5台收音机的额度，因为家里好几个亲戚都多次来托她买收音机，况且郑凤英都因公住院了，这点“回报”可以有。

郑凤英一听，马上回绝道：“厂里没有卖产品的指标，一台也不能买。况且有许多职工都想买咱们厂的收音机，这个特例更不能破了。再说咱好好干活儿，也没想着多图啥。”

郑凤英没有帮亲戚买到收音机，有的亲戚因此和她家不再走动了。每提到此，郑凤英从不后悔。不过，还真有件事让她后悔。郑凤英曾遗憾地和女儿张惠娟说过，当年那么卖力干活儿，就想为自己争得荣誉，当劳模，当厂劳模、市劳模，能像尉凤英那样，到北京人民大会堂去领奖，那该多光荣啊！可没想到，身体没给她作脸，这辈子是不行了。

妈妈的焊枪

姥姥郑凤英在世时，曾取笑过我妈妈张惠娟：“厂劳模的荣誉都是工厂评选出来的，俺还头一回听说，有自己找厂领导要劳模当的。”

说这话时是1996年，当时妈妈张惠娟已经入厂15年了，7年前她获得了全省青年技工焊接大赛亚军，成为厂铆焊车间的技术大拿。

夏季的一天，张惠娟被车间主任叫到办公室，屋里还有厂保卫处副处长。车间主任关上门后，神秘地对张惠娟说：

“工厂接到一个特殊的加工任务，焊接工艺极为复杂，要求把多种不同材质的金属件焊接在一起，且这些加工原料属于稀有贵重金属，容不得二次加工，只能一次完成。为了确保按期完工，还要从外厂请一个焊接高手，一同完成这项生产任务。你先看一下图纸吧。”车间主任说完，保卫处副处长小心翼翼地从公文包里拿出图纸，一张张地铺在桌面上。

“这是什么设备上的工件？”张惠娟看了片刻后问。

“你就不要问了，你只管按图纸干活儿就行了，还要绝对保密，不能和任何人说。”保卫处副处长说。

张惠英立刻回应道：“既然保密，那就让我一个人来做吧，因为我能做到保密，但你们找来的那个外厂的人能不能保密我就不知道了。”

“你放心，我们都调查过了，这个人是值得信任的。”车间主任说。

“那是你放心，我可放心不了，要干就让我自己干，不然就让他一个人干。”张惠娟说。

“这个活儿要得急，只有一个月的时间，一个人无法保证工期。”

“既然我想一个人干，就是不睡觉也会把它完成，你们放心吧！”

“话是这么说，要是不能按时完成，你负不起这个责任。”

“那我要是按期完成了，你怎么办？”

“如果你能按期完成的话，我会向厂里打报告，给你重奖。”

“我不图重奖，我只想当厂劳模。”

“如果你真能按期保质完成这个活儿，我保证向厂领导打报告，批准你为厂劳模。”

“那好，一言为定！把图纸给我吧。”

“这图纸现在不能给你，等你回去干活儿时，我会送

电焊女工

到施工现场，你每天干完活儿后，我会把图纸收回来，第二天上班时再给你送过去。”保卫处副处长提高了声音强调道。

“有这么严重？看来这活儿真是不一般。那好吧，你明天一早把图纸送过来吧。”说完，张惠娟走出了办公室，关门前她隐约听见车间主任对保卫处副处长无奈地说：“这个女人哪，性格就像钢板一样。”

第二天，车间里用铝塑板设置了围挡，将张惠娟的作业区与其他人分隔开来。每天，张惠娟一大早就走进围挡内，除了中午和晚上吃碗面，在里面一干就是十多个小时。围挡外面的工友都很纳闷儿，不知道张惠娟在里面干些什么。其实，张惠娟也不知道自己干的是什么活儿，只知道这是一项从未干过且极为棘手的活儿。

加工件材质的不同，导致要频繁更换焊料，围挡内折射出的电焊光不时地变化。一会儿是蓝色，一会儿是紫色，一会儿是黄色，一会儿是赤红色。色彩绚丽的围挡里，手持焊枪的张惠娟一会儿立焊，一会儿侧焊，一会儿俯焊，一会儿仰焊，俨然一个舞者，在光晕炫目的舞台上绽放着玫瑰般的芳华。

这个场景，看上去很是浪漫，岂不知，对于张惠娟而言，那是她一生难忘的经历，甚至有些事都令她难以启齿。

闷热的夏天，为了防止被飞溅的焊花烫伤，张惠娟穿着帆布工装，特别是当躺在工件下仰焊时，整个人如同泡在汗水里。为了确保焊接的稳定性，每一道焊缝中间不能停顿，要一气呵成。酷热中，又咸又苦的汗水常常流到眼睛里，张惠娟一手持焊枪，一手持电焊面罩，根本无法擦汗水，只能任凭蜇眼的汗水和泪水交融在一起。工作期间，她还不敢多喝一口水，以免在作业时上厕所。有一次她内急实在憋不住了，又不能停下焊枪，只好任其在裤子里泛滥了。

小时候总听妈妈讲，那段日子，焊条的药水味和难闻的汗味混合在一起，常常让她恶心得把刚吃完的面呕吐出来。

一个多月后，这个偌大的工件，经过里三层外三层的严密包装后，被吊装到火车专用线，送出了厂区。厂长派车间主任将瘦弱的张惠娟请到了厂部办公室，给她发了2000元奖金。

一看这么多钱，张惠娟立马紧张地为自己辩白："我可不是为了得钱，我就想证明自己，想为自己争荣誉，还是那句话，我就想当厂劳模。"

厂长听完，扑哧一声没憋住笑，拍拍张惠娟说："实话说吧，凭你卓越的贡献，不仅能当厂劳模，就是当市劳模、省劳模也不为过。可是你做的这项工作保密性太强了，是绝不能宣传和推广的，不能对外上报你的事迹，所以只能委屈你，评你为厂劳模了。"

后来，张惠娟凭着出色的业绩，连续当了5年厂劳模。在她退休那天，张惠娟戴着大红花，工厂用扎满鲜花的轿车，如同欢送荣归故里的功勋人物一般，将她送回了工人新村。告别前，厂领导对她说，当年她焊的那个工件，是海军核潜艇导弹发射装置，属于国家一级机密。张惠娟先是惊讶，转而微微一笑，说："原来这样啊，值了！"说完，布满皱纹的眼眶湿润了。

芳华复芳华

妈妈张惠娟芳华尽显的时候，我正在上高中。大学毕业后，我揣着中文系毕业证书，应聘到了由老国营厂转型的集团公司宣传部，成了一名厂报编辑。

幸运的是，我的公司就是妈妈原来工作的工厂。在我毕业的那个年代，青年人的职业道路已不再只有工厂这一条，可选择的工作机会有很多，而我却说不清楚为什么偏偏要选择妈妈的工厂，因为在外人看来，它已不是当年那个享有盛誉的工厂了，留下的只有一段段温暖的故事和沉重的情怀。

一天，我把班上没有做完的工作拿到家里，妈妈看我噼里啪啦地敲击键盘，有些惆怅："我和你姥姥一个拿喷枪，一个拿焊枪，说来都是拿'枪'的，可是到了你这一代，却成了敲键盘耍笔杆子的了。"

的确，如今我们所处的时代，不再是当年艰苦创业的岁月，也不再是当年那机器轰鸣的火红年代，更不需要再像姥姥和妈妈当年那样，在恶劣的工作环境和条件下，拼尽体力艰辛而劳累地去转换生产价值……但不可否认，它却是美好的时代。现在，每当我来到车间采访，置身于高速运转的流水线旁，看着灵活多变的机械手，作为工人村的第三代，年轻的我深深地感到，伴随着新时代大工业机械的高速运转，一代人的芳华已逝，而下一代人的芳华也才刚刚开始。

艳粉街情话

距离上一次来艳粉街，已经二十多年过去了。

前天接到晓东电话，说今天是他结婚30周年纪念日，想邀一些亲朋好友在韩帝园聚一下。

时光如水，一晃晓东结婚已经半个甲子，当年他的婚礼还是我主持的。

我清楚地记得，晓东结婚的前一天下午，我们厂报编辑部的哥儿几个就来到了艳粉街。

一走进晓东家的胡同，只见垃圾成堆，污水横流，臭气熏天。许

20世纪80年代初艳粉街棚户区

多家院门口旁倒扣着带车子，房顶上七扭八歪地堆放着劈柴、破筐、破麻袋、编织袋子等。我一脚跨进屋里时，一下子踏空了，差点儿摔个跟头。原来这屋子是个下窖房，屋里比屋外低很多。

这场景让我想起了晓东跟我说过的话，艳粉街棚户区的人们有“四怕”：春怕刮风夏怕雨，秋怕严霜冬怕雪。春天刮大风时，房顶有可能被掀开或刮走；夏天下暴雨，水有可能淹到炕沿边上；秋天，霜冻之前，要整日整夜地去排队买煤买秋菜，否则是熬不过冬天的。去年年底的一天夜里下了一场大雪，他早上起来发现门被雪堵住了，各家各户的人都出不了屋。整个胡同成了一条死胡同。

本来是想早点过来帮着忙活忙活的，可进了晓东家后，没聊上几句他就把麻将桌支了起来。炕上还有一伙人打起了扑克，是晓东的邻居和发小儿。

大家一边打麻将，一边胡侃瞎聊，聊着聊着我就说起了上中学时在艳粉街打架的事，当然那时我还不认识晓东。

那是初中毕业那年夏天的一个傍晚，吃完晚饭后，我们6个同学聚到一起，忘了是怎么回事，就东游西逛地从工人村走到了艳粉街。

一个叫大龙的同学，看到一对青年男女站在马路边上聊天，就盯着那个男的看了一眼。有首歌里唱道：“只因为在人群中多看了你一眼”，后来就得到了美好的爱情。可是，那个男的见大龙多看了他一眼就不开心了，问：“你瞅啥?”熟知东北方言的人都懂得这句经典问话的潜台词意味着什么。果然，大龙就按照套话回了句：“我瞅你咋地?”对方一听，显然这是接茬儿了，立刻回应道：“瞅我就不行!”大龙也不是个省油的灯，马上回应道：“我就瞅你了，爱咋咋地!”

大龙这话刚一说完，那个男的觉得自己当着女人的面被蔑视了，这太掉价了。士可杀不可辱，只听他一声呼喊，在马路边上站着的十多个人就像是听到发令枪响一般，一下子冲了过来。难怪在铁西区这一带，人们都说艳粉街人能打群架，果然，一触即发的“龙虎大战”瞬间上演。

恰巧此时，有一个人正蹲在马路边上劈木柴，我们马上冲过去就地取材，抡起劈柴棒子，将对方十来个人打进了胡同。正当我们带着胜利的喜悦从胡同里走出来，刚扔掉手中的“武器”时，那十来个人又从胡同里冲了出来，每个人手中都挥舞着铁锹、扎枪之类的东西。

一看这阵势，我们赶紧仓皇逃窜，我鞋都跑掉了一只。从那以后，我就不愿再去艳粉街了。那年是1976年。

十多年后，我结识了家住在艳粉街的晓东，他和我在一个编辑部共事，所以打那之后我就又开始去艳粉街了。晓东家两代人都住在艳粉街，他父亲也是我们沈重厂的一位淳朴憨厚的老工人。

听我在麻将桌上白话完打群架的事，在炕上打扑克的一个人搭腔了，这个人叫大成，是晓东家后趟房的邻居。大成说：“原来那次打架的人里有你呀，你们可真够猛的！”我笑着说：“别提了，那次幸亏我跑得快，不然就废了。”

这个大成就是那天站在马路边上和女孩儿聊天的那小子。那天，大成偷喝完他老爹的散白，刚走出胡同就碰到了一个女孩儿，女孩儿叫二英子。虽然两家前后两趟房住着，出来进去的也见过几回，但是从没说过话。那天可能是散白酒上了劲儿，大成同二英子搭起讪来。

就在打那场架的前几天，二英子家着了一把火，火从后窗户蹿了出来，正好让大成看到了。大成从自家水缸里舀了一盆水，冲着二英子家窗户就浇了过去，随后大成从窗户跳进去，三下两下就把火扑灭了。

原来，是二英子用熨斗在炕上熨裤线，听到门外有人喊她就出去了，结果熨斗把裤子和炕单烧着了。如果不是大成及时出现，二英子家当晚就得睡大马路上了。正是救这把火的过程中，二英子被大成看上了，用二英子的话说，大成实属趁火打劫。

那天大成和二英子搭讪，是大成第一次撩二英子。正是那次打架，让二英子看上了大成，觉得大成有男人的血性，和这样的男人处对象不会受人欺负。

大成笑嘻嘻地说：“这样说来，我还真得感谢你呀！要不是打了那一架，二英子我还得好追一阵子呢，跟你们打了那一仗后，第二天我就把二英子给亲了。”

说到这儿时，恰好一个女人进屋倒水，女人冲着大成说：“你又瞎胡咧咧啥，你不要脸我还要脸呢。”一听这话，大伙儿都明白了，这就是大成的媳妇二英子。

一玩儿起来时间过得就快，不知不觉到了半夜，晚饭时又都喝了好多啤酒，好几个人要撒尿。屋里没厕所，公共厕所又在胡同口的那边，这时外面又下起了雨。晓东说：“就往院子里的泔水桶里尿吧。”当时我问大成：“厕所离这么远，这要赶上半夜来大的可咋整？”大成说：“你以为在你们工人村呢，家家屋里有厕所。这里不管有啥情况，无论刮风下雨还是天寒地冻，都得提着裤子往厕所跑。好几趟房用一个公共厕所，茅坑总是有人占着，急死你。实在挺不住了，只好蹲在厕所墙根儿解决了。明天早上你到厕所那儿去看看吧，保准有好多人在那儿站排等着上厕所。”

玩儿到后半夜时，有人困了，想找个地方眯一会儿，但屋子太小，炕上挤不下几个人，大家只好闹闹哄哄地挨到了天亮。

天亮时，大成拎着装满尿的泔水桶走出胡同口，去厕所里倒尿。我洗脸时一照镜子，鼻孔全是黑的，身上一股呛人的煤烟子味。

吃了一口早饭，该去马路边上接新娘子了。在一阵鞭炮声中，当新郎和新娘在接亲队伍的簇拥下走进胡同时，发现本来就狭窄的胡同被一堆破砖烂瓦给堵住了。原来，就在刚才，胡同里的第一家用土坯盖的小仓房倒了，是被昨天半夜下的雨给泡倒的。

眼看着典礼的吉时就要到了，清理这些破砖烂瓦已经来不及了，我只好出面对娘家人说：“那就别看新房了，大家直接到饭店吧。”

我按照程序主持完典礼仪式，酒席开始了。我和大成聊天时，大成说：“在艳粉这个地方，房倒屋塌是常有的事，大家已经习惯了，见怪不怪。”

大成告诉我：“去年我结婚时，晦气死了。我家这边办喜事，邻居那边办丧事。结婚那天早上，邻居家的老头儿在小仓房睡觉煤气中毒死了，胡同里贴着墙根儿摆了一排花圈。”

我再一次来到艳粉街时，是2000年的初冬，是晓东家办丧事，晓东的父亲突发脑出血去世了。

20世纪90年代初艳粉街的胡同

那天我一走进胡同，眼前一片狼藉，家家户户的门口摆满了旧货，到处是煤气罐、水缸、炕柜、破沙发、电风扇等，原来，这里要动迁了。晓东的父亲在这里住了一辈子，前几天还抱着小孙女高兴地说：“咱们快要搬进新楼房喽！”不料突发脑出血，送到医院再也没回来，化作一把骨灰，住进了一个小木匣子里。出殡那天，晓东专门买了一个大纸房子，跪在他父亲的遗像前烧了。

今艳粉街

20年后的今天，按照跟晓东约定的时

间，我提前一个多小时打车出门。我想看一看艳粉街的变化，寻找一下记忆中的艳粉街，于是我在沈辽路万达广场下了车。

我发现跟自己开了个玩笑，记忆中的艳粉街已荡然无存，面对宛若新生的艳粉街，我就像一个从没有来过这里的外地人，完全失去了方向感，根本找不到记忆中的地理坐标。从前那低矮破旧的棚户区，早已变成了高楼幢幢的繁华街区，如果不是用手机导航，我非迷失了不可。

酒宴开始的时候，我以30年前晓东婚礼主持人的身份，向来宾们再现了当年婚礼的片段。当年我曾分别向新郎和新娘询问："你愿意娶（嫁）她（他）为妻（夫）吗?"此刻，当着他们儿孙的面，我向这一对老夫老妻又问了一遍30年前的话，晓东的夫人笑着说："他要是不惹我生气，我下辈子还嫁给他。"

看着她手里捧着女儿女婿献上的康乃馨，我的眼前浮现出她开花店的一幕。自她从工厂下岗后，就在艳粉街租了一个门店，无论刮风

2022年，晓东夫妇结婚30周年宴会上，他们全家三代人的幸福合影

还是下雨，她一大早就到中山公园去上货，然后再按照买主的要求，送到指定地点。她用自己的青春芳华和艰辛付出，在给千家万户送去芬芳祝福的同时，也给自己的家带来了温馨的生活。她在给我敬酒时说："能与晓东风风雨雨携手30年，相濡以沫不离不弃，这就足够了。"

酒桌上，我见到了一个老太太，她看着我说："你瞅啥？不认识我了吧？"我听着声音有点儿熟，一时想不起来是谁。正尴尬的时候，晓东走了过来，说："她就是二英子。"我想起来了，她就是当年和我打群架问我"你瞅啥？"的大成的媳妇。客套了两句后，我问道："大成来了吗？"她诡异地一笑："哈哈，你问我，我哪知道他来不来？我早就和那个蠢货离婚了。"她说："你们这些老爷们儿我算看透了，你们过苦日子还可以，就是不能有钱，一旦有俩骚钱，就瞎嘚瑟，老娘我早就不伺候他了。"

在二英子絮絮叨叨的诉说中，我知道了大成原来和我都是1977年下乡当知青的。大成下乡当知青一年后，他还没到退休年龄的父亲办了早退，大成接班进了自行车厂组装车间。大成一气儿干了10年，当上了销售员。自行车销量好的时候，大成整天坐在办公室里喝茶水，托关系找他买自行车的人挤破了门。大成每天听着赵本山的小品，吃香的喝辣的，优哉游哉。谁知好日子过了没几年，厂里的产品就卖不出去了，大成跑断了腿磨破了嘴，也完不成销售额。后来工厂放了长假，大成就在马路边上摆了个修车摊。没几天，马路边上的修车摊像雨后的狗尿苔，到处都是，一天都挣不来吃喝的钱。大成又先后摆起了烟摊、水果摊。直到有一天大成一个开出租车的哥们儿找到他，让他开夜班出租车，大成才算找到了一个相对稳定的活儿做。两年后，二英子手中见到了回头钱，两口子又从亲戚手中借了些钱，大成摇身一变，由出苦力的"骆驼祥子"当上了车主，二英子也由"虎妞"当上了老板娘。打那之后，习惯了开夜车的大成白天晚上不着家，不是打麻将就是上洗浴中心。一天，一个挺着大肚子的女人——大成在歌厅里勾搭上的陪酒女，外号"小艳粉"，找上门来，说怀了大成的种。二英子气得差点儿一把火将车点着，一声"滚！"让大成净

20世纪90年代末发行的歌手艾敬的音乐专辑

身出户。

二英子历数完大成的罪状，可能是口渴了，端起酒杯，脖一扬，一杯啤酒下了肚，抹了下嘴唇说："起初我想，能找到大成这样的男人，这辈子值了。尤其是他刚下岗那阵子没事干，一大早起来就跑到女厕所给我站排，等我起来上厕所时，大成的前面保准只剩下一个女的。我要是还没到，他排到了就往后串，那时我们那几趟房的老娘们儿老羡慕我了，都说二英子有一个特惯老婆的丈夫。没承想，苦日子熬过来了，有了钱，人却变了。这样也好，老娘现在也挺潇洒的，一个人住着一百多平方米的大房子，每天接送孙子上下学，想吃啥就吃啥，还要啥自行车呀！"

酒席上，大屏幕上播放着艾敬唱的歌《艳粉街的故事》。

"我的童年家住在艳粉街，那里发生的故事很多……我永远记得门前的那棵树，还有树下的台阶，那里没有五光十色的灯光照射，只是砖和土的结合，却是我童年的舞台……艳粉街，一条普不普通的街，记录我童年快不快乐的生活；艳粉街，一条普不普通的街，童年的往事在那里淹没……多少次，我仿佛又回到了艳粉街，那里的伙伴在等我……艳粉街发生的故事很多很多……"我特意看了一下到场来宾，许多人在凝神注视着大屏幕，并深情地跟唱着。

歌手艾敬，还有新锐作家双雪涛，都是从艳粉街走出去的名人。

在我的心目中，棚户区里长大的工人子弟晓东，也应该是艳粉街的骄子。他曾担任北方重工集团党委宣传部部长，还兼任市职工作家协会和区作家协会副主席。他从那低矮的棚户区胡同里走出，伴随着艳粉街的变迁，于困苦中磨砺人生，不断提升自己，从艳粉街这本“教科书”中找到了自己与社会交流的词句，他的坚韧和豁达也是艳粉街一代人的另一种写照。

放飞梦想的翅膀

20世纪90年代中期，每到春节正月初五，我们厂宣传部的同事们都会聚在一起搞个团拜。那年头儿不像现在，大家到饭店聚一下，那时没这个条件，也觉得只有在家里聚餐方显得亲热。这样一来，大家就约定俗成地去部门领导家聚了。

宣传部滕部长是位女士，她家住在滑翔，至于在哪个小区我现在记不得了，当时只觉得滑翔那一片很大，有许多住宅楼。到了这天，部里十几号人便从市区的四面八方向滑翔地区汇集，滕部长家楼下一下子多了十几辆自行车。

来了这么多人，她家那个中套房子立刻爆棚了。所说的中套，其实就是一个大屋和一个小屋，大屋能放一张双人床，小屋只能放单人床。至于客厅和餐厅，那时还没这个说法，厨房也只能转得开一个人，两个人想同时进去，有一个人只能站在厨房门口。

十多个人的棉大衣脱下来就堆满两个屋的床。至于吃饭的桌子那就不大好办了，谁家也摆不下这么大的饭桌。但是，不好办也得办，没有条件也得创造条件。滕部长的丈夫苏大哥也是厂里的一位处级干部，他特别喜欢热闹，喜欢喝喝酒打打小麻将。当我走进屋时，他让我搭把手，把屋里的门卸下一扇，然后放在过道的饭桌上，这样一张长方形的大饭桌就算支好了。我笑着说，等将来有了大房子就好了，在大餐厅里摆一张大餐桌，就不用卸门板了。

会做饭的老汪总是提前到。他腰上扎着围裙，扯着大嗓门儿同大家打招呼。能在这种场合受到领导钦点，让他的厨艺派上用场，他觉得倍儿有面子。在做菜这方面他确实有两下子，一个五大三粗的老爷们儿，谈笑风生间，就把十多道菜备好料了，就等人一到齐，开火掂勺。

当我们推杯换盏酒兴正浓时，一向贪杯的老汪却下了桌。他知道，过一会儿大家都要看他的“拿手好戏”，吃他做的麻辣小面。

说起这麻辣小面，我现在想起来还直咽口水。也不知老汪这家伙是怎么做的。据说是他自带了一种不知从哪儿鼓捣来的麻椒，炒熟后擀成末儿，和瘦猪肉馅炒在一起。当这麻辣小面上桌时，一闻那诱人的香味我就顾不上矜持了，别人一碗没吃完，我已经吃下去两碗。这时，老汪站在厨房门口，嘴上叼着烟，用那种得意的目光盯着我，好像我的这种吃相是对他最大的褒奖。他把手伸到我的头顶，问：“再来一碗？”我有点儿不好意思，别人只吃了一碗，我若是再来一碗就是3碗了。我的这点儿小心思，瞒得了谁也瞒不了滕部长两口子，这边滕部长说：“再给张瑞来一碗。”那边苏大哥就把我的碗递给了老汪。老汪笑呵呵地接过碗，一转身，又一碗热腾腾的麻辣小面放在了我的眼前。

我自我解嘲道：“你这个老家伙，把面条做得这么好吃，让我的吃相如此掉价。”

几年前，在同事儿子的婚礼上，我碰到了老汪，提起当年的事，我说：“这么多年过去了，我还总能想起你做的麻辣小面。”

听了这话，我又看到了老汪当年那得意的表情：“那没问题，上哥家去，哥给你做。”

这位老兄说话不算数，前年他上那边给鬼做去了，还吃个啥呀！

二十多年过去了，每到正月初五这天，我总想起在滑翔那个小区楼下停放的一排自行车，想起在用门板搭起的饭桌上一起喝酒的人，想起那鲜香爽滑的麻辣小面……如今我们都有了大房子，可是人们大多不在家宴请亲朋了。

也就是从那时开始，我对滑翔这个地方有了一种特殊的感情。

提起“滑翔”名字的由来，与一个人物有关。

1927年，奉系军阀冯德麟的大儿子冯庸，拿出冯家几乎全部的家

冯庸（1901—1981），1927年在铁西地区创办冯庸大学，致力于培养工业人才，发展民族工业，成为铁西民族工业的代表人物

当，创办了一所私立公益性大学——冯庸大学，这是中国第一所拥有军用教学飞机和机场的大学，还有3架世界上最先进的飞机。当时冯庸认为，中国内忧外患的主要原因是工业落后，“工业兴国，先育人才”，这是冯庸创办冯庸大学的本意。

1931年,九一八事变爆发，沈阳被日军侵占。9月21日，日本关东军冲进冯庸大学，将冯庸带走，将他劫持到日本东京。冯庸在一位日本朋友的保释下，历尽千辛万苦回到了北平。此时冯庸大学的许多学生都逃亡到了北平，冯庸便在北平成立了办事处，把这些爱国青年组织起来，成立了冯庸大学抗日义勇军和敢死队，并参加了“一·二八”淞沪抗战。

新中国成立后，沈阳对冯庸大学旧址进行改造，建立了滑翔机制造厂，一轻小型飞机生产基地，制造滑翔机及体育器材设备。

1957年8月，沈阳滑翔机制造厂制造出了我国首架单座初级一型滑翔机。“滑翔”的地名也因此而来。

1986年5月，为了改善市民的居住条件，沈阳市政府在废弃的滑翔机场旧址上开发建设了大型居民住宅区——滑翔居住区，到1990年底，建成了由7个住宅区域组成的滑翔居住区。

20世纪90年代末的一个清晨，天刚蒙蒙亮，工人村老楼还在一片沉寂之中，冷清的街道上几乎看不到行人，只有一个环卫工在清扫路边的枯叶。

我骑车走出家门，行驶在去新聘单位的路上。新的单位就在滑翔地区，是一个在建的大型游乐场。后来才知道，这里原来是滑翔公园，是周边10万居民共享的唯一的一座大型公园。

今滑翔地区

新单位的老板是我在报纸上见过的一位开发商，他站在杂草丛生的工地上，君临天下般地向我描绘着他的宏伟蓝图。他要打造全亚洲最大的游乐场，仅一期工程设计的景点、娱乐项目就达600多个，并说在3个月后派我出国，去考察国际上最先进的迪士尼游乐园。

我满心欢喜地进入工地，迎面碰到一个熟人，他对我说，他来这里已经三个多月了，现在想走也走不了了，因为至今没拿到一分钱工资，先前招聘来的很多人都愤然离去了，其中就有我应聘的职位的前任。

一盆冷水把我的热情浇灭了，我不禁打了个寒战。还能说什么呢？我来这里是为了养家糊口的，家里正在等米下锅，我没有任何本钱来陪别人画饼，我现实的目标与打造全亚洲最大的游乐园的远大理想并不匹配，只好拜拜啦。

后来，这个游乐园的工程几上几下，起起落落，最后蓝图变成了天方夜谭，成了沈阳有名的烂尾工程。

这个大型的烂尾项目，成了有关部门的烫手山芋。为了不浪费土地资源，主管部门将这座烂尾工程的一部分改建成健身房，也算是一个暂时的补救措施吧。就在我写这篇文字时，在网上看到这样一则消息：有关部门将引入巨资对沈阳14座烂尾楼工程重新启动。其中就有这座被称为“神羊游乐园”的项目。在这块寸土寸金之地沉睡了多年的烂尾建筑，将被重新唤醒，展开翱翔的翅膀，涅槃重生。

一个时代有一个时代的梦想，每个人有每个人的渴望。滑翔，一个承载着放飞梦想的地方。

老工厂食堂的缱绻情思

又和小宋相聚了，还是在老地方。近几年来，每次同他相聚，总是选在重型文化广场的“1905文化创意园”的咖啡厅。

被我称为小宋的人，其实不小，已经是年过半百的人了，只不过他比我小几岁，他就是老到头发都没了，在我面前也只能是小宋，无法改变。小宋和我交往三十多年了，我俩初识时他才二十多岁，当时他是厂团委干部，而我在厂报编辑部。他在二楼，我在三楼，我曾开玩笑地说，无论是从楼层上还是年龄上，我都比他高，小宋便只好认同我这个老大哥。

“1905文化创意园”是在我们原来沈阳重型机器厂二金工车间的基础上改造的，我俩在这里度过了难忘的岁月，可谓正当好时光。

两杯咖啡、两碟点心摆上方桌，我们俩连话头都没捋，就聊了起来。

小宋喝了一口咖啡，拿起一块面包说：“老兄，一看到这黑面包，你猜我想起了什么？”我笑着说：“我又不是你肚里的蛔虫，我哪能猜到？”他说：“我想起了当年咱们厂食堂的发糕。”

“你是说砂轮发糕？”

“没错，就是砂轮发糕。”

我随手拿起一块面包，咬了一口说：“虽说那砂轮发糕没有这面包好吃，可是它给我们留下了深刻的记忆。”

20世纪80年代中期，每到吃午饭时，我们拿着空饭盒，在厂食堂付货窗口前排队，就会看到食堂师傅从后厨用大铁盘子端出冒着热气的发糕，发糕的形状就像车间里砂轮机上的砂轮片，所以我们就把它称作砂轮发糕。砂轮发糕是用玉米面做的，食堂采取粗粮细作的办法，里面放入食用糖精，用小苏打粉发面，使其蓬松。发糕模具周边抹上油后，将发好的面填进去，推入大烤箱，出锅后呈深蛋黄色，像大一号的槽子糕，香甜松软，外焦里嫩。二分钱二两粮票一个，每个人的饭盒里都能装上四五个，就像在饭盒里摞起了四五个砂轮。砂轮发糕堪称沈重厂食堂的一大特色，成为许多职工家庭饭桌上的美食，砂轮发糕在其他各大工厂都十分有名。

当年沈重厂有两个食堂，东西两个厂区各一个。西厂区食堂是大食堂，现在的地铁九号线重型文化广场站就是沈重西厂区食堂的原址，在“1905文化创意园”咖啡厅东面。

沈重厂食堂是三层大楼，一楼、二楼是大食堂，三楼是后勤行政管理处办公室。

到中午就餐高峰时，来这里吃饭的有上千人，工人们拿着空饭盒，在打饭的月牙窗口前排长龙，此时食堂里熙熙攘攘，像个菜市场。打完饭后，食堂里总是充满欢声笑语，大伙儿坐在大圆桌旁一边吃一边聊。

20世纪80年代，沈阳重型机器厂职工食堂的师傅在炒大锅菜

打饭窗口是不收现金的，买饭的人需要先到卖饭票窗口买饭票。买饭票时，需要用粮票和钱兑换粗粮票、细粮票和菜金券。

我记得那时好像一斤粮票可以兑换四两细粮票和六两粗粮票。饭票是工厂特制的，内部印刷。

主食除了发糕，还有米饭、面条，素菜有几种应季炒菜，肉菜有锅包肉、熘肉段、熘排骨，更多的是五分钱一勺的大锅菜。炒菜的锅特别大，炒菜师傅用铁锹炒菜，然后用特大号的盆端上来，大锅菜里有荤油，菜味很香。

有时还有素馅包子，到了冬天还会有酸菜馅包子。

一进入初冬时节，就会看到在食堂一楼的墙角码放着白菜、萝卜等，是从工厂农场拉过来的。

沈重厂在市西郊德胜营子有一个很大的农场，农场养猪、养鸡，种苞米、黄豆、白菜、萝卜、茄子等。

吃完了饭，再往饭盒里舀上两勺免费的清汤，连饭盒都涮了。在食堂里，几乎是看不到剩饭剩菜的。

一天中午，我同办公室的小夏到食堂吃饭，我和他在同一个付货窗口买饭菜，我发现花同样的饭票，他饭盒里的菜比我多上很多。我纳闷儿地问小夏怎么回事。小夏笑着说，盛菜那个女的是他在车间当工人时一个师兄的媳妇，他叫她胖嫂。

从那以后我注意到，当小夏把菜票和饭盒递进付货窗口时，月牙形窗口里的胖嫂，戴着口罩，好像看都没看小夏一眼，把盛菜的勺子往大菜盆里一舀，冒尖一大勺菜就扣到了小夏的饭盒里。而当给我盛菜时，胖嫂手中的勺子会在菜盆上不经意地晃动一下，就这样，我饭盒里的菜就比小夏少了一些。我对小夏打趣道："你这个胖嫂对你是真够意思。"小夏嚼着嘴里的菜，笑嘻嘻地说："朝里有人好做官，食堂有嫂子多吃菜。"

听我讲完小夏的事，小宋问我："你还记得动力处团书记小吴不？你知道他的对象是怎么搞的不？"小宋向我讲起了小吴的事。

小吴是动力处的水暖工，他的工作是负责维修厂区里的管道设备，几乎整天钻下水道。一天中午，他打了饭菜后，端着饭盒走到一张大圆桌前坐下，刚吃了几口，只见他旁边的一个年轻姑娘端起饭盒

20世纪80年代，沈阳重型机器厂职工食堂的师傅们在包包子

说：“这是啥味呀？太难闻了。”说着便起身走到另一张圆桌前坐了下来。看着姑娘的侧脸，刚从下水道爬出来的小吴心里明白，这姑娘说的难闻气味，正是他身上的味。

说起厂食堂在卫生管理方面所做的工作，那是毫不含糊的。为了保证职工身体健康，食堂严格执行卫生管理制度，坚持对餐具进行高温消毒，要求所有炊事员每年都进行一到两次身体检查，发现问题及时调离；在作业环境卫生方面，常年坚持每天小检查，每周大检查，不放过任何一个死角。

小吴从那天起，无论再怎么忙，都是先回到班组，脱下工作服洗漱一番之后再来到食堂。这样一来，再和那个姑娘同桌吃饭时，姑娘非但没有离桌而去，两个人偶尔还有了交流。一来二去的，小吴知道这个姑娘是厂医院门诊挂号室的叶丹。打那之后，小吴想方设法接近叶丹。一天吃饭时，小吴掏出一张电影票递给叶丹，说下班后请她看电影。饭吃到一半的叶丹扣上饭盒，起身走了。小吴没想到会是这样，像是被当头浇了一盆冷水，尴尬地望着叶丹的背影。从此小吴再也不敢往叶丹跟前凑了。

“有心栽花花不发，无心插柳柳成荫。”让小吴喜出望外的是，在厂五四青年节表彰大会上，小吴和叶丹都被评为青年标兵，两个人戴着大红花坐到了一起。旁边有人打趣说：“看你俩这样真像是一对新郎和新娘子。”叶丹听了这话，羞涩地说：“别那么缺德，谁是他新娘子。”话是这么说，但不久后就有人看见两人下班后经常成双入对地走出厂大门口。

我在厂报编辑部担任负责人期间，经常接待来厂采访的报社记者。赶上中午饭点儿时，我便陪同他们到厂食堂吃饭。不同的是，不是在大食堂，而是在厂部专门为来厂办事的人开的客灶，从大食堂旁边的侧门进去。

当有客人来时，作为陪同者，我会在午饭前到厂办接待科填一个招待登记表，写上被招待者的姓名后，拿着填写好的就餐票，交给客灶管理人员就可以在客灶用餐了。客灶的环境不亚于社会上的饭店，菜品通常是四菜一汤，两荤两素，只是不提供白酒。

厂食堂一年里最热闹的时候是年终职工会餐。每到这天，会餐券便经车间班组免费发放到职工手中。

会餐当天中午，工厂基本上就放假了。和往常不同的是，每个人至少都拿两个饭盒。这一天食堂会炒上八到十个菜，凭就餐券，每个人可以从中选六个菜，分别装到两三个饭盒里。有些人直接围坐在大圆桌前，大家在一起聚餐。厂食堂聚餐不提供酒水，因此很多人也会把饭盒带回班组，像在家里一样，拿出从厂门外商店买的酒，热热闹闹地吃喝起来。

记得我小时候，特别期盼妈妈工厂搞聚餐。妈平时是不到工厂食堂吃饭的，虽然工厂食堂的饭菜已经非常廉价了，但妈还是为了每天能省下几分钱自带饭盒上班，带的菜基本上都是咸菜。可是一到工厂聚餐这天，妈是必须要去厂食堂的。她会在家里把平时带的小饭盒换成两个大饭盒。这样在她下班后，我家的饭桌上就会有几样肉菜，基本上是四个菜：红烧肉、熘肉段、猪肉炖粉条、四喜丸子。那香喷喷的菜真是太解馋了！

有时我在想，当时工友们在一起聚餐时，妈是怀着怎样一种心情，离开热热闹闹的聚会餐桌的。

再后来，工厂开始划小核算单位，实行自主经营。厂食堂扩大了营业规模，变成了沈重酒楼，并对外开放经营，还承办婚宴，小吴和叶丹的婚礼就是在沈重酒楼举办的。

那期间，工厂还开办了沈重宾馆、高楼饭店，均由个人承包经营。饭店规模越来越大，门前可谓是车来人往，只是真正在饭店里就餐的职工却越来越少了。

去年的一天，我到沈重厂与沈矿厂合并后的北方重工集团办事。中午吃饭时，当我走进三层楼的员工食堂时，一下子被震住了。食堂的规模比原来的沈重厂食堂大多了，而且装修非常豪华。透过明亮的大玻璃，可以看到极具观赏性的厨房，厨窗里摆放着各式各样的主食和菜品，还有机器人刀削面、机器人抻面，那场面俨然大商厦里的美食城。陪同我去的晓东说，这样的职工食堂在北方重工厂区里有3个。如今的工厂食堂真是今非昔比了。

不同时代有不同的品位。追思在老工厂食堂吃饭的岁月，并不是那时工厂食堂的饭菜有多好，而是在老工厂食堂吃饭时的那些时光，还有那些吃饭的人和他们的故事给我留下了温润柔软的缱绻情思。

夜幕降临，我和小宋走出咖啡厅，站在重型文化广场地铁站的台阶上，遥想着当年矗立在这里的沈重厂食堂，依稀又看到了那些来来往往的熟悉身影，仿佛他们在向我招手说："在那儿干啥呢？走哇，上食堂吃饭去！"

火车隆隆驶过

从沈阳站沿着和平区胜利大街向南，走到南五马路十字路口，再穿过南两洞桥，不远处就是兴工街。在沈阳站北侧，北两洞桥也连着胜利大街。当年这一南一北的两洞桥，是沈阳的两条重要通道，兴工街是从这两条通道进入铁西的第一条大街。

兴工街始建于1935年，当时称威盛街。1939年，威盛街北段（以现在的建设大路为界）改名为兴工街，取“兴办工业”之意，现在称为兴工北街；建设大路以南称为兴工南街，一直延伸到沈辽东路。

今兴工街地标

兴工街全长近六公里，当年这条街上大厂云集，依照上北下南的方位，依次有机床三厂、锅炉总厂、低压开关厂、面粉厂、水泥机械厂、线材厂、绒织厂、轧钢厂、啤酒厂等。

在北二路兴工北街西南角，是沈阳低压开关厂原址。我上初三那年，也就是1976年，学校组织学生下厂劳动，我在这里劳动了半年。那时我才知道，沈阳低压开关厂是一家大型国有企业，主要生产各种低压电器元件、高低压电控柜、防爆开关等产品。每天我站在生产流水线旁，像一名机械手一样，手持一把电动螺丝刀，专门拧防爆开关上的4个螺丝。

沈阳低压开关厂的前身是始建于1936年的满洲通信机株式会社，那时主要生产电话机、交换机、无线电收发报机、移动式通信设备等电器产品。

1945年，日本投降后，工厂由国民党政府接管，由于未能恢复生产，后来变成了国民党军营和马厩。

沈阳解放后，沈阳低压开关厂发展成为一家具有现代化生产水平的低压电器专业制造厂，并创造出了显赫的业绩。但到了90年代后期，在市场经济大潮的冲击下，工厂生产任务不足，职工下岗，工资无法保障，生产经营举步维艰。

2002年8月，在铁西老工业基地的“东搬西建”中，沈阳低压开关厂被第一个搬迁到沈阳经济技术开发区。

兴工街北三路西南角，这里曾经是沈阳水泥机械厂旧址，中国第一台水泥回转窑、第一台篦冷机、第一台破碎机等都在这里诞生。工厂后来也搬迁到了沈阳经济技术开发区。

兴工北街117号，也就是现在雨田实验中学（东校区）的位置，曾有一家国内知名的钢铁企业——沈阳轧钢厂。

1989年，沈阳轧钢厂厂长高嵩山大胆改革，使企业经济效益大幅度上升，被命名为“沈阳市大中型企业改革的旗帜”。1987—1991年，他连续5年被评为辽宁省劳动模范、沈阳市特等劳动模范，还曾被辽宁省政府评为“辽宁省优秀企业家”，获得过“全国五一劳动奖章”“全国优秀经营管理者”和“全国冶金工业优秀企业家”称号。

那年，我在《中国实业与中国文化报》担任记者，曾专程去采访过高嵩山。

我在报道中这样写道："初次见面，看着这位新中国的同龄人，我对自己的眼力产生了怀疑。他的相貌与他的年龄相比，实在是过于成熟了。"时年40岁的高嵩山，从外表上来看，的确是长得着急了一些。我在采访中了解到，他自1985年担任厂长的5年来，不仅将昔日默默无闻的沈阳轧钢厂，一跃发展成为辽宁省先进企业和在全国都有知名度的改革企业，而且先后撰写了三十余篇改革论文，在国家、省、市报刊发表并由出版社出版，引起了广泛的影响。不难想象，他在那一千多个日日夜夜里，将是怎样呕心沥血、殚精竭虑地超负荷工作的。从而我便找到了他外貌与实际年龄不符的答案。

在铁西长大的孩子，看火车很方便，只要一出门，很容易与火车打个照面。那冒着热气轰隆隆的火车头，是让孩子们羡慕的"大玩具"。我小时候经常到兴工街两洞桥下面去看火车从两洞桥上驶过。

在兴工北街上，会看到横卧着许多铁道，那时几乎每家工厂都有自己的铁路专用线。据资料记载，在鼎盛时期，铁西区有67条铁路专用线，通往九十多家大中型工厂。就是这些从铁西连接至沈阳站北货场的铁道专用线，牵动着工厂的命脉，依靠这一条条铁路专用线，一列列载着机器产品的火车驶向中国的大江南北。

20世纪80年代，沈阳重型机器厂生产的超大型设备在铁路专用线上准备发运

那年下厂劳动时，我们几个淘气的男同学经常在下班后溜进沈阳站北货场，趁货场看守人员不注意，就在火车道单轨上走，比谁走得远，或攀爬上庞大的火车头，有时也会跳到缓缓驶来的机车上。若被货场的工作人员发现，我们便会飞快地跳下机车，仓皇逃窜。

一天早上，我们刚走进工厂车间就接到开会通知。原来是昨晚出了一件大事，邻班一个叫姜成立的同学在跳火车时脚被火车轧断了。后来听说姜成立被送到医院后，医生问被轧断的脚在哪儿。当同学来子回到沈阳站北货场，在月色下找回姜成立的那只断脚，捧给医生时，医生看了一眼说："接不上了。"从此，姜成立开始练上"金鸡独立"了。

20世纪90年代末一个夏天的傍晚，我到重工街去买西瓜。我对拿着西瓜刀的摊主说："给我来半拉西瓜。"摊主从摊床上拿过来一个西瓜，敲了敲，随后对我说："别切了，拿走吧。"

听了他的话，我一愣，这是什么意思？难道半个西瓜不卖吗？非得买整个的？

摊主冲我一笑，说："难得能遇到老同学，一个西瓜也不值多少钱，拿去吃吧。"

我疑惑地问："老同学？你是？"

他说："你不是张瑞吗？我是姜成立。"我一下子想起来了，他就是那个把脚扔在北货场的姜成立。

我下意识地看了看他的脚。他见我一副疑惑的样子，解释说："早就安上假肢了，不走路是看不出来的。"他回头喊了一下在西瓜摊旁领孩子玩儿的一个年轻女子，向她介绍说："这是我中学同学。"

我一看，这个女人长得还真挺漂亮。我说："你要是不跟我说，我还真看不出你安的是假肢。"

那时，正是铁西工厂下岗大潮袭来之际，工人村里的许多家庭都受到了冲击，生活异常艰难，可谓是捉襟见肘。可是在这西瓜摊上，我看到了一个水果小商贩一家幸福快乐的场景。在这场猝不及防的失业大潮中，一个装着假肢的人，竟以自强不息的意志，与困难抗衡，用一只脚挺起了不屈的身躯。

2012年，沈阳站面对兴工街的一侧，建了西出口广场。西出口广场的建成，不仅缓解了沈阳站东的压力，给市民的出行带来了极大的便捷，也使一度萧条的兴工街焕发出勃勃生机。就在我写这篇文字时，经过历时一年的建设，沈阳最大的公交枢纽站工程基本完成，即将正式投入使用。一个现代化的公交枢纽站即将呈现在人们的面前。

沈阳最大的公交枢纽站——沈阳站西出口广场

如今走在兴工街上，再也看不到那些工厂和烟囱了，代之而起的是一座座摩天大厦和漂亮的居住社区。荣富饭店、锦江国际酒店、鑫丰又一城、富雅豪临、新洪记、沈阳假日国际大厦、和谐大厦、西唐盛

毗邻铁西区兴工街的北二路两洞桥

筵，让新兴的兴工街热闹起来。

兴工街的变迁折射了时代的华丽转身，夜晚的璀璨，代替了机器的轰鸣。夜幕降临时，漫步在五光十色的兴工街上，那氤氲着烟火气息的场景，会让初来乍到的人眼花缭乱，兴工街俨然成为美味一条街、吃货的天堂，吸引吃货们纷至沓来。

对于居住在兴工街旁的老铁西人而言，如今在自己家的花园小区里，很难再像当年那样听到火车轮摩擦钢轨发出的隆隆声了，只是偶尔会在两洞桥上，看到白海豚一般的高铁风一样驶过。

前些日子，我和几位文友到铁西的奉天工场转了转。偶然间我看到一条铁路专用线，当时感觉就像见到了一位久违的老朋友。看着这条布满锈色、尽显沧桑的钢轨，我默默地伫立了很久。恍惚中，我看到中学时代的那些小伙伴们在火车道上摇摇晃晃地走单轨，我仿佛听到姜成立在喊：“看谁能比我走得远！”

如今，无论是在兴工街还是在老铁西，很难再看到这样的铁路专用线了。然而我知道，在铁西区西部开发区，会看到一列列长龙一样的中欧班列，满载着我们这座城市制造的轿车、机床和大型机械成套设备，昼夜不停地开往欧洲和“一带一路”沿线国家。

流连保工街

这是我曾经再熟悉不过的一条大街，此刻却让我感到陌生。街道两旁一幢幢拔地而起的高楼商厦，呈现着现代大都市的气象，仅仅用旧貌换新颜来形容，是远远不够的。走在这条街上，我一遍遍放大记忆的底片，也对应不上眼前的场景。这还是我熟悉的保工街吗？

始建于20世纪30年代的保工街，北起北一路，南至沈辽路，全长5公里。20世纪末，街路两侧挤挤挨挨坐落着数十家大大小小的工厂。

今日保工街一瞥

被誉为全国工业战线生产建设“十面红旗”之一的全国劳动模范、原沈阳变压器厂副总工程师王凤恩塑像

大街小巷到处弥漫着工厂的味道。

那时在沈阳重型机器厂上班的我，经常骑车行驶在这条街上。

多少年过去了，我仍然清楚地记得当年这条街上的每一家工厂。

在保工街北二中路的东北角是沈阳变压器厂旧址。沈阳变压器厂建于1938年，在共和国的工业史上，它是中国变压器行业历史最长、规模最大、技术实力最强的制造企业。

20世纪90年代中期的沈阳变压器厂

提起沈阳变压器厂，我的脑海中浮现出一个人，我是在沈阳劳动模范纪念馆认识他的，他就是被誉为全国工业战线生产建设“十面红旗”之一的全国劳动模范、原沈阳变压器厂副总工程师王凤恩。新中国第一台5000千伏安大型变压器就是在他的手中诞生的。

当年与沈阳变压器厂一路之隔的是沈阳蓄电池厂，这家始建于1939年的工厂，是中国第一家铅酸蓄电池制造厂。中国第一辆解放牌汽车、中国第一台东风铁路内燃机车、中国第一台30万千瓦发电机组、中国第一座核电站秦山核电站等，采用的都是沈阳蓄电池厂生产的“东北”牌蓄电池。2002年8月，沈阳蓄电池厂迁至沈阳经济技术开发区。

沈阳蓄电池厂旧址

如今，铁西老工业区的工厂几乎都迁到了开发区，唯独在保工街还有一家老工厂，深隐在一幢幢高楼大厦之中，坚守着自己的根基，为铁西老工业区留下了一个根，它就是有着近九十年历史的沈阳铁路信号有限责任公司。中国铁路第一台单元控制台、第一台安全型信号继电器、第一门铁路专用纵横式电话交换机都是在这里诞生的。近几年来，改制后的沈阳铁路信号有限责任公司更是大展宏图，在中国铁路建设发展中实现了多项第一，为多个在中国铁路发展史上具有里程

今日的沈阳铁路信号有限责任公司

碑意义的项目高扬起保驾护航的大旗。

在原沈阳汽车弹簧厂旧址上改建的“铁西梦工场”

从沈阳铁路信号有限责任公司向南走不远，就到了“铁西梦工场”。20世纪80年代，这里是全国最大的汽车弹簧厂，如今经过改造，成为体育文化创意街区。

走进大门，我立刻被头顶上的一个大大的卡通女孩儿雕塑所吸引。这个有半栋楼高的大娃娃手里还握着一个大棒棒糖，非常可爱，来这里的人，首先都会和她合影。

“铁西梦工场”既保持了原有的工业轮廓，同时也延续了老厂房的独特性和不可复制的魅力。这一改造，将体育与工业文化完美融合，让历史与现代碰撞出激烈的火花，形成了一个衔接过去和未来的新兴体育文化产业。

几年前的一天，我骑着共享单车从保工北街穿过北四中路时，一处残破的老厂房闯入我的视野，它与周边的繁华格格不入。我忽然想起，这老厂房不就是原来的沈阳自行车厂吗？它在被撂荒的20年里，静静地述说着当年的繁华和之后的苍凉。

去年夏天的一个傍晚，有文友打来电话说邀几个写小说的朋友到“奉天记忆”山楂树餐厅聚一聚。我问“奉天记忆”在哪儿，他说你问出租车司机，他们都知道。

在流光溢彩的“奉天记忆”门前下了车，我才发现这里是沈阳自行车厂的原址，如今已被打造成奉天记忆文化创意产业园。园区在保持了原自行车厂工业符号和主要建筑的基础上，植入了以民国风情为特色的文化主题元素，流动着怀旧的色调。

沈阳自行车厂曾经是沈阳人的骄傲，这里生产的“白山”牌自行车享誉东北三省，与“凤凰”“永久”同为当年我国仅有的3家自行车厂。如今，“奉天记忆”依托东北地区独特的历史文脉，在彰显工业韵味的同时，融入了旅游观光、餐饮娱乐、演艺体验等文化创意衍生产业，成为沈城又一处休闲之地和文化风景，也成为沈阳市工业遗址改造的一张名片。

恍惚间，有一种时光交错的感觉，那些老物件仿佛在静静地讲述着这里曾经发生的故事。此情此景，让我们不由得哼唱起一首老歌：

歌声轻轻荡漾在黄昏水面上，
暮色中的工厂已发出闪光，
列车飞快地奔驰，
车窗的灯火辉煌……

充满年代感的旧厂房，在散发独特工业气息的同时，其间的光荣与梦想也完美地勾勒了沈阳工业的发展与卓越贡献。

在“奉天记忆”附近有一个住宅小区，它有一个非常文雅的名字——艺格春天，是2009年兴建的。许多人或许不知道，这个地方是老沈阳人熟知的沈阳油脂化学厂原址。20世纪末，这家工厂生产的“三威”牌洗衣粉可谓家喻户晓，那款以小狮子狗形象作为外包装的洗衣粉，让当年的家庭主妇们难以忘怀。时光如水，岁月洗涤了流年，一时不可替代的“三威”牌洗衣粉，后来也在人们的视线中消失了。

1958年，沈阳第二柴油机厂生产出我国第一台稻麦两用“东风”牌联合收割机

来过保工街的人都知道，这里有一个顾客云集的家居大卖场，即香江家居。它的所在地上曾有一家老工厂——沈阳第二柴油机厂。1958年，我国第一台稻麦两用“东风”牌联合收割机就是在这里诞生的。

香江家居的北面，是东北橡胶公司沈阳橡胶一厂旧址。

1950年初春，毛泽东主席出访苏联行程结束。3月1日这天，专列途经沈阳时，毛主席视察了沈阳橡胶一厂，与工人们进行了亲切的交谈，虽然只有短短的35分钟，却给予工人们极大的幸福和力量。这一天，沈阳橡胶一厂成为最快乐的工厂。

随着朝鲜战争爆发，东北橡胶工业的战略转移随之到来。在毛主席视察沈阳橡胶一厂7个月后，沈阳橡胶一厂、二厂和辽阳橡胶九厂的三千多名职工及家属，冒着零下30多摄氏度的严寒，迁往牡丹江桦林镇，在日伪时期留下的废弃的纸浆厂旧址上，在基本没有起重设备的情况下，用98天时间，提前建成了自己的橡胶厂——国营第一橡胶厂（牡丹江），后改名为桦林橡胶厂，号称中国橡胶工业的“四大家族”之一，生产出了第一条“红旗”牌轮胎。

1950年至1953年，国营第一橡胶厂向前线累计输送轮胎17.3万条，有力地支援了抗美援朝战争。

1958年五一劳动节这天，一台被冠以“创造号”的新中国第一台18马力蒸汽拖拉机在沈阳拖拉机厂诞生

沈阳橡胶一厂搬迁后，国家机械十九厂迁到此地，也就是后来的沈阳农业机械厂，再后来更名为沈阳拖拉机厂，老铁西人习惯称它“大拖”。1958年五一劳动节这天，一台被冠以“创造号”的拖拉机从一代伟人曾莅临的地方出发，随着欢乐的庆祝游行队伍，披红挂彩地开进了沸腾的市府广场。至此，新中国第一台18马力蒸汽拖拉机问世。

光阴荏苒，斗转星移，那铁与火的工厂年代早已无影无踪。有着八十多年历史的保工街开始讲述新的故事，我所知道的那些故事正与我们渐行渐远。华丽转身的保工街，将那些远去的场景隐藏在人们的记忆深处，而历史却将它定格。让我站在街头哼唱一首40年前的老歌吧：“昨夜的，昨夜的星辰已坠落……今夜的，今夜的星辰，依然闪烁……”

唉，岁数大了，这眼睛见风就流泪。

风景的诱惑

那一年，我第二次登泰山，旧地重游，不仅是为了再“一览众山小”，也为了却一桩心愿，补拍一张照，一张日观峰的照片。

当那昂首翘立的日观峰收入镜头时，我眼前浮现出这样的情景：随着初升的太阳如婴儿从子宫分娩而出，他的身影在日观峰上欢喜地跳跃起来，他激动地高声欢呼着，兴奋地将帽子抛向了天空……然而，取景器里摄入的只是一个空镜头，他的形象只能靠我的想象来填补了。

我这里所说的“他”，是我的同学，我习惯叫他阿康。

泰山日观峰

从玉皇顶下来，到达南天门时，同行的人都乘缆车下山了。我借口说锻炼一下，便拖着疲惫的身体，沿着十八盘陡峭的石阶往下走。其实，我是想找寻一下当年我和他的足迹，还有曾和他在一起欣赏过的风景。

1984年的盛夏，我们迎来在文学院的第一个暑假。同学们都回了家，我同阿康一商量，每人觍着脸从家里拿出将近200块钱，这在当年无疑是一笔巨资，开始了游学旅行。

我俩从泰安火车站出来时已临近中午，在站前的一家小饭店里每人点了一碗饭，又点了一盘炒豆腐。这顿饭如此简单，是为了到泰山顶上时再好好犒劳一下自己，吃得丰盛一些。两碗饭放在桌上好一阵子了，苍蝇在饭碗上盘旋起落了好多个回合也不见炒豆腐上来。怎么回事？往后厨一看，只见那厨子正撒欢似的翻舞着大勺，随着豆腐在大勺内上下翻滚，一团火苗忽地蹿了出来，竟然还过油了。伴着“叮叮当当”的叫勺声，豆腐装盘。感觉不错，3毛钱的炒豆腐弄得如此隆重，泰安人真是厚道！

乘车到了中天门，开始登顶之旅。冒着炎炎的烈日，我俩爬过十八盘，穿过南天门，到达玉皇顶时，已近傍晚时分。眼看着登泰山观日出这一夙愿明天一早就要实现，于是我俩找了一块空地，从背包里掏出在山下买的啤酒、熟食，哥俩痛快地畅饮起来。一直到夜幕笼罩了山峦，我俩才穿着租来的棉大衣钻进了山上为游人搭的大帐篷。

肚子一阵剧痛，把我痛醒了，睁眼一看，大帐篷里黑蒙蒙的。我忽然感觉脚下特别凉，还湿漉漉的，一摸，从腿到脚全是水，抬眼一看，原来大帐篷的顶部露了个大窟窿，雨水正从外面浇下来。我感觉肚子里翻江倒海的，便忍着痛起身走到帐篷外，找一个角落排了出去。这样折腾了好几次，直到没什么可排的了，体力消耗透支了，我才又迷迷糊糊地睡着了。

呼喊声将我叫醒，此时阿康站在我身边说：“快起来，一会儿就要看日出了，不起来就来不及了。”我环顾了一下，蒙眬中发现大帐篷里的人几乎都没影了。我立刻清醒起来，欲起身时，才觉得一点儿力气都没有，肚子又开始痛了。我对阿康说：“我不行了，拉稀，起不来了，你自己去吧。”阿康说：“没事，我从家出来时带着药呢，是“泻立停”，吃上准好使，然后我扶你上去。”阿康的老婆是医院的护士，我们每次出去玩儿，阿康都会带上一些治感冒发烧、肠胃消化和外伤包扎用的药品。我就着他递过来的水，吞下两片药，但肚子还是咕噜咕噜地叫，还要泻，我便说：“我真不行了，去不了，你自己去吧。”

见我这个状态，他便说：“那行，你躺着吧，我陪你。”

“那不行，咱俩跋山涉水好不容易来到这儿，就是为了看日出，不能卖一个搭一个，那不是前功尽弃了吗？你必须去。”在我的一再催促下，阿康扶着我到外面泻了一次，然后才独自朝山顶走去。

我浑浑噩噩地又迷糊了一会儿，阿康回来了，他兴奋地说：“你知道不？听说有的人在山上待了好几天，也没看到日出，天天是大雾，咱来了就看到了，后半夜这场雨下得太好了，只是你太遗憾了。”

笔者第二次在泰山南天门留影

我捂着肚子说：“我是够窝囊的，也影响你情绪了，还没为你拍上照片。”阿康笑着说：“没事，等以后咱哥俩再来补照。”

太阳升起来的时候，“泻立停”发挥了作用。阿康背起所有的行李，我俩向山下走去。

泰山日出，我们还会再来拜谒你的。

我的影集里

珍藏着这样一张照片，是我和阿康在寒山寺合照的。照片上，阿康站在圆洞门外，我在门内只探出个脑袋。

来到杭州，在开往西湖的公交车上，我看见车厢的扶杆上，阿康的手搭在一个金发女郎的手上，眼神还不时地与那双蓝眼睛交流着。下车后我嘲笑他说："如果我不提醒你要下车了，你还不得跟那个洋妞上雷峰塔呀！"阿康得意地说："这可怪不着我，是她先主动将手搭在我手上的，开始我还把手挪了一下，可她的手也随之伸了过来。在洋妞面前，咱怎么也得讲究点儿绅士风度吧。""可拉倒吧，你还绅士风度？"我反驳道，"在青岛开往上海的船上，在餐厅里你和那位上海女芭蕾舞演员跳舞时，瞧你把她搂得那个紧。"阿康反讥道："你这是没吃到葡萄嫌葡萄酸，谁让你不会跳啦？你以为和那个舞蹈演员跳支舞是那么容易的吗？哥们儿跳了这场舞算值了，你就嫉妒去吧。"他又问我："我俩跳舞的场景你拍下来了吧？回头洗出来给她寄一张，她给我地址了。"

提到照片，我就想骂娘。因为回来开学后，阿康在向一个同学炫耀此行的辉煌历程时，那个热心的同学说："把你们这一路上拍的胶卷给我拿来吧，我认识一个朋友，他冲印能便宜些。"于是，除了在寒山寺照的那卷外，其他的全给了他。过了很长时间，那位同学也不提不念这事了，后来我让阿康追问，那位同学的回答几乎将我气疯了。他反问道："还有这事？我早忘了，也不知弄哪去了，你们怎么不早点提醒我呢？"这个家伙说得轻巧，殊不知这是我们哥俩历经21天风雨兼程、造访7个省市的名胜古迹，投入大量精力和财力换来的，他的一句话就化为乌有了。现在想起来我更生气，阿康已经走了，想补拍都不可能了。

转眼到了1985年的暑假。阿康已从铁西副食品公司武装部调到了报社，我也到了《当代诗歌》编辑部，和去年比起来，我有了工资之外的收入，阿康也有了小金库。按照我和阿康的约定，如果说去年往南方走，称之为"南下"的话，这次我俩要往北走，算是"北上"吧。

首站——吉林。白天在江畔公园转了转，在游览松花江时，我俩买了当夜开往敦化的火车票，为的是能在第二天下午到达镜泊湖。

午夜，我俩赶到了火车站，站前广场上挤满了人。我俩买的是无座车票，若想在车上找个座位眯一会儿，只有在火车没到时先上站台，才有可能抢到下车人的座位。于是，我佯装生病，在阿康的搀扶下，穿过站着长排等候进站的人群，同站台上执勤的人一商量，演出成功，我俩提前进了站台。恰在这时，火车进了站，我俩几乎是最先登上车厢的。在我俩找座位时，火车上的广播喇叭响了，一听，坏了，原来上了一列反向的车，南辕北辙。当火车在一个小站停下后，我俩仓皇下了车，还得往回坐。真是机关算尽，反误了行程。

经过一夜的折腾，又在沙丁鱼罐头似的长途汽车里颠簸了一上午，午后终于到达了目的地——镜泊湖。拿出30块钱，订了一个湖边湖景别墅。这可把我乐坏了，打开房门放下行李后，我一个空翻从地上翻到床上，不料歪了，“咕咚”一声，摔在了地板上。阿康吓坏了，忙过来将我拉起来，见我没什么事，甩出一句：“得意忘形！”

我俩游览完镜泊湖，又到哈尔滨太阳岛逛了一天，随后乘火车来到了北安，赶往五大连池。那时五大连池尚未开发，往这里来的长途汽车很少，每天早晚各一趟。我俩来到这里时，没见到其他游人，远远望去，荒野般苍凉。游览过五大连池后，在赶往齐齐哈尔的火车上，想到那死火山的熔岩，我写下了一首题为《问火山》的诗：

就这样迎接我吗
传说中轰轰烈烈的你
抿着龟裂的嘴唇
叠着褶皱的记忆
孤独　沉寂

何以见雄壮的气势
风在拨弄雨在侵蚀
你瘫痪地喘息着

当年笔者在五大连池放歌

坎坎坷坷的熔岩
绊倒了我神奇的寻觅

难道只有封闭了失望
才得以想象你的巍然
回叩我缓重的足音
断——断——续——续
仿佛是你在疲惫地说
哦，我累了——经过那场无法抑制的冲动

如能借用盘古的巨斧
真想将你劈开
注入勃发的生机
证实我想象的存在

复醒吧——火山
风化并非新月的期待
当游人再将你指指点点
你抖落下羞愧
爆发出一声威严的呐喊
死——不属于火山

阿康看了后，大加赞赏。

这次“北上”，极大地触发了阿康的创作激情，开拓了他的创作空间，不久他创作的一大批以关东大地为题材的诗歌享誉北方诗坛。

几年前，我又一次来到五大连池，在当年与阿康留下足迹的地方，我朗诵了我那首《问火山》。这是我有生以来第一次面对大自然放声朗诵自己的作品，我想以这种方式，用我熟悉的诗句，重现我俩当年在一起的场景。此情此景，我仿佛又一次感受到阿康那如火山一样喷发的诗情。

在文学院学习的那两年，无论刮风下雨，还是酷暑严寒，我俩都骑着自行车，从铁西的西部穿过大半个城市，循着文学院两次搬迁的校址“东进西征”。毕业后，阿康回到了报社，我回到了工厂，各自忙忙碌碌地生活，原来每天形影不离的我们，逐渐聚少离多。尽管如此，我俩还会隔上个把月聚一聚，喝点小酒。

一天清晨，敲门声将我从睡梦中惊醒，开门一看，是阿康。原来昨天是报社发工资的日子，昨晚他跟几个朋友打了一宿麻将，工资全输光了，不能回家交“柜上”了，便上我这儿拿了1000块钱回家顶账。

打那之后，从他的言谈中我察觉他经常打麻将，而且是通宵达旦地玩儿。他曾对我说过，如果他老婆给我打电话，就说他和我在一起呢。我半开玩笑地说：“你差不多就行了，别让嫂子觉得是我把你拉下水了。”

后来阿康当上了副主编，应酬更多了。一天晚上，他找我喝酒，我到饭店时，见到和他一同来的还有一男一女。他向我介绍那个男士姓李，说是报社广告部的，那个女士是跟他一起来的。

再后来，阿康的副主编被免了，他和那位姓李的换了位置。

十年前的正月初四，我同原来工厂的朋友聚会，正与一位前来敬酒的朋友碰杯，手机响了，对方一句话就让我蒙了："阿康死了！"

我的手一哆嗦，手机一下掉落到菜盘上。我慌乱地拿起手机，"你说什么？大过年的别开这种玩笑。"

"谁和你开玩笑，昨天晚上死的，明早6点出殡。"

撂下手机，我怔了一会儿，同我碰杯的朋友见我如此状态，问我发生了什么事，为了不扫大伙儿的兴，我便支吾道："没事，没事，喝酒。"一仰脖，一杯酒浇了我一脸。

第二天凌晨4点，还没等预设的闹表提醒，我便从床上爬了起来，匆匆地洗漱了一下就到楼下打车。

走进阿康家的园区，夜幕中楼前停着几辆亮着车灯的面包车，昏暗的楼门前燃起了火光，借着微弱的火光，隐约看到两个年轻人在烧纸。我欲上前去看看，就听有人喊："去火葬场的上车。"

到了火葬场，我下车时，黑蒙蒙的停车场上除了那几辆面包车，没有任何人。原来是我坐的这辆车被前面的车甩下了，来晚了，前面车的人都去告别厅了，我忙踩着一片积雪，朝亮着灯光的告别大厅走去。

这排房子有好几个告别厅，我不知在哪个，只能一个一个推门去看。有的门还锁着，有两个厅里面有送葬的人，可一看上面的名字不是。这时有几个人不知从哪儿冒了出来，就听有人喊："送老栾的人往回走了！赶快到停车场上车。"

怀着难以名状的心情，我回到了来时的车上。返回的路上，心情糟糕透了，想不到我和阿康的结局竟然会是这样，到了儿连个面都没见上。

我给通知我的那个朋友打电话。他回答说："我没来，因为给他老婆打电话时，他老婆说不搞任何仪式，不想让别人来，所以我就没去。"

"你知道阿康是怎么死的吗？"我问。

"他老婆说是癌症。"

“他是什么时候得的病？大伙儿怎么都不知道呢？”

“从他住院起，他的手机就停机了，谁也联系不上。”

我的眼泪夺眶而出，一进入市区，我就让司机停下了车，我要下车走一走。

市区的天空，轰轰隆隆的礼炮声渲染着节日的喜庆，告诉人们，破五了。

好长一段时间里，阿康的影子老是在我的眼前晃。我总会想起1981年深冬的那个晚上，在灯火通明的铁西文化馆二楼创作室里，我和《绿野》诗歌组的文友们正在研讨诗，阿康穿着一件军大衣，从刚结束活动的小说组出来，手里拿着一张纸，凑到我跟前说：“这是我刚写的，你看看是不是诗？”我这才知道，他就是那个刚在《芒种》上发表了小说的阿康。从那之后，我俩心照不宣地同行了三十二载漫漫人生路。

在写这篇文字的时候，儿子要吃意大利面，我在厨房切洋葱时，冷不丁想起那年和阿康在上海吃面的场景，为了不让上海人嘲笑我俩是饭桶，一顿午饭，每人六两面条，我俩沿南京路吃了3家面馆……我眼泪止不住簌簌地往下滴，恰巧儿子进厨房，见此情景大为诧异：“老爸，太夸张了吧？”我掩饰说：“今天这洋葱真呛眼睛。”

昨天，我们以文学的名义，一同去追逐人生的风景；此刻，过往的岁月正化作生命中的水墨丹青，装饰着我的梦。

蜀道行

一个时代有一个时代的背景，一个时代有一个时代的故事。20世纪90年代中期，我在厂报编辑部工作，我的办公室对着三楼楼梯口，老白的办公室在三楼最里面，平时办公室门都是敞开的，老白每天都会从我的门口经过。

老白是厂党办秘书，人称“党办一支笔”，党委书记的讲话稿和党委文件都出自老白之手。

有时我看到老白就装作没看到，但老白他不管我看没看到他，他总会看到我。尤其是在下班前的一小时，老白就像签到似的，准来。很多人都以为我和老白合得来，老白也不否认这一点。但我心里清楚，与其说老白跟我好，不如说老白跟我的烟更亲。老白和我也不外道，每次进到我办公室，嘻嘻哈哈客套两句后，还没等说完第三句，我桌上烟盒里的烟就会飞到他的嘴上。

新的一年到来了。这是1997年1月初的一天。老白从我的办公桌上拿起烟，点着后，神秘地对我说：“你知道不？厂长的座驾昨天让抚顺煤厂开走了。”

“为啥？”

老白使劲儿吸了一口烟，说：“这你还不明白？欠人家煤钱呗，拿车顶账了。”

“那辆车能值多少钱？”

“谁还管它值多少钱呢？现在啥时候了，日子都不好过，蛤蟆腿也是肉。”老白颇有见地地说道。

厂长的那台车我曾坐过，两年前陪厂长去元宝山煤矿时，我坐过两天，那根本就不是什么豪车，一台广州标志而已，值不了几个钱。可就是这样一台不值钱的车，也被拉走顶账了，看来这个春节不好过呀！我顿感一丝寒意，起身关上了办公室的门。

第二天，又到了老白上我这儿“签到”的点儿。老白点着烟说：“明天我要出差，去四川清欠，不然的话，这个春节工资都发不出来了。”

小年这天，老白回来了，当他到我这儿来“签到”时，我看到出去不到十天的老白一脸疲惫。他说：“这次几乎白跑一趟，欠债的厂家也都在忙着清欠，跑了好多个工厂，都见不到主管领导，只好过完春节再说了。”

过完春节一上班，厂里紧急召开中层干部会议，成立了清欠办，给各部门下达了清欠指标。厂里已经无米下锅了，厂长被上门清欠的人逼得不知躲到哪儿去了，根本见不到影。

想不到的是，部门领导通知我放下手头的工作，两天后和老白上四川清欠，第一站是川北，具体听老白安排。

火车开动后，老白告诉我，这次我俩一起出来，是他向厂领导提的，这次清欠地点多，时间长，两个人一起出来有个照应。他说这次清欠的最后一站是重庆，然后顺江而下到武汉，知道我喜欢摄影拍风景，这样也能借光给他拍照留作纪念。

“啤酒饮料茶叶蛋喽，烧鸡猪蹄鸡爪烤鱼片喽……”我俩聊得正热乎呢，车厢里响起了叫卖声，已经是中午了。我买了一只烧鸡、一袋猪蹄和两瓶啤酒。老白笑着说：“让你破费了。”说完，起身从行李架上取下旅行袋，从里面拿出两个大饭盒和两个馒头。他递给我一个馒头。我问老白两个大饭盒里装了什么好吃的。他打开饭盒，真是让我没想到，一个饭盒里是油炸花生米，另一个里面是咸蒜。老白说：“这咸蒜是在家腌的，挺好吃的。”

我一看这架势有点儿来了气，怼了老白一句：“就是好吃你也不能带这么多呀！这得吃到啥时候？”老白说：“咱们这次出来怎么也得个把月，吃得完。”

“那你也不能天天吃这个呀！再说，咱们出差不是还有差旅费吗？

你留着干啥?”我又问老白:“咱们的差旅费每天多少钱?”老白说:“一般城市是90块钱,省会城市是110块钱。兄弟,我可比不了你,我的两个儿子都大了,眼看到了娶媳妇的时候了,我得给他们攒点儿钱。”

“攒钱?攒钱也不能这么个攒法。”我心想,咱们的差旅费是包干,不算火车票,这些钱怎么花也是够用的,这一路上老白要是这么省下去的话,我可要跟着遭罪了。

经过近一天一夜的颠簸,下火车时我才发现,老白拎了两个大旅行袋,鼓鼓囊囊的,不知道里面装的是啥,不会全都是馒头吧?

一出火车站,我买了一张当地导游图。我问老白:“咱们是不是先找个旅店安顿下来,休息休息?”老白说:“咱们还是先到欠债厂家照个面,沟通一下吧。”我一听有道理,便和他在站前广场上了一辆三轮蹦蹦车,直接把我们拉到了工厂。

在厂大门前,收发室的人看着老白拿出的介绍信,自言自语地说:“这一天天来的全是讨债的,也不知道咱厂子欠了多少钱。”说着他操起了电话,过了一会儿,他放下电话说:“你们俩来得还真是时候,你们到厂部办公室吧,找一个姓洪的女的,她是副主任。”

进了厂部办公室,在老白和洪主任握手的一瞬间,我忽然感觉老白像是换了个人,有点儿让我不认识了。

老白紧紧握着这位半老徐娘的胖女人的手,说:“哎呀,洪主任,川北这地方我可是来过多次了,像洪主任这么年轻又漂亮的我还是头一次见到,洪主任不是本地人吧,是不是上海人哪?”我听着老白阿谀奉承的话,感觉身上刺挠挠的,就好像很长时间没洗澡了。

这位姓洪的中年女人,看上去也是见多识广的职场女性,听了老白的恭维,竟然笑得像个小女生。她从老白手中抽出手,捂着嘴笑着说:“白主任真会说话。哪里呀,俺也是沈阳人,是当年随父亲工厂下三线落户到这大山沟里的。”

老白忙说道:“这么说,咱们是老乡啊!像洪主任您这样如花似玉的大家闺秀,在这大山沟里待了这么多年,还是风韵犹存,实属不易,不是天生丽质根本做不到……”

老白说这话时，我看到洪主任脸上现出一丝羞涩，但又好像是故作出来的。洪主任笑着说：“白主任虽然言过其实了，可我也爱听。”

白主任？听洪主任称老白为主任，我冷不丁以为是在说别人，因为老白就是党办的一个秘书，根本不是什么主任。难怪老白在火车上和我说，到了欠债厂家，他是主任，我是部长。看来在老白拿出的介绍信上，我俩都升官了。

我在一旁附和道：“洪主任你可不了解我们白主任，他在我们厂里是有名的有一说一的人。”

“那是呀，因为洪主任是咱沈阳老乡，是咱小老妹儿，不然我也不会一见面就这么说话，咱们这不是不见外嘛。”这老白的确太会说话了，没说上几句，对面的这个女人竟成他老妹儿了。

洪主任听了这话，问道：“你们二位刚下火车吧？安排好住处了吗？”

老白忙说：“还没有，下了火车就赶过来了，想先和厂领导们见个面。”

洪主任说：“白主任要是不嫌弃，就住我们厂招待所吧，条件不是太好，不过能省下点儿差旅费。”

老白马上接话道：“哎呀，那真是太感谢了，妹妹想得这么周到，我谢还来不及呢，怎么能嫌弃呢？如果可以的话，下班后我请咱沈阳家乡的妹妹坐一坐，妹妹要是能把厂领导请过来，那就更好了。”

洪主任说：“这怎么行？你们大老远地跑过来，怎么能让你们请客呢？这不是让人讲究吗？虽然眼下我们厂困难一些，但是吃顿饭的钱还是有的，这个主我还是能做的。这样吧，我先安排人领二位到招待所住下，下班时二位再过来，我一会儿跟厂长汇报一下，看看厂长晚上有没有事，如果我们刘厂长有空的话，争取让你们和厂长见一面。”

一听这话，老白忙说：“那可太好了，那就拜托我主任妹妹了。”

在招待所安顿下来后，老白从旅行袋里掏出一盒红塔山，递给我一支。接过烟时我心想，和老白认识了这么久，能够抽上他的烟可真不容易。老白一边点着烟，一边得意地说：“这下你知道我为啥不让你找旅店了吧！一般厂子都有招待所，只要在招待所一住下，这吃住就不用咱俩花钱了，那差旅费咱就干剩下了。”我笑着说：“想不到咱白大主任还有这两下子，瞧你把那个女的忽悠得自己都不知道是谁了，受教了。”

老白苦笑着说：“不这么弄咋办？你以为我愿意这样啊？像个小丑似的。没办法，只要能帮厂子把钱要回来，让我叫她姑奶奶都行。”说着，老白从旅行袋里掏出两瓶白酒和四大袋味精。我不解地问道：“你带这些东西干啥？”他说：“一会儿咱们见到他们厂长时，我给厂长送两瓶酒，再给厂长和洪主任每人两袋味精，表示表示。”

“这是你自己花钱买的，还是厂里给你拿的？”我问。

“厂里给拿？怎么会呢？这是我自己花钱买的。花点儿就花点儿吧，该出血的时候也得出点儿，能要回钱是真格的。”

到了下班的时候，我和老白来到洪主任办公室。我俩和洪主任坐着厂里的轿车来到市区的一家中档饭店。

洪主任说：“刘厂长得晚来一会儿，他正在接待当地供电所的办事员，人家来催缴电费了，厂里怕被拉电闸，需要厂长亲自到场表示一下，要晚来一会儿，不好意思，咱们稍等一等。”

我心想，只要能见到厂长，别说是等一会儿，就是等到明天早上也行啊。

就在菜快上齐了的时候，一个满脸通红的男人匆匆走进包房。洪主任赶忙起身介绍说：“这位是刘厂长。”

刘厂长说：“东北老乡来了，再忙也得过来见一下，不能欠人家钱连个面都不见吧！”原来，刘厂长也是东北人，是当年三线建设者的后代。

酒过三巡菜过五味，谈兴正浓时，老白恰到好处地从包里把两瓶酒和四袋味精拿了出来。老白说：“眼下咱们沈阳也没有什么能拿得出手的特产，不带点儿啥又显得失礼，想来想去，给刘厂长带了两瓶家乡的酒，虽然赶不上四川的酒好，但略表一点儿心意吧。”

刘厂长一看，说：“白主任，这大老远的，你还特意给我带家乡的酒，俗话说得好，千里送鹅毛——礼轻情意重。再说，沈阳味精可是全国有名的特产，你真是太讲究了，让我好生感动啊！我就不客气了。有你这分诚意，我啥也不说了。我看这样吧，我们现在手里真是没有钱，你们两位先在这儿委屈几天，顺便在附近转转，散散心，难得出来一次，咱这儿附近的名胜古迹还是很多的，等我们清欠的人把钱拿回来，我给你们带上一些，虽然不能全给，但没有多还有少，怎么也不能让二位白跑一趟。”

老白一听，马上站起来给刘厂长斟满了酒，说道：“刘厂长不愧是咱东北人，太仗义了，这样吧，为了表达我们的敬意，我和张部长连敬3杯，刘厂长请随意。”我真没料到，老白随便这么一说，把我也拐带进去了。还有啥可说的，硬着头皮喝吧。

刘厂长站起来说：“虽然我刚刚在那边喝了不少，但家乡老大哥敬的酒我就是把胃喝出了血也得喝，不然显得我这个东北人不厚道。”说着，他瞅了一眼坐在身边的洪主任。洪主任马上接过话说：“是呀，我给刘厂长当下属这么多年，还是头一次看到刘厂长这么喝酒，这说明咱刘厂长对家乡人没的说。这样吧刘厂长，您把这个机会给我吧，我虽然不能喝酒，但是被刘厂长的热情感染了，我来敬家乡人3杯酒，以感谢白主任大老远给我带来家乡特产，你们随意。”然后洪主任连干了3杯。

洪主任说是让我俩随意，但我俩怎能不识抬举，岂不是不吃敬酒吃罚酒？我俩连忙起身，在陪了3杯后，又回敬了3杯，以表达对刘厂长和洪主任的盛情款待之情。

那天晚上喝到很晚，怎么回到招待所的，我都不记得了。

第二天早上起来脑袋昏沉沉的，加上两天来连续在路上奔波，实在不想起床。

迷迷糊糊中，我闻到了一股刺鼻的酸辣味道，扭头一看，老白打开了两个饭盒，正在就着咸蒜和花生米吃馒头。

在招待所躺了一天，快到晚上的时候，我才和老白在街边的一家小店吃了一顿冒着热气的饭菜。

我对老白说：“咱们总是在房间里待着干等也不是回事，明天得出去走走。”

老白说："你想上哪儿你来定吧，我陪你去。"我打开导游图查了一下，发现这个地方离李白故里和剑门关都不算太远，我说咱们明天去看看李白吧。

唐代大诗人李白故里

第三天，我在李白故里售票处买了两张票。老白说："这门票的钱不能让你花，你记个账，回头咱俩平摊。"我说："不用，花不了几个钱，就算我请你了，只要你高兴就行。"老白说："那可不行，不是那么回事，该怎么算就怎么算，听我的。"

进了景区，我给老白照了几张照片。老白高兴地说："和你一起出来就有这个好处，能照着相，能留个念想。"

在李白纪念馆，老白站在《蜀道难》诗文前，情不自禁地朗诵了起来："噫吁嚱，危乎高哉！蜀道之难，难于上青天……"说实话，我看着这篇诗文，有好几个字不认识，老白竟然能不看诗文，全文背诵下来，让我打心眼儿里佩服，不愧是咱厂党办一支笔。

我不由得伸出大拇指称赞道："老兄，想不到你还有这两下子。"老白打趣道："原来是有三下子的，这几年整天写大材料弄丢了一下子，只剩两下子了。"

我说："我看地图显示这里离剑门关也不远，《蜀道难》这首诗就是写剑门关的，明天咱俩上剑门关吧。"老白说："好哇！"

第四天去剑门关，是我一个人去的，老白没去。吃早饭时，老白说："你自己去吧，我不陪你了。"我说："不是说好了吗？怎么又变卦啦？"

老白说："我在招待所等他们的回信儿，一旦他们来信儿说有钱了，我得马上去取，不然去晚了这钱也许就干别的用了，那就竹篮打水一场空了。"

我说："不能，既然刘厂长那么说了，不会出啥问题的。"

老白说："钱不到手，说啥都是空头支票，你还是自己去吧。"

我说："你要是不去，我也不去了。"老白说："别呀，咱们出来一趟不容易，你去你的，我等着就是了。"我打趣道："那怎么能行，我还怕你拿到钱私奔了呢。"

老白说："我再和你说句心里话吧，出去玩儿一趟，就得花个百八的，我舍不得钱。"

我一听就说："这才是你的心里话呀，今天这钱全由我来出，我请你行不？"老白说："那不行，不能总让你花钱，那我成啥啦？听我

李白诗《蜀道难》中描写的剑门关

的，你自己去吧，注意安全就行了。”

在剑门关，望着险峻的悬崖峭壁，我心生感叹，剑门关地形如此险要，难怪被称为“天下第一天然隘口”。我耳边又响起了老白的朗诵声：“蜀道之难，难于上青天！”

晚上我回来的时候，老白高兴地说：“我今天没去就对了，洪主任把电话打到招待所来了，让我去取钱，你猜，他们给咱拿了多少钱？”

我问：“多少？”老白说：“80万，这个刘厂长还真挺够意思的。”我说：“他们不是欠咱们三百多万吗？怎么就给这些？”

老白说：“这个时候能给80万就不错了，剩下的以后再要吧，看来咱们那天的酒没白喝。”我说：“关键是你送酒和味精发挥作用了。”

第五天，吃过早饭，老白和我来到路边的邮局，给我们厂办打了个电话，告诉厂长已经到手80万汇票。厂长高兴地说：“你们真行啊，我就等着这钱呢，有了这钱，我能给自来水公司付一些拖欠的水费，不然人家要停止供水了。你们能不能马上把汇票送回来？我批准你们坐飞机回来。”老白说：“厂长，我马上在邮局办航空急件将汇票寄回工厂，不会差太多时间。我和小张明天还要赶往内江，争取再多清回来一些钱。”厂长说：“你们辛苦了，我代表全厂职工感谢你们！”

到了内江一家矿石加工厂，接待人员说：“工厂也快揭不开锅了，厂领导们都清欠去了，不知道哪天能回来，你们过些日子再来吧。”老白恳切地说：“是呀，眼下大家日子都不好过，可我们厂的工人甭说吃饭，就连水都喝不上了。要是在以前，你们欠的这四百多万根本不算什么。我们是长期合作单位，如果不是遇到了过不去的坎儿，也不会上门来求你们的。”临出门时，老白从包里拿出了四袋味精，说：“实在不好意思，这点儿东西拿不出手，请你帮忙和厂领导说一下，我们拿不到钱是不能回去的。”

随后，我和老白在工厂边上找了一家小旅店住了下来。

那些天里，我同老白每天只有晚上在一起吃顿饭。老白早饭和午饭都是在旅店里自己吃，而我则天天在附近瞎转悠，走到哪儿饿了就吃一口。我俩每天都去工厂一趟，看看他们厂领导回来没有。

待了一个星期，接待人员说他们杨厂长回来了，今天晚上请我们吃饭。

晚上，我和老白准时来到饭店。房间里已坐了四个人，一个是杨厂长，一个是财务处处长，另外两个人也是来清欠的，从广东来的。

桌上摆了四瓶五粮液，杨厂长让饭店服务员打开两瓶，又亲自给每个人的杯子斟满。

杨厂长说："实在抱歉，我们厂的几个主要干部都出去清欠了，让两个老大哥厂的领导等了这么多天。我特别体谅你们，我们也是一样，我临出去前，来咱厂讨债的就差没把厂大门堵上了。不瞒你们说，我外出要债的另一个目的是出去躲躲债。可是躲过了初一躲不了十五，我出去一个星期，回来一听汇报，讨债的走了好几拨，只有你们这两家'黄世仁'还不肯走，我这个'杨白劳'也总不能不回家呀。我只好一桌席招待两家客了，我想，你们也能理解吧。"

桌上的人频频点头，说："那是，理解理解，感谢杨厂长在这么困难的时候，还用这么贵重的名酒招待我们。"

杨厂长说："困难是不假，但是，歌里唱得好，客人来了有好酒，这是必须的，欠钱可以慢慢还，欠礼数那就不讲究了。"杨厂长是个很善谈的人，受他的感染，桌上的"三方会谈"也很融洽，不一会儿，两瓶五粮液见了底。

杨厂长又把服务员喊了过来，让把另外两瓶也打开，老白见状忙说："杨厂长，我看就不要再开瓶了，大家都喝得挺好了，再喝就多了。"桌上的广东人也附和道："是呀是呀。"

杨厂长点了支烟，说道："白主任，这可不行，这才哪儿到哪儿呀，喝这点儿酒哪行？既然喝了就要喝好，就要尽兴。谁不知道东北人最能喝酒，广东人这些年也能喝了。"

老白忙说："杨厂长，都说东北人能喝酒，但也分人，比如我就不行，不喝正好，一喝就多。"

杨厂长说："我一看白主任就是个很有内涵的人，可在喝酒这个事儿上不能太低调，否则就是不给东道主面子。你说呢，白主任？是不是这么回事？"

老白一听，忙说："杨厂长的热情我们已经感受到了，但若是再喝的话，我确实得甘拜下风了。”

杨厂长说：“能不能喝，关键是看到没到火候。三国里有煮酒论英雄，我看咱们三方也来个煮酒论英雄。至于这个英雄怎么个论法，你们听我出个题目。”说着话，杨厂长问坐在对面的财务处长：“我说财神爷，一面是东北的，一面是华南的，不远万里来到咱这儿，不能让人家空手回去，怎么也得让他们拿走点儿，这样吧，当着两家兄弟厂领导的面，你给我句实话，你能给挤出多少？”

财务处长挠了挠头，苦笑着说：“杨厂长啊，您这是在给我出难题呀，我知道今天这顿饭就相当于鸿门宴，我手里有没有钱您不知道吗？”

杨厂长说：“瞧你这话说的，怎么成了鸿门宴啦？我看这样吧，你今天要是拿不出钱来，剩下的酒你就都喝了。”

财务处长苦笑着说：“杨厂长，您这是在要我的命啊，既然您都这么说了，我实话告诉您吧，我顶多能拿出50万，多一分钱都没有了。”

杨厂长说：“50万？50万给他们两家分是太少了点儿，不够干啥的，可是有点儿总比没有强啊，你们说是吧？”

桌上的人频频点头，附和道：“是呀是呀。”

“我看，接下来的酒咱们这么喝——”杨厂长起身把酒杯挨个倒满，然后接着说，“我喝一杯，你们每人喝3杯，多喝多得，多喝的就多分一些，这样合理吧？”他又对财务处长说：“你就别喝了，当裁判，给大家计数。”

杨厂长说完这话，我和老白还有广东人都对视了一下。老白对我说：“我刚才喝太多了，下面就看你的了。”我心想，老白这是把我往火线上送啊！

“咱们采取接龙的方式，我先起个头儿，然后从白主任这儿往下轮，那我就先干为敬了。”杨厂长一仰脖，一杯酒下了肚。杨厂长将空杯朝老白亮了一下，说道：“白主任，该你的了。”

老白端起酒杯说道：“恭敬不如从命，谢谢杨厂长，那我就喝了。”老白一连喝了3杯。

接下来轮到我了。我端起酒杯看了看，这酒杯看上去不算大，一杯酒也就三钱，可是一气儿喝3杯也足有一两酒。杨厂长笑着说："张部长没什么问题吧？白主任作为老大哥都喝了，你这么年轻更要喝了。"

没想到会是这样，刚才我已经喝了不少，哪知道那只是个序幕，高潮才开始。我苦笑着说："感谢杨厂长的盛情款待！"我一气儿把3杯酒喝了下去。

两位广东人随后也都喝了3杯。

就这样，到杨厂长开始喝第五杯时，两个广东人开始告饶了，其中一个人指着酒瓶说："杨厂长，我们实在喝不下去了，再说，酒瓶里也没酒了。"老白也附和道："这一气儿我们每人喝了12杯，都没少喝，到此为止吧。"

杨厂长语无伦次地说："怎么能说没有酒呢？没钱也不能没有酒哇，酒有的是，服务员，再来两瓶。"

一听这话，老白一下站了起来，拦着杨厂长说："杨厂长，可不能再喝了！"两个广东人也一个劲儿地说："是呀是呀，杨厂长，绝对不能再喝了！"

杨厂长随手拿起服务员刚开瓶的酒，晃晃悠悠地给自己倒了一杯，说："既然你们都说不喝了，那好，我不勉强，我和张部长喝，怎么样？张部长不会不给我这个面子吧？"他一仰脖，一杯酒又下了肚。我连忙起身，又连续喝了3杯。

这时，响起了电话铃声。杨厂长从放在身后边的皮包里拿出一个大哥大，看了一下，拔出天线，然后"嗯嗯"回复了几声。随后他说道："今天也不早了，我看各位喝得也挺尽兴的，天下没有不散的筵席，我看今晚就到这儿吧。"我一听这话，刚想说是呀是呀，一个嗝堵到了嗓子眼儿，把话给憋住了。老白马上说："是呀是呀，今天特别尽兴。"

杨厂长问财务处长："你这个裁判员给报个数吧。"

财务处长笑着说："今天这'东北虎'和'华南虎'是平分秋色，不分上下。"杨厂长一听，说："我要是没记错的话，张部长可是多喝了3杯呀，这个成绩可不能埋没，咱们说到哪儿就做到哪儿，不能说了不算，你们说是吧？”两位广东人连声说：“我们虽然也尽力了，但酒量实在是不行，甘拜下风。”

财务处长报出了统计数字。杨厂长笑着说：“那我就宣布结果了，‘东北虎’和‘华南虎’的打擂结果是27∶24，‘东北虎’拿27万，‘华南虎’拿23万，大家鼓掌通过，明天上午到财务处拿汇票吧。”

掌声中，一场闹剧到此结束。在回旅店的路上，当我和老白走下出租车时，我一下子把肚里的酒水全吐了出来，太难受了。

老白拉着我说：“今天让你遭罪了，可是你多喝的3杯酒没白喝，为工厂多要回3万块钱。”

第二天，我和老白拿到汇票后，老白给我们厂里打电话汇报了情况，并告诉厂里我俩将赶赴雅安。厂里说领导正在北京开重矿行业会议，让我马上到北京和厂领导汇合，过去采写现场报道。

就这样，我和老白在四川辗转了半个月后就此分手了。

坐了一天一夜的火车，走出北京火车站，我拦了一辆出租车，告诉司机去处后，我眯上眼想打个盹儿。可是，车里播放的歌曲让我静不下来，雪村在兴奋地唱着：“俺们那旮都是东北人……俺们那旮都是活雷锋。”

这首歌不知道是捅了司机的哪根肺管子，他愤愤不平地絮叨道：“我就烦东北人，东北人一个个牛哄哄的。”我一听这话，立刻对司机说：“你把车靠边停下。”司机纳闷儿了，说：“还没到地方呢。”

我说：“你停吧，我就在这儿下了。”司机扭头瞅了我一眼说：“这个地方不让停车。”我说：“你停下！”司机将车靠到路边。我看了一眼计价器，9元，我掏出10元钱，甩到车座上，故意用东北方言给了他一句：“哥们儿，我告诉你吧，我就是东北那旮的，你烦东北人，我还烦你呢！”我使劲儿关上了车门，迈上了马路牙子。这时我看到一辆摩托车停在了那辆出租车旁边，一位交警从摩托车上下来。我立刻猜想到下一步会发生什么。活该！我出了一口怨气。

在北京开完会，我回到了厂里。一天刚上班，有人告诉我：“老白死了！”我说：“竟瞎扯，老白正在雅安清欠呢，咋说他死了呢？”不大一会儿信息就得到了证实。

大渡河铁索桥，1935年5月29日，北上抗日长征的中央红军部队在此强渡大渡河

5天后的早晨，顶着初春的寒风，我和厂里的几个领导来到火车站。当冒着白烟的绿皮火车停在站台后，厂长走进车厢，从老白家人的手中接过老白的骨灰盒，含着眼泪说：“老白，我接你回家。”

后来我才知道，老白只身一人到达雅安后，几经努力，还给自己揽了个差事，他发挥自己的特长，帮雅安那个厂的党委书记写了一份发言稿，对方很是感动，于是将一百多万欠款一次性开出汇票，交到了老白的手上，当晚在一个叫大渡河的饭店宴请老白，为老白饯行。据说在酒桌上，老白非常高兴，还即兴朗诵了毛主席诗词《长征》：“金沙水拍云崖暖，大渡桥横铁索寒。”

可是没想到散席时，老白一下子跌倒在酒店的台阶上。当120赶到时，老白的脉搏停止了跳动，突发脑出血，老白客死他乡。“风萧萧兮易水寒，壮士一去兮不复还。”老白梦断大渡河。

写到这儿，我不知不觉流泪了，我点着了两支烟，一支叼在嘴上，一支拿在手中，心里默默地说：“老白，抽支烟吧！”烟雾缭绕中，我看到在火车车厢里，老白笑着打开了他的饭盒，一股咸蒜味在我的记忆中散开。

程老蔫

程老蔫和我多少沾点亲戚，他是有大名的，只是人们都喊他程老蔫，日子久了就把他的大名给忘了。

程老蔫是炼钢车间工人，他老婆大凤和他在一个厂，在厂食堂上班。

早些年，两口子一起上下班，程老蔫和大凤一人骑着一辆自行车，程老蔫的自行车右侧安了一个挎斗车。这挎斗车除了轱辘是程老蔫花钱买的外，车架子是师弟大魁找电焊师傅给焊的，车斗是师兄三哥给做的，里边还铺了旧棉花絮的垫子，软软的。这挎斗车远远看去，就像一辆微型吉普车，很是拉风。

程老蔫和大凤骑着自行车，拉着宝贝女儿程京，在晨光下汇入滚滚的自行车大潮。到工厂后，小两口把程京送到厂托儿所，然后各自走向自己的工作岗位。

师兄三哥听说程老蔫两口子给女儿取了个名字叫程京，就打趣道："你俩这是想让孩子长大成精啊！想成什么精啊？是白骨精还是蜘蛛精？"程老蔫听了，憨厚地嘿嘿一笑。他没看过《西游记》，不知道这两个妖怪是怎么回事。他只知道女儿是他和大凤到北京旅游结婚时怀上的，小两口便在女儿的名字里取了一个"京"字，没想到让人们扯到女妖精那儿去了。

程京上学了，程老蔫也把挎斗车卸了下来，程老蔫就不和大凤一起下班回家了。

程老蔫经常很晚才回家，还满身的酒味。有时程老蔫在颠三倒四的吵骂声中会胡乱地从衣袋里掏出一把票子给大凤。后来大凤知道了他和大魁几个人偷厂里的废铁往外卖，卖了钱就到厂北门一家抻面馆啃鸡架喝“老雪”。大凤有好几次都是半夜里从这家抻面馆把程老蔫连扯带拽拉回家的。

后来，工厂两三个月开一次工资；再往后工厂没啥活儿干，程老蔫两口子和师兄弟们也都被放假回家了。

两口子不能整天在家待着大眼瞪小眼，等着喝西北风啊。于是大凤把女儿程京送到了公婆家，自己则跑到厂北门那家抻面馆打工去了。虽然每天挣的钱不多，不过自己的一日三餐算是有了着落，偶尔还能从饭店里带一些鸡零狗碎的菜回来，给程老蔫喝“老雪”下酒。

一个冬天的清早，大凤顶着雪到饭店上班，饭店门反锁着。大凤敲了好一阵都没人开门。透过玻璃往里一看，饭店老板躺在地上。把门砸开了才知道，老板煤气中毒后，从炕上挣扎着爬到地上，就再没起来。

20世纪90年代末工厂外的抻面馆

料理老板后事的时候，大家见到了老板娘。漂亮的老板娘是个残疾人。

老板一死，饭店开不下去了，大凤的饭碗没了。和老板娘一商量，饭店低价转让给了大凤经营，大凤当上了老板娘。

大凤和雇来的抻面师傅忙不过来，程老蔫就

和师弟大魁都过来帮忙了。程老蔫每天起大早骑着“倒骑驴”去早市上菜，大魁帮着烀鸡架忙前忙后，小抻面馆算是维持了下来。

时间一长，心灵手巧的大魁学会了抻面手艺，还琢磨出一套烀鸡架的绝活。程老蔫和大凤在北京旅游结婚时，曾吃过北京烤鸭，程老蔫打趣地说：“没想到大魁还真有两下子，这烀鸡架不比北京烤鸭差啥。”三个人一合计，每月要付给抻面师傅一大笔费用，不如自己干，于是就把抻面师傅给辞了，大魁顺理成章地当上了大师傅。打那以后，大魁俨然成了饭店老板，不是指使程老蔫干这个，就是安排程老蔫去外面干那个。程老蔫心里不痛快，但一想这是自己家的买卖，大魁再怎么嘚瑟也是他家的一个雇工。再者说，大魁又是自己多年的师弟，都是为了饭店好，也就把不痛快的心情忍了下来。

一天晚上，饭店关门后，忙了一天的程老蔫和大魁喝起了酒。半夜的时候，程老蔫渴醒了，他喝水的时候，发现大魁和大凤搂在了一起。程老蔫这下子醒酒了，他不知道自己怎么就喝多了，又是怎么就睡着了。

程老蔫这下不蔫了，他找来一根棒子，朝着大魁就抡了过去。大凤一把抱住程老蔫，大魁捂着脑袋一瘸一拐地跑了。

程老蔫猛地一脚踹开了大凤，到桌子旁拿起钱匣子往桌上一扣，把倒在桌子上的钱一把揣进兜里，推开饭店的门，骑上他的倒骑驴走了。

程老蔫找到了三哥。三哥对程老蔫说：“既然这样，你暂时也没有什么可做，就和我干吧，也算帮我一个忙。”

程老蔫不解地问：“在你这儿干？你现在做啥？就我这样，能帮你做啥？”

三哥说：“你可别拿自己不当回事，我正需要你这样的人。”

程老蔫不知道，就在他和大凤、大魁忙乎抻面馆的日子，三哥捡起了当年当知青下乡时学的手艺，打起了沙发。三哥每天把打好的沙发推到九路家具城去卖，打多少卖多少，供不应求。三哥正要找一个知根知底的人帮他拉货，好让他把送货的时间腾出来，多打些沙发。

就这样，程老蔫成了三哥的第一个运输搬运工。他每天蹬着倒骑

20世纪90年末铁西九路上的中国家具城

驴行驶在通往九路家具城的路上。深秋的一个下午，程老蔫不知哪根神经搭错了，蹬着倒骑驴来到了原来的工厂，这才发现那里已经成了一片废墟，工厂不见了。四周支起了围挡，据说要盖高档小区。程老蔫茫然地愣了一会儿，穿着单衣的他，哆哆嗦嗦地走向那片废墟。他想在废墟里捡拾点儿东西留个念想，这时一个看守工地的人走了过来，把他驱赶出了工地。回来见到三哥时，程老蔫一反常态，愤愤地说道："不知道是谁，把咱厂子给扒了。"

三哥在九路家具城里租了好几个档口，三哥打的沙发源源不断地从家具城卖了出去。他又在市郊建了一个家具厂，招了好多工人，买了许多台车，成立了车队，程老蔫成了车队的副队长，负责车辆的维修保养。

两年后的一天，程老蔫和高中毕业的女儿在一起吃饭，程老蔫问程京："你妈现在怎么样？还和那个家伙在一起吗？"

程京端起啤酒杯喝了一口，说："你真是咸吃萝卜淡操心，好好过你自己的日子得了。她都不惦记你，你还惦记着他。你这才吃上几天饱饭哪？"

程老蔫让程京怼了几句后一下找不到合适的词，便说："她毕竟是你妈呀，我不问问她你让我咋办？”

程京白了程老蔫一眼，从包里掏出手机用手指点了几下，说：“你俩的婚姻早就名存实亡了，我看你俩还是离了吧。”

程老蔫没想到女儿会说出这样的话，好像是鸡骨头卡了牙床子，他支支吾吾地说：“要……要不是因为你，我早就和你妈离了。”

程京说：“你可别这么说，这些年你俩管过我什么？我这不是挺好的吗？你们管好自己的事就行了，我看你俩这样都遭罪。”

程京白了程老蔫一眼，又说：“别以为我不知道，你不是也有一个搭伙的吗？你的钱她女儿可没少花。”这时程京手机响了，她对着手机说了一句：“我马上就吃完了，你过来吧。”

程老蔫一下子不知道说啥了，吭哧了半天，憋出了一句：“难怪你小时候人家说你长大了要成精。”

程京站了起来，说：“这要感谢我有一对好爸妈呀。我吃好了，老程头儿，你要照顾好自己呀，你不用管我，只要你不给我找麻烦，我就谢天谢地了。”说完拎起包走了。程老蔫跟着走到饭店门口，只见程京上了一辆刚刚停下的黑色吉普车。

三哥的公司越做越大，还在外地开了工厂。三哥把本地公司的管理权交给了儿子，订单天南海北地飞过来，家具出口到了东南亚，现在程老蔫想见三哥比见玉皇大帝还难。

眼看日子一天比一天好，程老蔫却得了脑血栓。虽然人抢救过来了，但落下了后遗症，整个人痴呆蔫傻，和他搭伙的那个女的也没了踪影。

三哥安排集团办公室的人找到程京，给了她一大笔钱，让她照看好她爸。程京说她也有自己的生意要做，没有时间整天照顾老程头儿。程京开着宝马车同集团办公室的人把程老蔫送到了养老中心。

我去养老院看程老蔫，他笑呵呵地看着我，笑得像个孩子。护理员说，他见到谁都这样笑。后来听说大凤去养老院了，还带去了程老蔫爱吃的炸鸡架。他见到大凤后，没有笑，而是张着嘴愣了好一会儿，干涸的眼角流出了泪水，有人却说是从嘴角淌出的口水。

拜谒持钎人

2010年6月17日，一座以“持钎人”为主题的钢铁雕塑傲然矗立于铁西区重型文化广场中。这座雕塑选取沈阳工业文明中最具有象征意义的典型形象，用写实的手法，再现了两名持钎的炼钢工人辛勤劳动的火热场景。铁西区重型文化广场是在沈阳重型机器厂旧址上建的。

沈阳重型机器厂的前身是1937年日本住友财团在奉天建立的满洲住友金属工业株式会社制钢所。1945年8月15日，日本战败投降，苏联红军进入沈阳后，以所谓收缴战利品的名义，将厂内226台（套）机器设备洗劫一空。

1948年11月2日，沈阳解放，东北人民政府接管了工厂。当时的沈重，可谓是马粪遍地，一片狼藉。然而，就是在这片积雪覆盖的废墟上，为了重建工厂，尽快恢复生产，意气风发的工人们响应市政府提出的“让工厂冒起烟来”的口号，以极大的主人翁热情，仅用8个月的时间，用智慧和汗水创造了奇迹，修复了炼钢平炉。

1949年10月31日，在开国大典之后的欢庆日子里，沈阳实验工厂（沈阳重型机器厂在1949年至1950年8月这段期间使用的厂名）炼出了新中国第一炉钢水，如产妇分娩婴儿的第一声啼哭，工人们含泪微笑，托出了中国工业喷薄而出的第一轮朝阳。那一刻，整个厂区一片沸腾，飞溅的钢花映照着炉前一张张喜悦的笑脸，工友们欢呼雀跃奔走相告。

我不懂炼钢，想象不出在当年艰难困苦的条件下，在那么简陋的环境中，先辈们是如何炼出这炉钢的。可以这样说，这炉钢不仅仅是用铁炼成的，也是他们以当家作主的豪迈气概，凭着建设新中国的热情，用钢铁般的意志炼成的。

瀋陽日報

機械二廠職工提前試製成功
新中國的第一台五噸蒸氣錘

新中國第一台五噸蒸氣錘試製成功
機械二廠職工寫信給毛主席報捷

1952年12月16日，东北机械二厂试制成功五吨蒸汽锤，开创了新中国生产重型机器的历史。图为1952年12月24日《沈阳日报》

钢水生产出来了，更加激发了工人们的热情，工厂掀起了大生产热潮。工人们不分白天黑夜，摸爬滚打在炼钢现场，人人都不顾辛劳，怀着一颗炽热的心，去报答新生的共和国。一时间，工厂里“创造生产新纪录”图表上的红箭头像插上了翅膀，生产纪录天天被刷新，月月创新高。

从此，在“兴华北街8号”这一地标上，记录了“中国重机工业摇篮”——原沈阳重型机器厂的诞生与辉煌。

翻看1952年12月24日的《沈阳日报》，人们会惊喜地看到，在这天报纸的头版上刊登了一封东北机械二厂职工写给毛主席的报捷信。

信中这样写道：

现在，我们向您报告一个胜利的消息：在十二月十六日，我们试制的巨型机器——五吨蒸汽锤成功了！这个五吨

> 蒸汽锤是个又大又有劲的机器，全部重达一百五十吨，全高九米半，最大打击能力是四万三千八百公斤米。按着我们厂子的设备条件，制造这样大的机器是很困难的，吊车都吊不动，过去我们不但没做过，也没见过。我们知道在祖国大规模经济建设中没有各种各样的大型工作母机是不行的，所以我们和往常一样，克服了许多困难，把任务完成啦，并且又有改进。如原来的图纸是拱形的，不好加工，装配也困难，我们的技术人员和工人们把它改为桥形的，这样不但解决了加工和装配上的困难，使用上也方便了，比如按原来拱形的，操作时就需要弯着腰，改成桥形以后就可以站着操作了。大砧子没法加工，我们就现做了一台三百多零件的活动镗床……制造这台蒸汽锤，从设计到装配完成，只用了六个月，比计划提前了四个月。

五吨蒸汽锤的试制成功，解决了那时我国不能锻大型部件的困难，给大规模经济建设提供了重大贡献，也给继续试制大型工作母机创造了技术条件，开创了国内生产重型机器的历史，成为具有划时代意义的里程碑。

在沈阳劳动模范纪念馆，会看到这样一个名字：陈富文。他就是沈阳重型机器厂大转子小组组长。

大转子是水轮发电机转轮，经过水力冲击旋转起来后带动发电机发电，是整个机组的“心脏”。

1953年，沈阳重型机器厂成立了大转子铸造小组。在此之前，陈富文和工友们连大转子长什么样都没见过，一下子要把形状复杂、质量要求高、生产难度大的转子琢磨透，简直是异想天开。但在陈富文的带领下，大转子小组老一辈工人师傅们奋发图强，苦战攻关，不断探索研究，一次次改进制造工艺，当年就研制成功了国产水轮机转轮，结束了我国大转子依赖进口的历史。

在国家力推火力发电之前，沈阳重型机器厂的大转子名扬四海。从试制成功1万千瓦转子到试制成功30万千瓦转子，从仅能生产性能一般的转轮，到生产出达到国际先进质量标准的转子，并且以30年

陈富文（左二）带领大转子小组研究技术革新工艺

生产173台转轮无一废品的卓越业绩，大转子铸造小组创造了水轮机转轮生产史上的奇迹。

1964年，大转子小组和马恒昌小组被第一机械工业部命名为“全国机械战线上的两面旗帜”。1979年，陈富文被评为全国劳动模范，大转子小组被命名为“全国机械工业学大庆红旗集体”。

沈阳重型机器厂不仅是制造大机器的工厂，也是劳模辈出的地方。在当年的沈重厂一提起劳模，人们都会骄傲地说出一大串闪光的名字，如中国重型机械制造开拓者王铮安、冶炼大王杨洪吉、刀具大王金福长等，沈重先后涌现出一大批国家、省、市劳动模范，劳模精神为我们这个时代留下了宝贵的精神财富。

1986年春天，我从辽宁文学院首届作家班毕业，回到了沈阳重型机器厂，担任党委宣传部《沈重报》副刊编辑。

《沈重报》是一份有着光荣历史的企业报，创刊于1955年。起初它还是一份油印小报，当我接手主编这份报纸时，它已伴随着沈阳重型机器厂的发展走过了35年的辉煌历程。它缩印着老一辈沈重人的风姿，熔铸了年轻共和国建设者的丰碑。我在1995年12月1日的《沈重报》本报评论员文章中这样写道：

纷飞的日历如嫣红的枫叶，当她饱蘸着岁月的光泽染入九五岁末的风景，一个令《沈重报》人、读者兴奋的日子，在我们欣悦的瞩盼目光中款款走来，十二月一日是《沈重报》创刊四十华诞。作为新一代的编辑，能在《沈重报》创刊四十周年的坐标上画出一个支点，这是我们的荣幸。此刻，当我们回望那四十年前的地平线，仿佛看到一张油印的小报，映着几张激动的面孔，在飘散着墨香的手中，似一轮初升的朝阳。为此，当我们被先辈们的业绩感染而骄傲时，负有使命的我们，更加为这始创的时刻而感动。

我自1990年到1997年任《沈重报》主编的这7年中，在厂报上写了400多篇稿件，平均每年60篇，一年50期报纸，我每期都发表一篇稿件。尤其是1996年，在工厂最艰难的时期，我写了90多篇。那时，我像一只不知疲惫的杜鹃，栖息在沈阳重型机器厂这棵日渐枯萎的大树上，从这个枝头跳到那个枝头，用几近沙哑的嗓音，为萧瑟的晚秋深情地唱着一曲啼血的挽歌。伴随着十几载寒暑的日升日落，有采稿的艰辛、编辑的甘苦，更有捧读墨香的欣慰。

我不会忘记，在工人村的那间小屋里，为了赶写稿件，在夜深人静的时候，伴着家人的鼾声，我常常抽着劣质的烟卷，写到下半夜，甚至黎明。

1995年7月，我来到北京，荣获了“中国机械行业先进新闻工作者”证书。至今，我可以自豪地说，我没有辜负自己的岗位。

在1995年度“沈阳新闻奖”评选中，我写的一篇报道中国重机行业一个重大事件的通讯《首台大型斗轮挖掘机横空出世》被评为一等奖。这也是来自基层工厂的稿件首次获得沈阳市新闻最高奖，后来，这篇通讯又获得“第二届中国机械新闻奖”。

1995年4月10日，在内蒙古赤峰市元宝山露天煤矿，当我提着相机下车后，一台十多层楼高的橘红色机械设备巍然矗立在眼前。这台设备长140米、高38米、宽25米，自重达2500吨，这就是由沈阳重型机器厂生产的亚洲第一、世界第二的陆地上大型的可移动设备，它的

1995年4月10日，在内蒙古赤峰市元宝山露天煤矿，由沈阳重型机器厂制造的大型斗轮挖掘机试车成功

名字叫“斗轮挖掘机”。这台挖掘机的生产能力达每小时3600立方米。它填补了我国露天矿没有大型连续采掘设备的空白，标志着我国的开采技术已步入国际先进行列，又一次展示了沈重作为“中国重型机器摇篮”的地位。

站在这个撼天动地的“变形金刚”前，我的身高还没有行走履带一半高，我边拍照片边想，它多像一艘在煤海中航行的航空母舰哪！对，就叫它“煤海航母”。

沈阳重型机器厂制造出“煤海航母”的消息很快传遍了大江南北。那天晚上在元宝山举行庆功酒会的时候，我看到许多装配工人激动得喜极而泣，眼中闪着晶莹的泪光。然而就在庆功的红酒即将倒入高脚杯的时候，我接到通知要马上陪同厂长回沈阳。于是，我和厂长披着夜幕驱车在崎岖颠簸的山路上，第二天晨曦微露时，我们赶回了沈阳。

后来我时常会想，那天的红酒一定很甜吧。

说起沈阳重型机器厂，这个拥有3万名职工的企业其实就是一个小社会，拥有医院、幼儿园、学校、商店、文化宫、宾馆、农场、消

20世纪90年代的沈阳重型机器厂办公大楼

防队等设施，几乎涵盖全社会的功能。主厂区东西跨度有3站地，南北跨度将近两站地，其下属的五十多个生产经营部门几乎遍布沈阳各个区。

在那座三层白色大楼里，我人生最好的年华就是在这里度过的。每天当太阳升起的时候，我和成千上万的工友们，沐浴着晨光的洗礼，潮水般地涌入厂区，那壮观的场面如今再也见不到了。多少个清晨，或迎着凛冽的寒风，或冒着纷飞的大雪，我和宣传部的同事们站在工厂大门口发快报、喜报，为工厂开展的各项活动紧锣密鼓地大造声势。

后来，这棵大树与另一棵大树嫁接到了一起。但是我这只鸟已被挪到了另一个笼子里。那是1998年，我被调到重型矿山集团公司办公室。至此，终结了我为期12年的厂报编辑生涯。那些年，虽然物质匮乏，但精神富有，我是一个精神付出者。都说人生是一首乐曲，这一段则是我一生中颇有魅力的华彩乐章。

回忆那段暖心的岁月，当时我们为什么会如此痴迷地工作呢？那时企业是困难的，但我们的骨子里有一种情操，就是沈重人爱岗敬业、爱厂如家的奉献精神，当年劳模王铮安、杨洪吉是这样做的，金福长以及陈富文大转子小组也是这样做的，这就是人们常说的沈重大院里的一种风气吧。

我怎么也不会想到有一天沈阳重型机器厂的名字会消失。

2006年底，沈阳重型机器厂与沈阳矿山机械厂合并组建了“沈阳北

2006年，由北方重工生产制造的第一台国产硬岩双护盾隧道掘进机，一举打破了国外在设备制造上的长期垄断，填补了国家空白

方重工集团有限公司”，并于2007年1月，在当时沈阳经济技术开发区注册登记，2007年4月，经当时国家工商总局核准正式更名为“北方重工集团有限公司”（以下简称“北方重工”）。至此，沈阳重型机器厂这个辉煌的名字定格在了中国工业的史册上。

2006年，北方重工再铸国之利器，生产制造出第一台国产硬岩双护盾隧道掘进机，一举打破了国外在设备制造上的长期垄断，填补了国家空白，成功应用于青海工程建设。当年9月29日，在被誉为“万里长江第一隧道”的武汉长江隧道工程中，北方重工生产制造的盾构机一举贯通了长达3600米的东西两线隧道，开启了国产盾构机穿江过海的新时代，实现了中华民族“隧穿长江”的百年梦想。

2009年5月18日，这天是“国际博物馆日”。也许是巧合，这天上午，作为国有企业撤离市区这场大戏的压轴演唱者，在中央电视台为时3个小时的全球直播中，沈阳重型机器厂用最后一炉钢水，带着荣誉和辉煌，也带着七十多年的岁月沧桑，浇铸下了“铁西”两个端庄凝重的大字，为自1905年以来铁西工业开端发展的工业史做了一个钢铁般的诠释，如同重型文化广场上的《持钎人》雕塑一样，化作

2009年5月18日，沈阳重型机器厂用最后一炉钢水，浇铸下了“铁西”两个大字

了一座传承着老工业情怀的丰碑。在我们这座凝结着共和国工业长子情怀的城市，这座丰碑将会永远矗立。

2022年初，在沈阳地铁四号线一期工程中，由北方重工承制的土压平衡盾构机再次应用于沈阳地铁施工项目。北方重工在城市建设中再展雄风，成功跻身于世界级全断面掘进机研发制造基地之列。

2010年6月18日，沈阳重型机器厂工人在重型文化广场《持钎人》雕塑前合影

沈重，你知道吗？我曾多少次在心底呼唤你，就像呼唤曾经迷失的自己。让我感到一丝欣慰的是，在《持纤人》雕塑的南侧，作为沈重工业遗址的一部分，“1905文化创意园”为我们这座城市留下了具有历史价值的工业记忆。

“1905文化创意园”，是在原沈阳重型机器厂二金工车间的基础上建造的，同时对老厂房进行了保护性修饰，充分体现了老工业城区的味道和浓浓的工业文化底蕴，在钢水浇铸过的地方，培育出文创之花。

伫立在重型文化广场之上，仰望着挥舞钢钎的持钎人，我心潮激荡。模糊的泪眼中，又浮现出新中国第一炉钢水、第一台五吨蒸汽锤、第一台大水轮转轮钻、第一台大型斗轮挖掘机、第一台“穿江过海”的盾构机……我看见王铮安、陈富文、金福长正站在持钎人身旁，那持钎人多么像被誉为“火神”的炼钢工人、全国劳模杨洪吉的化身。确切地说，这持钎人塑造的是老一代产业工人的风采。持钎人，是你以钢铁般的意志，为我缺钙的骨骼再次注入力量，支撑我继续前行。

沈阳重型文化广场，记录了铁西老工业基地的创造与辉煌，见证了沈阳工业艰难起步和飞速发展的非凡历程，承载了几代人对沈阳老工业基地的深厚感情。它不仅是传承工业文化的经典之作，更是新中国重机人精神的图腾。

永别了，大烟囱

我下乡当知青那几年，每次从农村回家，一进入沈阳，远远看到的就是位于铁西的3根高耸入云的大烟囱。这时，我就有一种游子归家的感觉，仿佛那大烟囱正高扬着手臂迎接我的归来。

那时沈阳还没有高层建筑，从任何地方朝铁西工业区望去，都会

20世纪80年代矗立在沈阳冶炼厂北厂区的3根大烟囱

看到这3根大烟囱直插云天，这就是沈阳冶炼厂的大烟囱。

这3根大烟囱的高度分别为122米、120米、80余米，其中122米高的大烟囱曾是沈阳市最高的烟囱，号称“亚洲第一烟囱”。这3根烟囱和老铁西森林般的烟囱林汇成了气势恢宏的风景线。在我心中，这3根大烟囱是沈阳工业雄风的标志。

沈阳冶炼厂始建于1936年，原名“奉天制炼所”，是日本帝国主义侵占我国东北后，为掠夺我国东北黄金及有色金属资源而建的工厂。1945年，日本帝国主义投降后，奉天制炼所由国民政府接管，定名为“沈阳冶炼厂”。那期间，工厂基本处于停产状态。

1948年11月2日沈阳解放，工厂回到了人民的怀抱，经过短短两个月的整顿和恢复，沈阳冶炼厂于1949年1月14日正式开工，为全国解放战争和抗美援朝战争提供了大量制造炮弹的有色金属产品，为军工生产做出了巨大贡献。

自新中国成立后的五十多年里，沈阳冶炼厂为国家提供了400多万吨有色金属产品，每年生产12吨黄金。由于黄金是铜冶炼过程中的副产品，基本没有生产成本，每个月仅黄金一项，就可以给一万多

20世纪80年代，当人们行进在北二路上时，远远地就能看到沈阳冶炼厂的大烟囱

名职工发放月工资，正因如此，当时冶炼厂被称作“不可能亏损的企业”。

20世纪80年代，中国三分之一的黄金、四分之一的白银、五分之一的电铅、六分之一的电铜，都出自这家工厂。在东北老工业基地对国家所做的巨大贡献中，沈阳冶炼厂功勋卓越。

进入20世纪90年代，沈阳冶炼厂经过近半个世纪的建设和发展，逐渐成为一座现代化水平较高的大型综合性有色冶炼企业，在国内乃至国际上都享有一定信誉。

让很多人没有想到的是，这个“不可能亏损的企业”最终还是难逃破产的命运，而破产的导火索，则是在辉煌年代几乎没有考虑过的问题——污染。

我所在的沈阳重型机器厂与冶炼厂仅一条铁路专用线之隔。我坐在厂机关大楼里，每天都会闻到大烟囱散发出的难闻气味。若是赶上气压低或刮西南风，无论天气怎样闷热我都不敢开窗户，那呛人的硫黄气味，让人喘不过气来。

冶炼厂北面的光明街，是受大烟囱污染最严重的地方，这里很难见到朗朗晴空，总是雾霾遮天。冶炼厂多次泄漏氯气，让长期居住在这里的居民深受其害，想穿上一件洁白的确良衬衫，那只是一种奢望。大烟囱常年排放出的二氧化硫，污染了大半个沈阳。

沈阳冶炼厂的3根大烟囱给人民的生活环境造成了极大的污染

其实，污染早就存在，工人们也早就知道有味，只是天长日久也就默认了污染的存在。冶炼厂的日益辉煌，使得污染问题随着增产而愈加严重。工人们虽然有口罩等简单的防护措施，同时可以领取每月七八元钱的污染补贴，或者有固定周期的疗养机会，但严重的污染仍给工人们造成了不可逆转的健康伤害，肺气肿、肺癌等成为冶炼厂职工的常见病。

大烟囱对环境和居民生活造成的严重影响，受到了环保部门的高度重视。厂里虽然也投入巨资进行治理，但限于当时的技术手段，污染问题始终没有得到有效解决。与此同时，冶炼厂的大烟囱也同北二路上的其他工厂的烟囱一样，也开始烟灭殆尽，企业效益处于严重亏损。

2000年，沈阳市政府向国务院打报告，国务院召开专门会议，决定批复沈阳冶炼厂关停，沈阳市中级人民法院宣布了沈阳冶炼厂破产倒闭。从此，这一有着“有色冶炼之都”称号的工厂，结束了长达64年的历史。

相比铁西其他大型工厂的命运，沈阳冶炼厂的下滑路来得更陡一些，如同一位正激情演唱的男高音歌唱家突然跌倒在舞台上，让人格外震惊。

2004年3月23日，这是一个在铁西档案上记下重要一笔的日子。清晨，伴随着轰隆隆的沉闷巨响，3根大烟囱如同站在铁西工业舞台上的3名演员，在

2004年3月23日清晨，随着3声巨响，沈阳冶炼厂向我们这个城市做了最后的告别

表演了让人难以忘怀的节目后，在众人送别的目光中，朝着3个不同方向，经过15秒钟的鞠躬谢幕，化作一团尘埃，恋恋不舍地缓缓散去。

此刻，人们似乎忘记了它们排出的废气造成的污染危害，也好像从未对它们有过抱怨和指责。许多人很早就赶到爆破现场，自发地为它们送行。

4年后的2008年，铁西区获得了联合国全球宜居城区示范奖。在大烟囱倒下的地方，一个新铁西，一个新的共和国装备制造业基地正在热情地迎接着新时代的朝阳。

随着岁月的流逝，许多往事渐行渐远，有关大烟囱的笔迹也越来越淡，但我们没有理由允许一切付出与承受都被轻描淡写，成为过眼云烟，毕竟那是一段如火如荼的峥嵘岁月，那是铁西几代产业工人无法抹去的印记。

永别了，大烟囱，从你倒下的那一刻起，你已永远在我的心中矗立。

妈，我要回家

哐当哐当作响的摩电车在轨道上运行，一个孩子跟着摩电车在奔跑。这就是我小时候的肇工街和肇工街上的我。

肇工街是离我家最近的一条大街，它在铁西的西部。别看肇工街的街名也带工字，然而，就像红烧狮子头里面没有狮子，鱼香肉丝里没有鱼一样，这条以工字命名的街上竟没有一家工厂。

沈阳解放初期，这里是一条黄泥路，一辆辆从郊外进城的马车在这里碾出深深的车辙。在工人村生活馆有一幅1952年的老照片，工

1952年末，工人村落成后，一户工人家庭搬进新居的景象

人村第一期79座楼建成后，一对满脸笑容的工人夫妻，就是坐着马车搬进工人村的。

到了20世纪60年代，肇工街从建设大路起，一直到十四路，都是各大工厂的家属区，大部分是一趟趟的平房，只是到了十马路至十二路这一段，沿街矗立着5座红色的楼群，这就是闻名全国的工人村，我的家就在这片令人羡慕的楼群中。

在我知道肇工街时，哐当作响的摩电车已在这条街上通行好多年了。小时候，妈妈带我去市里姥姥家，就是在肇工街坐摩电车。上中学那年，我喜欢上百米赛跑，在小伙伴的眼中，我是被羡慕跑得快的人。为了维护我的这一荣誉，一到开春，我便经常在晚饭后来到肇工街上和摩电车赛跑。那双向并行的4根铁轨就像延伸的跑道，当摩电车驶到我身边的时候，我便贴着摩电车疾速奔跑，一气儿跑一百多米，每天晚上都要跑上二三十趟。有时开摩电车的司机看到我，会特意加快运行速度，这种情形下想保持与摩电车并行100米，会累得我大脑缺氧眼冒金星。正是有了这种野蛮的训练，在学校运动会百米比赛的跑道上，总会看到我飞奔的身影。有同学问我，你咋跑得那么快，我得意地说，我经常和摩电车赛跑，肇工街是我的第一条跑道。

后来，摩电车的铁轨被扒掉了，肇工街上通行了无轨电车，无轨电车开得太快了，当它从我身边驶过时，我连10米都跟不上，从此，我与摩电车赛跑的日子也就结束了。

20世纪60年代末70年代初，学校经常组织我们游行，有时晚上收音机里一广播重要新闻，我们就马上到学校集合，沿着肇工街从南到北游行。比如国庆20周年大庆，游行的队伍仿佛让肇工街变成了喧闹的河流。

如今，熟知铁西劳动公园的人，往往都会把劳动公园划在卫工街，因为劳动公园正门面对着卫工明渠。在我心目中，劳动公园是归属于肇工街的，劳动公园初建时，位于肇工街的西北门是正门，我从小到大去劳动公园都是走这个门。

劳动公园是1956年由苗圃改建的，是父辈们通过星期六义务劳动的方式，在这里挖人工湖、造假山建成的。这里的大凉亭、露天电影院曾是肇工街两侧居民、工人村人下班后休闲娱乐的最佳场所。

我本应该在此把劳动公园好好讲述一番，劳动公园在铁西乃至在沈阳人心目中的历史地位，即使是独立成篇也不为过，但由于在我创作的《圣地工人村》书中已经有了较详细的一章，在此只能一笔带过了。

提起劳动公园，虽然比不上北陵公园、南湖公园、中山公园、万泉公园，但是在沈阳还是有点儿名气的。可是若说起建设公园，很多人也许就不知道了。殊不知，这座与工人和建设者有关的公园，跟劳动公园同在一条街上，相距不到2000米，就在肇工街与建设大路的东北角。

建设公园是一座以植物为主的公园，这里有很多茂盛的树木，在烟雾缭绕的工业区中，这是一方不可多得的幽雅环境。相对于劳动公园的游客众多，人来人往，树木丰茂的建设公园更显得幽静一些，散发着清香的草丛，更适合那些席地而坐谈情说爱的情侣。

20世纪80年代初，从工厂退休的妈妈在劳动公园的西门外，用一个带车子装着爸爸用铁桶做的炉子，支起了一个烙筋饼的摊床。成了第一批个体劳动者。

那时，每天天还没亮，妈妈就开始在屋里和面，我酣甜的梦会被妈妈搋面的声音惊醒。妈妈双手握成拳头，在面团上搋压，边搋边压边把面团向外推开，然后卷拢再搋。看到瘦弱的妈如此辛苦劳作，我便穿上衣服，帮妈妈搋面。妈妈怕影响我休息，耽误早晨上班，总是不肯用我，推我上床睡觉。我一直坚持把面搋完，端到带车子上，并在月光下推到劳动公园。

妈妈摆的筋饼摊，要赶在早上人们上班的当口。等到街上的人都拥进了厂区，一大盆饼也就卖光了。这样下来，妈妈每天能挣5块多钱，一个月挣的钱相当于上班工人两个月的工资，妈妈很是得意。楼里的邻居看到妈这样辛苦，便逗妈说：“你这样挣钱是为了给老儿子

改革开放初期的劳动公园

娶媳妇吧？”妈也开心地回应道：“是啊，不挣钱搁啥娶儿媳妇？”这话我听了很不是滋味，便对妈说：“您可别这么说，您要是为了娶儿媳妇就别干了，我宁可不娶媳妇，也不能让您干这个。”我不仅嘴上这么说，心里更是不忍，我不能让年过半百的老妈为了给我娶媳妇这般辛苦，那我还是一个孝子吗？就这样，在我的抵触下，妈妈的筋饼摊干了不到一年就被我搅黄了。为了满足我当孝子的脸面，作为改革开放后第一批个体户，妈妈的发财梦就此终结了。

在肇工街十一路上，有一座很老的建筑，安静地守望在街头。在一些再现工人村的视频中许多人都见过它，它几乎伴随着工人村的历史，工人村几代孩子都是在这里长大的，这就是工人村幼儿园。我小时候因为是奶奶在家带着，所以只好站在幼儿园墙外，用羡慕的眼光看着里面的欢乐。工人村幼儿园给几代孩子留下了美好的回忆。

其实，肇工街两侧是铁西学校分布最多的地方，有肇工一校、肇工二校、工人村小学、二十二中学、五十五中学等。我家兄弟姐妹几个，除了大哥在位于保工街的四中上高中以外，大姐在三十六中上中学，二哥二姐毕业于五十三中，而我的母校是五十四中学。这里还

原3301厂俱乐部，现改造成一家酒店

有一些大工厂的子弟小学，如桥梁小学、铸造小学。光阴荏苒，当年在这些学校背书包上学的孩子们，如今早已成了接送隔辈人上下学的爷爷奶奶了。

当年在肇工街七马路边上，有一个放映电影的地方，是3301厂俱乐部。3301厂是一个大型军工厂，曾为全军研发制造出第一门八二无坐力炮、第一辆军械器材维修集装仓、第一辆红箭-73导弹武器系统检测工程车等。凭借工厂雄厚的实力，3301电影院颇显大厂风范，其俱乐部不仅为工厂及家属服务，还面向社会开放。3301厂俱乐部几乎天天放映电影，尽管学生票只5分钱，我们还是经常逃票。看门的师傅考虑到我们都是附近工厂的子弟，往往是睁一只眼闭一只眼。

临近中学毕业那年，一天晚饭后，当我买了电影票刚要进俱乐部时，忽地一下，我的帽子像是被风刮走了。我扭头一看，抢我帽子的那个家伙已经跑下了俱乐部的台阶，我连忙跳下台阶，追上前去。

我的帽子是一顶军帽，那是我姐夫从部队转业回来送给我的，当年男孩子头戴一顶军帽，绝对是一件值得炫耀的事，我怎么能让别人抢去。我凭借自己奔跑速度快的优势追了过去。当我抓住抢我帽子的那个家伙后，他一转身从腰间抽出一把匕首，一下子对准了我的前胸，吓得我不由得往后一退躲开了。军帽诚可贵，小命价更高。见此情景，我真怕他狗急跳墙给我放血。我一边后退一边说："哥们儿，帽子我不要了，给你了。"说着，我急忙转身跑开了。

如今，令我们这代人向往的3301俱乐部，早已变成一家饭店。可是，每当同学们聚会时，总会不经意间提起3301俱乐部。

在肇工街十一路边上，有一家医院，是沈阳市第九人民医院，20世纪80年代时是沈阳市职业病医院。这家医院的名气没有市里那几家大医院大，但资格老，这家医院是在沈阳解放初期创办的。当年，父亲患病时就曾在这家医院住过。10年前，妈妈在这里走到了人生的尽头。

妈妈在时，肇工街连着我的家，妈妈走了，我成了这条街上的过客。这一刻我开始意识到，我将成为一片离开树的落叶，被风刮走。

记得上中学那年，我闯了祸怕妈妈打我，不想回家，便沿着肇工街游荡。夜幕降临了，昏黄的路灯下，我徘徊在路上，人们进入梦乡时，被冷风包裹的我感到一丝丝寒意。这时我才知道，离开了家，我是没处可去的。这时我看到不远处影影绰绰的月光下，两个模糊却熟悉的身影朝我走来，是爸妈深更半夜找我来了，我的眼泪唰地流了下来，我马上抹了一下眼睛，装作若无其事的样子。"妈，我要回家。"

年过花甲，我再次踏上这条街，坐在街边林荫下的长凳上，耳边又回响起那远去的有轨电车"哐当哐当"的声音，感受着岁月的流逝和变迁。曾经熟悉的街道让我陌生，五颜六色的私家车带来了新的风景，当年那个追车的少年，已经成为一个步入迟暮之年的老者了。

我在街上孤独地走着，看着对面走过来的人，都像是我要寻找的人，我真想走上前去说句话。小时候，我每天都要在这条街上穿行几次，如今一年也来不了一次了，真的就是来一次少一次了。我想，或许一会儿能碰到老邻居或老同学。忽然，我想起了抢我帽子的那个哥们儿，你在哪呢？咱们喝一杯去好吗？

结婚40周年纪念日那天，我特意和老伴儿到肇工街上走了走，来到劳动公园友谊山上，找到在1979年恋爱时照相的那个大石头，留下了我俩步入老年的石头记。

如今的肇工街，不再像最初那样，到建设大路止，而是向北延伸了许多，一直到北一路。宽阔的马路、鳞次栉比的楼群、熙熙攘攘的人流，充盈着浓浓的市井烟火气。

如果说建设大路以北的工厂是澎湃的海，那么，肇工街就是出海的港湾，肇工街如同铁西一串闪着辉煌的项链，缀在工人村的颈项上。这条劳动者的大街，不愧为共和国工业开山的一个“肇”字，肇工街，是一条充满市井气的街，是一条记载着沈阳工业发展史的大街。

在沈阳诺大的版图上，肇工街是微不足道的，随着社会的进步和发展，肇工街还会发生很大的变化，但是无论怎样变，只要肇工街的名字还在，那些在这里生长的人，就会记得曾经的家。

一个人无论走多远，总有一条路是回家的路。

心系毫厘，守护万里通途

2022年10月13日这天，柯晓宾又一次乘坐由她参与建设的京沈高铁，从沈阳赶赴北京。

当天晚上，坐在电视机前的我，从央视《新闻联播》中看到了柯晓宾的先进事迹，从那一刻起我认识了柯晓宾，只是柯晓宾不认识我。

屏幕上的柯晓宾是一个端庄秀丽的“80后”，从报道中我了解到，她是沈阳铁路信号有限公司电器中心调整三班班长。

3天后，党的二十大在人民大会堂隆重召开，柯晓宾满怀豪情地

柯晓宾在中国共产党第二十次全国代表大会上

坐在代表席上。

这是柯晓宾第二次参加党代会，2017年10月柯晓宾就光荣当选为党的十九大代表。

对于柯晓宾所在的单位——沈阳铁路信号有限公司，五十多年前我就知道，这是许多老铁西人都熟悉的一家企业。

一个偶然的机会，在为辽宁省巾帼宣讲团大赛撰写文稿时，作为宣讲团的主角柯晓宾走进了我的视野。于是我走进了沈阳铁路信号有限公司的大门，坐在柯晓宾工作的机台旁，听她讲述她和工厂的故事。

沈阳铁路信号有限公司是世界最大的铁路信号继电器生产基地，以每年60万台的产量保障着我国铁路70%的市场需求。其中，柯晓宾班组承担着近一半的继电器调整工作。

信号控制系统是保障铁路运营安全和效率的核心技术，被称为高铁的大脑和中枢神经，继电器则是中枢神经上的神经元。大到车站的控制中心，小到一个信号灯，每一个电路的切换都离不开它。而一款精准的继电器产品在走出车间前，关键的一道工序，正是通过柯晓宾所在班组进行手工调整，实现目前机器操作尚不能达到的精度。

调整继电器是一项看上去轻松简单，实则难度非常高且极其复杂的独特技能。每个继电器上有24个触片，很多触片的节点间距误差需要控制在0.05毫米至0.1毫米之间，并且完全需要手工来调整。坐在柯晓宾的操作台旁，我看着她手拿扁嘴钳，用扯断一根头发十分之一的力道挑拨弹簧片，容不得一丝一毫差错，稍有瑕疵，就会直接影响铁路安全运行。我几乎是屏住呼吸，不敢大喘气。这时我看到柯晓宾的食指比其他几个手指要粗得多，她告诉我，这是因为二十多年的工作磨砺，导致手指有些变形。我心想，只有被“上帝”亲吻过的手，才能将力道控制得如此精准。当然，这个“上帝”就是她自己。

2003年，20岁的柯晓宾走进沈阳铁路信号有限公司，成为继电

柯晓宾在工作台上调试继电器

器班组一名职工。上班第一天，当领导自豪地向新入职的青年职工介绍班组长崔宝华时，柯晓宾心里燃起一种向往，她也要努力成为班组长那样的技术人才。

刚刚走上机台，柯晓宾从钳法练起，扁嘴钳非常硬，操作不熟练，手就会被磨出水泡。有着坚韧性格的柯晓宾不以为意地说："时间长了，那个泡就会掉，变成老茧就好了。"

看似枯燥乏味的动作，柯晓斌每天都要重复上千遍。为了能使双手调试力度精准，柯晓宾专门买了握力器，反复练习手腕力度，仅用4个月的时间就练成了别人用两年时间才能达到的精准程度，并能够独立承担调整继电器任务，可以独当一面了。

"遇到困难，你只要咬牙挺过去，一旦攻克最困难的那个点，迎接你的将会是满面阳光。"回忆起这些年的艰辛付出，柯晓宾微笑着说："其实很享受这个过程。因为是自己一步一步走过来的，所以心里有底气，而且很踏实。"

2010年，柯晓宾第一次参加全国职业技能大赛，稳扎稳打的她一举夺冠，独创的调整技艺在整个信号继电器调整领域掀起了一股创新之风，令业内行家惊羡不已，想不到如此高尖端的桂冠，竟然戴在了一个年仅27岁的年轻女工头上。

2012年6月，柯晓宾光荣地加入了中国共产党。她仍记得，读书时就对党组织充满向往："我身边工人队伍中的党员们非常具有先进性和代表性，大家踏实肯干、吃苦耐劳，有困难敢于冲锋在前。像我师傅这一代人，他们对于自我的要求，对工作能力、解决问题的能力、创新性的要求，我认为正是源于身为一名共产党员的觉悟，源于对这个岗位的忠诚，是骨子里、血液里的信念。"

这年10月，她开始担任班组长。一个月后，柯晓宾到沈阳站欢送当选党的十八大代表的师傅崔宝华到北京参会。

"原来，作为一名一线生产工人也可以承担如此光荣而神圣的使命"，从此，柯晓宾的心中也有了新的理想，要像师傅那样做一名新时代工人。

手工调试继电器，一直都是一项世界级难题。为了攻克这个难题，就在柯晓宾当选党的十九大代表那年，柯晓宾创新工作室成立，汇集了不同工序的高级技师，工作室既成为创新解决生产问题的重要机制，也成为跨工序协作交流的平台。"大家都有共同的目标，就是把我们整个继电器的产品生产链联结起来，更好地解决问题，做出中国铁路优质继电器。"

一次，一款新型继电器一处接点返修率颇高。一时间，生产线的同事们犯了难，"为什么这个产品这么不容易合格呢？"柯晓宾组织QC小组进行"降低继电器接点压力返修比率"课题攻关，经过工艺改进等一系列试验和无数次调试，问题得到了成功解决。柯晓宾班组也获评全国优秀质量管理小组。

表面上文静的柯晓宾，实际上是一个内心强大的人，她心中有着更高的追求和目标。柯晓宾坚持带领班组开展质量改进和创新活动，涉及安全、环境、健康、效率、现场管理等多个方面，极大提升了班组工作效率。以柯晓宾创新工作室为载体，通过QC攻关课题、小改小革活动等，攻克生产难题29项，取得创新成果43项，申请国家专利8项。

头雁领航，群雁齐飞。柯晓宾不仅自己在平凡的岗位上展现出极致的工匠精神，荣获“火车头奖章”，成为“全国三八红旗手”“辽宁工匠”、全国劳动模范，还成为调试线上的“领头雁”，先后带出五十多名徒弟。

在柯晓宾的影响和带动下，她所在的调整三班连续4年获得“全国质量信得过班”称号，班组内涌现出全国技术能手3人、中央企业技术能手7人。

柯晓宾的徒弟牛菲菲深有感触地说：“作为师傅的徒弟，我深感自豪。当师傅拿起我们生产的继电器向全国人民展示时，我为自己从事继电器调整工作而备感荣光。还记得2017年，师傅当选党的十九大代表，当我在电视上看到师傅在人民大会堂从容稳重的姿态时，激动不已。也是在这一年，我在心里埋下了一颗种子，希望自己也能像师傅一样，有一天也坐在人民大会堂，参加一场最高级别的政治洗礼。很奇妙，我的梦想种子不仅发芽，还结果了，梦想实现了。2018年我光荣地当选共青团团十八大代表。我们之所以有扎实的基本功，都是师傅逼出来的，师带徒不仅教技术，也传承先进思想，将我们这些徒弟培养成又红又专的技术工人，这都是师傅言传身教的结果。”

党的十八大以来，我国高铁网从“四纵四横”扩展到“八纵八横”，高铁里程从2012年的9000公里，到目前已突破4万公里，我国已成为世界上高铁运营里程最长、在建规模最大、运营动车组最多、商业运营速度最高的国家。

从第一条城际铁路诞生，到“和谐号”“复兴号”大展风采，柯晓宾班组调试的继电器在“八纵八横”铁路网许多运行控制系统中发挥着重要作用，这也意味着工艺水准要求更高。柯晓宾介绍：“从零件加工、产品组装，再到生产调试等各个环节都越来越严格，目前，我们的继电器产品已经采用全生命周期实名制管理。”

当选党代表后，柯晓宾更加注重强化自己及团队的大局意识和责任意识，深谙“质量是生命、安全大于天”的重要性，她将这一使命与技艺完美结合，从而道技合一，练就了“手有毫厘千钧之力，眼有秋毫不放之功”。

因为热爱，必将用心坚守。

坚守与专注诠释着光荣与梦想，在平凡岗位上用工匠精神助力高铁奇迹。再次当选党代表的柯晓宾更加坚定从容，她谨记自己的初心：待人以诚是处世不变之道，恪尽职守是工作应有之义，引领担当是党员应尽之责。

她还与高校专家联手，推进优化欧洲标准的继电器特性调整与测试工作，为生产符合欧洲制式的继电器，参与“一带一路”海外铁路建设打下了坚实基础。在把高铁打造为“中国名片”的过程中，柯晓宾作为高铁工人的优秀代表，在高沪高铁、青藏铁路、哈大高铁等极具里程碑意义的多条高铁上贡献着智慧和汗水，默默无闻地工作、勤勤恳恳地奉献，用优质产品保障高铁的顺畅运行，在平凡的岗位上为中国高铁保驾护航。

柯晓宾颇感自豪地说：“中国高铁的成就，充分彰显了我国自主创新的硬实力，向世界展示了中国技术、中国制造和中国质量，是我们中国人引以为傲的一张亮丽的国家名片。”

党的十八大以来的辉煌10年，大国重器的高光世人瞩目。从中国制造、中国创造，再到中国智造，从中国速度、中国高度，到中国质量，中国力量勃发在世界的舞台。其中，身处产业一线又搏击浪尖的巾帼工匠功不可没，像柯晓宾这样的新时代女性，正以特有的细腻、坚韧、精益求精，在高精尖的风口浪尖上创新绝技，刻出奇迹，书写新的传奇。

冬日暖阳的底色

清晨，老张拉开窗帘，窗外的场景让他眼前一亮，从楼上望下去，工人新村园区银装素裹，在白雪的烘托下，一棵棵枫树更加红艳。不知是秋天走得匆忙，还是冬天来得仓促，一场大雪就这样降临了。老张不由得脱口而出："看红妆素裹，分外妖娆！"

老张吃了一碗热汤面后，背着心爱的单反相机下了楼。

退休前，老张是机械厂厂报编辑，在厂报编辑部工作的二十多年里，他拍了大量的工厂照片，用镜头记录下了那曾经如火如荼的年代。

园区里，物业公司的人正在扫雪。老张想起小时候，每当夜里下过大雪，第二天早上，老爸总是工人村老楼里第一个出来扫雪的人。在他的带动下，楼上楼下的邻居也陆续出来扫雪，直到把楼前的雪都扫干净了，老爸才进屋扒拉几口饭，然后骑着自行车上班去。

老张边想着往事边观察眼前的景象。蓦地，老张看到甬道上的一个井盖上堆着一个大熊猫玩偶，熊猫脖颈上扎着红领结，头上插了一朵红红火火的塑料喇叭花，格外耀眼。见状，老张迅速按下快门，拍下了这冬天里的童话。

看着井盖上憨态可掬的大熊猫玩偶，老张眼前浮现出小时候打冰尜儿的场景。那时老张刚上小学，楼里的人都叫他二胖。一天，二胖在井盖边的一块冰地上抽冰尜儿，玩得正起劲儿时，小伙伴大军子凑了过来。大军子抹着鼻涕央求道："让我抽几下呗！"说着，从二胖手上夺过鞭子抽了起来。

大军子只顾埋头抽冰尜儿，没有注意到旁边的井盖上有个豁口，刚抽几下，冰尜儿就刺溜钻到了井盖下。二胖眼珠子一下就红了，眼瞧着冬天的快乐被大军子一鞭子给抽没了，怎受得了？他忽地扑到了大军子身上，大声地喊叫道：“你赔我冰尜儿，你赔我！”两人扭打在一起。

恰巧大军子妈从楼里走出来，说：“玩得好好的，怎么打起来啦？”大军子妈问明情况后，对哭着的二胖说：“二胖，你别哭，婶赔你，你先回家，婶保证赔你。”

傍晚，大军子妈来到二胖家，拿出一个新买的冰尜儿，还带来一串糖葫芦和一盒蛤蜊油。大军妈拉着二胖的手说：“你这孩子，就知道在外面疯玩儿，把手都冻裂了，多疼啊，赶紧用热乎水洗洗手，再抹上点儿蛤蜊油，用不了几天裂口就好了。”

二胖妈说：“他婶，你这是干啥呀？小孩子的事过后就忘了，你瞧你，这不是见外了嘛！”

年岁大了，小时候的许多事都烟消云散了，老张却一直忘不了那串糖葫芦酸酸甜甜的滋味，真好吃。前年冬天大军子妈出殡时，老张特意从外地赶回来，跪在老太太的纸棺前，结结实实地磕了3个响头。

“这是谁家晒的白菜？怎么不收呢？还不得冻坏喽。”循着喊声望去，老张看见甬道边上摆放着七八棵白菜。老张想，二三十年前，只要树上的叶子纷纷飘落，各家各户就开始张罗买大白菜了，许多家一买就是三四百斤，老红楼前瞬间就会变成“菜地”。大白菜一吃就是一冬天，如果不腌酸菜腌咸菜，这大半年可就没菜吃了。如今，许多家庭不再腌酸菜了，只有一些上了年纪的人还会买上几棵白菜，用小缸腌上，这也算是一种情结吧。

那一年深秋，人们还穿着衬衣衬裤，老天说变脸连个招呼都不打，突然刮起一场寒风，树上的叶子还没来得及变黄，就被凛冽的寒风刮了下来。寒风迫使一些还没来得及穿上秋衣秋裤的人，赶紧找出了棉袄棉裤，老楼里的主妇们顿时慌张起来，连忙大呼小叫地往屋里收晾晒在老楼前的秋菜。

老张那年三十多岁。一天，晚上睡觉前，他到外面往楼道里推自行车，看见楼墙根下摆着几排晾晒的秋菜。一打听，是住在一楼的李卫东家的。

从农村回城的老张和卫东一起入厂，卫东接他父亲的班。他俩一同被分配到组装车间做学徒工，两人还站在工厂大门的厂牌下合照了一张黑白相片。卫东满脸骄傲地说，这块厂牌还是沈阳解放那年，他父亲和厂长一起挂上去的呢。老张当知青时就爱好文学，当学徒时还在报纸上发表了几首诗，学徒期刚满就被调到厂报编辑部当了记者。卫东则受他父亲影响，成了一名技工。

老张连忙将自行车从楼道里又推到外面，把卫东家的秋菜搬进楼道里，然后用草帘子盖上。

第二天早上，老张出门去上班，迎面碰到卫东媳妇来道谢。老张这才知道，卫东的女儿感冒发烧住院了，原来，是卫东家的一扇窗户被寒风刮掉了，卫东不在家，被派到一个煤矿去组装挖掘机去了。老张转身回屋找出卷尺量了一下卫东家的窗户，到工厂后去房产维修班割了一块玻璃，下班回到家连饭都没顾得上吃，便打着手电把卫东家的窗玻璃安上了，还找出油纸将窗户缝也糊上了。

年根儿时，卫东媳妇一手搀着卫东，一手拎着一饭盒酸菜馅饺子来老张家感谢。最喜欢吃酸菜馅饺子的老张打开饭盒，笑呵呵地拿出一个饺子放进嘴里，心里别有一番滋味。卫东在组装现场受了工伤，之后厂里把他安置到厂门卫看大门。从那往后，无论寒冬酷暑，卫东每天都与工厂大门的牌子为伍相伴了。

一阵风吹来，老张眼睛有点儿湿润，恍惚间他已经走出园区，来到了卫工街上。马路上轰隆隆开过来一长排橘色的大型铲雪车，气势恢弘。老张忙端起相机，拍了好几张。

在工厂那些年，一下雪，工友们就到工厂周围的马路上扫雪，边扫雪边侃大山。那时马路上除了跑着无轨电车，更多的是自行车，有的自行车驮着一家三口，丈夫在前面蹬着，妻子抱着孩子坐在后车座上。如今，再也见不到这样的场景了，当年一起扫雪的老工友也都一个个回家安享晚年了。

耳边响起激昂的国歌声，是从路边的一所学校传来的。透过绿色的铁栅栏，老张看到学生们穿着蓝白色校服，在向五星红旗敬礼。看着这庄严的场景，老张又拍了一组照片。

“如今的孩子们太幸福了！”老张心生感慨。半个世纪前，他就读的小学校就藏在工人村的一趟小房子里。这所小学校不像现在的学校，冬天是没有暖气的。寒冬时，教室讲台前会支起一个炉子，由临时雇的一个老大爷挨个教室生炉子。一想起炉子，老张的心就好像被锥子狠狠地扎了一下。

老张读小学三年级的那个冬天，连续下了好几天大雪，低矮的校舍几乎被掩埋在白茫茫的大雪中。教室里坐着六十多名学生，他坐在最后一排，讲台前炉膛的热度还没传到教室中间就消散殆尽了。他手冻得连字都写不了，仿佛坐在冰窖里。窗玻璃上挂着厚厚的霜，看不到外面的景象。突然，他想起老师曾教的一句名言：“冬天来了，春天还会远吗？”他心想，春天快点来吧。

第一节课下课，他找来半块砖头，塞进炉子里，他要把这半块砖头烧热用来烤手。这时，烧炉子的大爷走进教室来添煤，他用炉钩子掀开炉盖，看见了炉膛里的砖头，便用炉钩子将其勾了出来，然后扒拉到讲台前，嘟囔道：“竟捣乱，这不把炉子火压灭了吗？”

上课铃响了，教算术的王老师挺着大肚子走进教室，同学们立刻回到座位上。王老师二十多岁，长得特好看，可是她很严肃，同学们都怕她。她结婚一年多，正怀着孕。

王老师把教案放在讲桌上，刚要开始讲课，一低头看见讲台前的那半块砖头，她怕绊倒自己，便费力地弯下腰去够那块砖头。当抓起砖头的那一刻，她哇的一声大叫起来，手像触电似的缩了回来。她连忙甩了甩手，随即将手指放到嘴里，脸色涨得通红，问道：“这是谁干的？”

同学们的目光都投向了他，他的心一下子跳到了嗓子眼儿。他忐忑地站了起来，支支吾吾地说：“是……是我。”

“你为什么要这么做？”王老师含着手指说道。

“我太冻手了，我……我想把砖头烧热了烤手，结果让烧炉子的大爷扔到那儿了，我还没来得及拿，你就进来了。”

“噢，是这样，那你坐下吧。”本以为会得到王老师劈头盖脸的一顿训斥，没想到王老师什么也没说。一堂课，他的眼睛一直盯着王老师那只手。王老师本来写得一手漂亮的黑板字，可是现在右手烫伤了，只能用左手写了，字写得七扭八歪的。他感觉王老师每写一笔，就在他的心上狠狠地划一道。当王老师转过身来面向同学时，他马上扭过脸不敢对视。他心想，王老师绝不会善罢甘休，指不定会在什么时候狠狠地惩罚他。此后，一见到王老师，他就胆战心惊，尤其是看到王老师右手戴着一个大手闷子，他更加惴惴不安。那些天，放学后他经常在工人村商店卖药的柜台前转悠，他想买一管烫伤膏，可是没有钱，又不敢让爸妈知道他闯下的祸。与其说是想给王老师买烫伤膏，不如说，是他幼小的心灵也被深深地灼伤了。直到王老师生孩子休产假，他也没再见到王老师。王老师忘记那灼伤的痛了吗？如今过了半个多世纪，一想起那个寒冷的冬天，想起漂亮的王老师含着手指的样子，他的心就又感到一阵焦灼。真后悔当年没能鼓起勇气向王老师说出那句在心底复述了无数次的话：“王老师，我不是故意的，对不起。”

一阵兴奋的呼喊声拉回老张的思绪，几个年轻人正在嬉笑着打雪仗，不知不觉他已经走到了卫工明渠。

早些年，这里是工厂排污的臭水沟，一到寒冬季节总是雾气昭昭的，散发着呛人的油污味。工厂搬迁后，卫工明渠成了一条碧波荡漾具有观赏性的内河。一到冬天，雪花飘落之时，卫工明渠两岸便呈现出树挂景象，宛如万树梨花。这时，一个身穿红色婚纱的女孩儿，在玉树琼枝下拍照，绽放着甜美的笑容。老张按下了快门。

看着取景框里身着婚纱的女孩儿，老张想起在儿子的婚宴上和亲家的对话，老张的亲家就是李卫东。那天卫东端着酒杯对老张说：“老张，你知道不？在我眼里，你和你儿子都是小偷。”

老张一愣，说：“我们爷俩怎么成小偷啦？”

“你先把酒喝了，我再跟你说。”老张一仰脖喝下了杯中酒。卫东贴近老张说：“我女儿是我家宝贝，如今成你家儿媳妇了，你说你儿子是不是小偷?”

老张一乐:“你女儿是我儿子明媒正娶的,怎么能说是偷呢?再说,我怎么也成了小偷?”

卫东说:“别以为我不知道,二十多年前的那个冬天的一天夜里,趁下大雪,你在厂大门口把我的宝贝东西给偷走了,那是我家老爷子留下的宝贵遗产,你以为我不知道哇?”

老张呆住了,说:“你怎么知道的?”卫东说:“实话告诉你,自打厂子宣布全员下岗的那天起,我就开始琢磨厂牌子的事了,那可是老爷子当年挂上去的,我不能等厂子没了的那天让人摘下来烧火了,可是我又找不到机会下手,怕让人说我监守自盗。终于等到那天半夜下大雪,我就想趁下雪没人,把厂牌摘下来,藏起来。这时我看到一个人走了过来,我就躲在门卫室里看,没想到是你。我想咱俩这是想到一块儿了,你摘我摘都一样。当时我想出去帮你一下,但又怕你尴尬,心想,算了,先让你拿家去偷着乐吧。”

老张拍了卫东一下,说:“你这老东西,可真能憋住事儿,这么多年你咋才跟我说?”

卫东拍了下大腿,说:“要不是我腿脚不利索,还能轮到你?我和这厂牌朝夕相伴十多年,它就像我的老伙伴一样。不过你拿去我就放心了。我现在特别想看看那块厂牌,哪天让我看看呗?”

老张说:“我正要和你商量呢,我想,咱们那些老工友,都有这分情怀,咱们别把厂牌放在自己手里了,听说筹建的工业记忆馆正在征集文物,过几天咱把它送到那儿去吧。”

那是一个冰消雪化的日子,在工业记忆馆的开馆庆典上,老张和卫东将扎着大红花的老厂牌挂在了墙上。经历了几十年严寒酷暑、风吹雨淋,厂牌的漆面有些剥落,隐约可见岁月的斑驳。但卫东在上面涂了一层透明漆,使厂牌又重新折射出耀眼的光泽。老张和卫东站在厂牌旁,老张让儿子给他俩拍了一张合照。儿子提醒说:“你俩怎么不笑呢?在想什么呢?”按下快门那一瞬间,老张恍惚回到了和卫东一起入厂时在厂门前合影的情景,他又想起当年冒着大雪站在厂牌下发生产喜报的一幕幕,不禁眼里泛出热泪。

脊　梁

“马路两旁烟囱林立，马达轰鸣。”上小学时，我在作文中这样写道。老师问：“你写的是哪里？”我说是北二马路，老师评语：“描写准确。”

北二马路，始建于1941年，东起北两洞桥，西至重工街。

现在的北二马路东起和平北大街，西至铁西区重工街。其中，在铁西区段分别称北二西路、北二中路和北二东路。

20世纪80年代，北二马路两侧聚集了沈阳机床一厂、机床三厂、冶炼厂、重型机器厂、电缆厂、变压器厂、风动工具厂、蓄电池厂、汽车齿轮厂、东北制药总厂等37家大型企业，共同创造了共和国工业史上350项第一，可谓群星璀璨。

共和国第一枚金属国徽、新中国第一炉钢水、第一台变压器、第一台机床，开国劳模等都诞生在北二路。全国重点工程所需设备及材料，大多由北二路上的工厂制造，北二路是新中国重工业的发端地。

当年，每天早上，北二路上会形成一条汹涌澎湃的自行车洪流，自行车铃声此起彼伏，场面非常壮观。你可以从每个人的工作服的颜色或样式上分辨出他们在哪家工厂工作。自行车车筐里，几乎都是从家里带的饭盒。

那时候，谁家里有人在北二路大工厂上班，就有让人羡慕的资本，相当于端上了“金饭碗”。虽然工资跟其他企业差不多，但是北二路的工厂待遇好，职工的福利也全，小到手套、肥皂、工作服，大到房子，就连找对象都比别人有更多优势。在北二路工厂上班的人，

沈阳第一机床厂旧址

都有一种溢于言表的自豪。

北二路两边的工厂，曾经给国家做过多少贡献，我无法统计，只能以天文数字一言以蔽之。如果非要详细介绍，那么我就写一写北二路上的几家老工厂吧，抒发一下对那些老工厂的怀念和敬意。

如今，人们都知道北二路上的宜家家居，可是他们也许不知道这块土地曾经是在新中国工业史上有着举足轻重地位的沈阳第一机床厂（简称机床一厂）厂址。

我与机床一厂的初次相识，是在46年前，那年我上初三，学校组织下厂劳动，我们来到机床一厂11号车间。

当我们这些学生进入车间时，想不到这里竟然是一个生产迫击炮弹壳的军工车间。当时我所干的活儿是为炮弹壳打砂抛光。我在这里劳动了半年。那段日子，每天穿行在机器轰鸣的厂区，让我在学生时代对机床一厂就有了深深的情结。

机床一厂始建于1935年，前身是满洲三菱机器株式会社。

没有机床就没有工业化。新中国成立后，在第一个五年计划期

1955年沈阳第一机床厂生产的我国第一台普通车床，被印在了1960年版的人民币上

间，机床一厂被列入苏联援助我国156个项目清单。当时全国成立了18家机床厂，而沈阳机床一厂是中国机床行业的“十八罗汉”之首，被誉为“我国第一座新型的工作母机制造厂”。

1955年8月，沈阳第一机床厂成功研制出C620-1普通车床，这是中国人自己生产的第一台普通车床，每年生产4000台，被国内各大工厂大量使用，有力地支援了国内工业建设。为了纪念这台对中国工业有着重要意义的国产车床，第三版人民币将工人使用这一车床的情形，完整地印在了我国于1960年发行的2元面值的纸币上。

1993年，沈阳第一机床厂与中捷友谊厂、沈阳第三机床厂及辽宁精密仪器厂共同发起成立了沈阳机床股份有限公司。

2007年，沈阳机床股份有限公司搬迁至沈阳开发区，成立了沈阳机床集团。2019年11月，央企通用技术集团成为第一大股东。如今，沈阳机床集团已成为东北老工业基地重工业稳步升级崛起的典范。

位于北二路云峰北街的沈阳风动工具厂，前身为沈阳汽车总厂。沈阳解放后，该厂的工人们仅用一个多月的时间就修复了近四百辆汽车，有力地支援了解放军南下。该厂是“一五”期间国家156项重点建设工程之一，是我国历史最悠久、规模最大的凿岩机械和气动工具骨干企业，是行业的排头兵。

1992年北二路上的沈阳蓄电池厂

北二路保工北街交汇处，当年是沈阳蓄电池厂，沈阳蓄电池厂是我国第一家铅酸蓄电池制造厂。

与沈阳蓄电池厂隔路相望的是沈阳变压器厂。它是中国变压器行业历史最长、规模最大、技术实力最强的制造企业之一，2009年搬迁到开发区，目前在特变电工旗下。

当年北二路上的工厂还有沈阳热电厂、沈阳汽车齿轮厂、沈阳冶金机械修造厂、沈阳低压开关厂，还有作为铁西工业象征的北二路标志性工厂——沈阳冶炼厂。

沿着北二路一直朝东走，会无缝对接地走到和平区中山路上。走在这条以欧式建筑为特色的路上，给人温文尔雅的感觉，弥漫着浪漫风情；而北二路给人的印象则是雄浑粗犷的，它属于中国工人特有的路。

20世纪90年代，北二路上许多工厂的烟囱好像一下子都戒了烟，铁路专用线上的火车也不像往日那样轰鸣了。市场经济大潮的袭来，让这些计划经济时代的“硬汉们”茫然失措了，减产、亏损、下岗、转产、兼并接踵而至，以往生机勃勃的北二路变得沉默寡言、满目苍凉。

有资料记载，2001年，北二路上的各大工厂很长时间都没有生产订单，工人长期放假。北二路上的企业资产负债率总体达到90%以上，有的企业超过100%，甚至达到200%、300%。企业的不景气导致亏损，亏损导致破产，破产导致大批工人下岗，连锁反应形成了恶性循环。北二路上的30万产业大军，有十多万下岗职工，“亏损一条街”和“下岗一条街”成了北二路的代名词。

北二路的衰落直接影响了沈阳市的经济发展。在短短不到十年的时间里，沈阳的工业总产值由全国的第四位猛跌至第二十几位。

直到2002年6月18日，铁西新区的组建，北二马路才结束了这段痛楚的历程。铁西新区首先对北二路卫工街以东、兴华北街以西进行了大面积改造，将昔日的“亏损一条街”重新打造成黄金大道。从那时候开始，以北二马路改造为开端的“中国装备制造业第一迁”拉开了帷幕。

2007年春节刚过，北二路板块一跃成为城内最具看点的区域，北二马路的居住群体突破了沈阳本地的局限，全省乃至省外其他地区的消费者也相继在此置业。

2008年，北二马路汽车贸易特色街正式获批“中国特色商业街”，并于2009年9月被国家有关部门正式授匾命名。与此同时，汽配城和品牌房地产开发商也纷纷进入北二马路。

如今，在北二路两侧有上百个汽车品牌店、几十家4S品牌店和汽车销售店，一个全国性的汽车贸易产业带在北二马路迅速形成，北二马路张扬起不可遏制的生机与活力。

北二路见证了铁西的兴衰，经历了铁西的变迁。每当走在这条马路上，我仿佛听到老工业区改造奋进的脚步声。

我们都知道，上甘岭是黄继光勇于献身的地方，狼牙山是五壮士舍生取义的地方，那么北二路则是赵国有、焦百顺、王凤恩、王铮安、杨洪吉、张成哲、陈富文等新中国劳模英雄们艰苦创业、无私奉献的疆场，他们在北二路上谱写了英雄的乐章。北二路是一部百年工业的史诗，是一幅波澜壮阔的时代画卷。

2009年9月，北二路汽车贸易特色街正式获批“中国特色商业街”，北二路彰显出勃勃生机和活力

恍惚间，我的眼前闪烁着炼钢炉璀璨的光与火，耳边回响起轧机欢快的轰鸣声……我觉得北二路就像一个巨大的舞台，冶炼厂区耸立的3根大烟囱似一支支长笛，机床一厂像是一架钢琴，变压器厂如同一个竖琴，电缆厂硕大的电缆盘宛如一台定音鼓，重型机器厂如一架管风琴，蓄电池厂如一个巨大的音箱……在那如火如荼的年代，这支庞大的“音乐家族”，在星光灿烂的天幕下，激情地演奏着雄浑澎湃的中国重工钢铁交响曲。今天，记忆又一次把我带入那激情燃烧的岁月。

伴随着这激昂的交响乐，一列列火车载着一台台机床、一台台变压器、一台台水压机、一台台发电机，鸣着汽笛、喷着白烟驶出厂区，消失在视线的尽头，奔向矿山、水电站、油田、山乡，甚至国外。

铁西的每一条、每一段路都与中国工业有关，每一座厂房里都有辉煌的传奇，如果把北二路的故事连接起来，无疑是一场共和国工业的大戏。

如今的北二路呈现出现代大都市的气派

纵观中国工业的版图，再也找不到像北二路这样的路了，一条路上拥有那么多的大工厂。每天清晨，30万产业工人从城市的各个角落朝这里汇集，聚是一团火，散是满天星，他们为国家创造了那么多的第一，贡献了那么多的财富，托起了新中国重工业的朝阳，这就是沈阳铁西的北二路，中国的北二路。

北二路，中国重工业的脊梁！

浴火重生的传奇

在铁西区西部，沿着沈西工业走廊开发大道，进入沈阳经济技术开发区入口时，会看到那里矗立着一座大型雕塑——一只红色凤凰，背负着火球，昂首向天。这座被称为《凤凰涅槃》的雕塑，象征着铁西工业区在历经辉煌、阵痛、彷徨之后，终于脱胎换骨，浴火重生。它承载了一段铁西区蜕变、转型、发展的历史。

在中国工业博物馆铁西馆，我看到这样一幅照片：原沈阳市防爆器械厂厂长石永阶抽着闷烟，在看工人们领取救济金证。很多人都知道，这幅照片反映的是1986年8月3日沈阳市防爆器械厂宣告破产后的情景。沈阳市防爆器械厂是新中国成立后第一家宣布破产的国有企业，这幅照片成了国有企业改革“惊天第一破”的真实写照。

这一改革试验，曾是一个标志性事件，犹如一股巨大的冲击波，突破了思想上的藩篱，为长期亏损没有转机的企业敲响了警钟，对突破社会主义企业“只生不死”观念桎梏、确立企业破产退出制度，完

1986年8月，沈阳市防爆器械厂宣告破产

善社会主义市场经济体制都发挥了积极作用，标志着中国朝着打破“大锅饭”的方向迈进了新的一步，为国家建立企业破产制度提供了实践样本。

至今我还清楚地记得那一幕，1995年3月下旬一个寒冷的早晨，正值上班时间，北二马路上突然出现了拥堵。

马路中间，有人拉开了两条用编织袋子改做的条幅，上面用油漆写着7个血红的大字：“我们工人要吃饭！”

道路被堵塞，堵了许多上班的人。一打听，原来是沈阳机床三厂的几个工人，由于已经5个月没有领到工资了，正在以这种方式表示抗议。

殊不知，这只是序幕。从那以后的一段时间里，建设大路和北二路南北两洞桥下这种场景时常上演。

1996年初冬的一天，位于建设大路旁的沈阳拖拉机厂在俱乐部开了一个大会，每位到会者在收到一根以示安慰的香肠后，这个生产出我国第一台拖拉机的大型国有企业宣告破产。

从那以后，铁西工业区森林般的烟囱失去了往日的生机，许多已不再冒烟了。上下班的滚滚人潮开始退潮。关于当时的情况，有这样一段文字记载：“进入20世纪90年代，在铁西区全区数千户工业企业中，五分之四停产、半停产，街边的厂房，都看不到一块没破的玻璃了。”仿佛一夜之间，曾铸就无数辉煌的铁西区遭遇空前困境，一大批为新中国建设做出巨大贡献和牺牲的产业工人面临着下岗的命运。北二路进入一片寂寥之中。

“怎么啦？这是怎么搞的？怎么会到了这种地步？玩笑是不是开得太大啦？”人们不禁反问。他们一下子没有反应过来，蒙了，怎么也没料到，捧了二三十年的铁饭碗，就这样被砸瘪了。冰冷的现实，让人们在震惊之后充满了积怨。

记得那是一个暑气熏蒸的夏日，吃过晚饭，我端着一个大茶缸子，泡上一把工厂发的不知存了多少年的劳保茶，坐在老楼前和楼里的工友们一边侃大山，发泄着心中苦闷，一边品着说不出滋味的茶水，还能不时地听到从楼上传出来的吵闹声。此时的我，心里翻江倒海、五味杂陈。当时的情景就像深刻在胸口的瘢痕，至今难以抹去。

其实，危机早就埋下了伏笔。历经半个世纪的风雨沧桑，伴随着由计划经济向市场经济的转变，许多大中型企业遇到了前所未有的困难，结构性矛盾和体制性痼疾日益凸显，生产经营每况愈下，厂房凋敝、设备老化、市场萎缩。再加上几乎每个大中型企业都有自己的幼儿园、学校、医院、房产，负担着职工及家属的生老病死吃喝拉撒睡，这种企业办社会的做法，使得曾经的大中型骨干国有企业如一匹长途跋涉后不堪重负的骆驼。北二路成了“亏损一条街”，铁西区成了下岗职工的大“度假村”。

多年的艰难跋涉，多年的不懈探索，曾经的工业巨人变得步履蹒跚，往日的“工业长子”辉煌渐行渐远……历史，留给铁西、留给沈阳、留给中国老工业基地一个世纪性难题。

2002年6月18日，沈阳市委、市政府做出重大决定，将铁西区与沈阳经济技术开发区两区合署办公。铁西新区的成立，标志着铁西老工业基地改造拉开了序幕。

铁西改造，首先必须解决“钱从哪来、人往哪去”的问题。巨额的改革成本从哪里来？解决的办法就是实施“东搬西建”的整体发展战略，利用老城区和开发区的土地级差解决钱的问题。正是这超乎寻常的一步棋，破解了历史留给铁西的世纪难题，产生了“一加一大于二”的巨大效应，搞活了调整改造和振兴发展的全局。

铁西老工业区整体搬迁改造谈何容易！规模之大，数量之多，人员负担沉重，甚至在当时都没有先例可以借鉴。

铁西老工业基地的搬迁改造，是一次新旧体制的大碰撞，是各方利益的大调整，是企业生与死的较量。

万事开头难，东搬西建的第一锤至关重要。经过科学规划和充分论证，铁西区委、区政府决定，搬迁的第一家从毗邻和平区商业黄金地带的沈阳低压开关厂开始，按照东搬西建的总体方针，由东向西依次推进。

人们在得知沈阳低压开关厂要整体搬迁的消息后，很多人不理解，觉得搬迁就意味着工厂没了。一些在岗职工担心工厂被拆会丢掉

沈阳低压开关厂旧址

饭碗，于是议论纷纷，抵触情绪很大。退休职工则担心他们多年辛苦创下的基业被拆没了，企业欠的内债没人偿还，声言要用身体阻止拆迁。

当铁西区搬迁改造指挥部的领导和沈阳低压开关厂领导班子开会研究拆迁事宜时，多数厂班子成员不同意，职工们也反应强烈，坚决反对拆迁。于是他们组织职工到市区政府上访、静坐，以表达他们的诉求。有的职工甚至扬言："你拆我的厂房，我们就跳楼，人在阵地在，与企业共存亡。"

经过几轮艰苦谈判，企业的主管厂长仍然拿职工的意见来做挡箭牌，拒绝搬迁。

铁西区政府一致认为必须当机立断拿出相应对策，厂领导的抵制态度是阻碍拆迁的关键，沈阳低压开关厂的搬迁顺利与否关系到东搬西建全局，所以，在集中了大家的意见后，铁西区政府认为，对厂长的一些过激行为必须严肃处理。

在对低压开关厂领导班子反复做工作无果的情况下，铁西区委、区政府作出决定，对沈阳低压开关厂领导班子进行调整，从另外一家国有企业选派一名得力的领导，全面组织沈阳低压开关厂的搬迁改造工作。这一举动在厂内引起了强烈反响，也使职工们看到了区里将拆迁进行下去的决心。

铁西区政府在低压开关厂召开了职工代表座谈会，进一步向职工阐明东搬西建的重大意义，现场解答职工关心的问题。区领导和新改组的企业领导班子、职工们开始了一场以搬迁远景展望为中心的谈心交流活动。从白发苍苍的离退休职工到在岗和下岗工人，从离退休的企业干部到现任的企业干部，一拨又一拨人被请到了会议室中，区政府工作人员一次又一次地与大家谈搬迁的必要性，一个又一个地解答职工提出的涉及自身利益的敏感问题。经过艰苦的沟通工作，职工明白了，只有通过搬迁，土地才能变现，职工集资款才能偿还、企业拖欠的工资才能补发、各种保险才能补齐、企业才能获得重新发展的机会。正是依靠这样入情入理、将心比心、真诚细致的多次对话，解决了职工提出的各种问题，平息了职工激动的情绪，得到了广大职工的理解，确保了第一家企业拆迁工作的顺利进行。

2002年8月，具有重要历史意义的铁西老工业基地整体搬迁改造的第一锤砸了下去，满目疮痍的厂房在机械轰鸣中倒下，掀起的滚滚烟尘弥漫在工厂上空久久没能散去。当天，部分职工来到厂区，看到拆迁的场景时，不由得流下了热泪。

沈阳低压开关厂的搬迁为铁西老工业基地整体搬迁起到了引领和示范作用。之后，沈阳锅炉厂、沈阳面粉厂、沈阳空压机厂、沈阳气体压缩机厂的搬迁改造也陆续展开。

改革总会不可避免地遇到有如分娩一般的阵痛。

2004年3月23日清晨，曾作为铁西老工业基地核心标志的沈阳冶炼厂的3根大烟囱轰然倒地。

当我得知冶炼厂的大烟囱被爆破的消息时，心就像被谁狠狠地揪了一下，仿佛心中的丰碑倒下了。我想，我要把这一场景记录下来，让后人知道，在中国工业的舞台上，沈阳铁西曾经上演过如此壮烈的一幕。

就在这代表着计划经济大工业的3根烟囱爆破的时候，铁西人开始紧锣密鼓地推进涅槃重生的征程。铁西区将有希望的老企业搬迁到了沈阳经济技术开发区，之后对铁西老工业区重新进行规划和功能定位，重点发展第三产业。

东搬西建共搬迁企业338家，腾出土地十余平方公里，利用级差地租获得土地收益210多亿元，13万下岗职工基本上实现了再就业，成功地破解了国企改革“钱从哪里来、人往哪里去”的问题。沈阳工业血脉焕发出新的生机，再次扬帆起航。

通过东搬西建，对原有企业全面进行了战略性调整，沈阳机床集团有限责任公司、北方重工集团有限公司、沈阳鼓风机集团股份有限公司、东北制药集团公司等重点国有企业的改革力度不断加大，发展的内在动力和活力不断增强。

搬迁后，在沈阳低压开关厂原址上建起了博润大厦、海韵锦江五星级酒店等商业建筑。在这些高端服务业项目的带动下，北二路汽车贸易产业带星罗棋布，高楼大厦比肩矗立，好一派繁荣景象。北二路

如今位于铁西新区西南的沈阳经济技术开发区

再现兴旺发达景象。铁西老工业基地搬迁改造实现了一举多赢，这一“鸿篇巨制”已载入史册。

近年来，以德国宝马汽车、日本安川电机等为代表的一大批世界知名企业纷纷落户铁西，全区共引进国内外各类优势企业1200多家。一个崭新的铁西工业重新挺起“共和国装备部”的脊梁。

如今矗立在沈阳经济技术开发区入口处的《凤凰涅槃》雕塑

老工业基地改造是一个世界性难题，无论是美国的工业锈带，还是德国鲁尔、英格兰曼彻斯特等老工业区，都曾长期陷入转型之困。

铁西仅用了10年的时间就完成了像德国鲁尔、法国洛林等著名老工业区历时三十多年才得以完成的转型，创造了脱胎换骨、沧桑巨变的改造振兴奇迹，实现了发展的历史性跨越。一个百姓安居乐业、社会和谐稳定、环境生态宜居的新铁西正展现在人们面前。一个老工业区脱胎换骨的历程引起了各界的格外关注。

经历过艰难困苦的铁西人懂得，铸造了无数辉煌业绩的铁西人更懂得，只要不自暴自弃，只要自己不倒下，没有人能够打败我们，我们战胜了自己，也就赢得了世界。

走过辉煌，一度困顿，奋力突围，再度崛起。今天的铁西，在经历过巨大的痛苦磨砺后，正以壮士断腕的英雄气概，恰如浴火重生的凤凰一般，振翅翱翔！

典藏历史，不仅仅是为了记忆

中国工业博物馆，一座厚重又充满现代元素的建筑，坐落在铁西区卫工北街与北一路交汇处。在国内，能够冠以国字号并承载厚重工业文化的工业博物馆仅此一家。它气势恢宏地矗立在铁西区老工业基地这片热土上。

中国工业博物馆

时光倒转，这座充满了钢铁和汗水余味的建筑所在地，曾经是沈阳铸造厂原址。2007年4月，沈阳铸造厂升级改造，搬迁至沈阳经济技术开发区，开启了新的现代化铸造工业。

随着铁西老工业街区的改造，要不要保存那些代表沈阳甚至新中国工业发展进程的历史遗迹，让当年的决策者们颇费心思。

历史仅靠人的记忆终归不牢固。把对历史的记忆，通过对原物原址现场保留，作为一种活生生的证据，不仅直观形象，而且真实可靠得多。

铁西区政府根据部分人大代表、政协委员的意愿，决定将现存的沈阳铸造厂遗址改造成博物馆。

保存历史是需要眼光、胆识和勇气的，如果不能在第一时间想到和做到，事后再想做，要么只能去抢救或重新复原，要保持原汁原味，基本上已无可能。

2012年5月18日，承载着铁西工业华丽转身梦想的中国工业博物馆一期展馆盛大开放，工业文化的大旗以一种新的招展方式，高高飘扬在曾经无限荣光的工业遗迹之上。

中国工业博物馆的建立，不仅填补了中国没有工业博物馆的空白，而且对于研究中国工业发展史、保护保存近代工业历史文物资料，进行爱国主义教育、提升城市文化品位、增强区域竞争力等方面，具有独特的历史价值和重要的现实意义。

走进中国工业博物馆，映入眼帘的是一座重达50吨、长22米、

中国工业博物馆大厅中的《铁流凝变》青铜浮雕

宽达11.5米的巨大青铜浮雕。它气势磅礴地再现了新中国成立后第一炉钢水出炉时的壮观景象，象征着沈阳工业一往无前、振奋昂扬的精神，展现了中国工业恢宏磅礴的气势。

中国工业博物馆，沈阳的重量级地标，占地5.3万平方米，建筑面积4.1万平方米，藏品1.5万余件，藏品包括多个“共和国第一”和“工业之最”产品，从不同角度展现了中国工业历史的脉络与细节，展现了铁西工业历史对沈阳、对中国的巨大贡献。

中国工业博物馆展示的丰厚的工业遗产，是新中国工业激情岁月的缩影，是几代中国工人的情感记忆和精神家园，是工业文脉传承的重要组成部分。中国工业博物馆还收藏了一批与劳模有关的展品，劳模所展现的精神是中国工业发展的宝贵财富，这些展品背后的故事是中国工业发展史的鲜明注脚，更是新中国工业的壮丽史诗。

我在2012年12月7日的日记中这样写道：“上午9点，我如约来到北方重工党委宣传部，晓东讲了请我来的目的是让我出面为正在筹建的中国工业博物馆二期展馆——重装馆撰写展览大纲。要整理出中国重机行业从发端、发展到现在的脉络，以及涉及的重点企业、重要产品及具有重大历史价值的事件，其涵盖时间之长、跨度之大、涉及面之广是想象不到的，这绝对是一个大工程，对我而言是一个很大的挑战。晓东说，此前找了两拨人，但撰写的提纲没能通过，后来想起找到我。于是，我成为重装馆展览大纲的唯一撰稿人。”

经过两个多月的采集资料、筛选整理、谋篇布局，又经历多次论证，先后九易其稿，最终我撰写的展览大纲通过了国家重机行业主管部门的认定。作为这部涵盖了150多年中国重机工业发展历程的展览大纲的记录者，我被那火红年代气势磅礴的场景深深感染的同时，也为自己能够胜任这项工作而感到骄傲。

我们的记忆，有时会选择遗忘，遗忘会让我们失去弥足珍贵的精神财富。

工业遗产是铁西区得天独厚的文化资源，它负载着铁西城区和一代代铁西人的成长记忆，是铁西曾经的辉煌和荣耀的见证，是沈阳人重要的精神象征之一，它的历史价值以及它对未来的影响与感召是无

中国工业博物馆院内展示的老式火车头

法评估的。

在十余年的发展振兴中，铁西没有遗忘工业文化的传承，而是将这份遗产珍藏，塑造出鲜明的铁西工业文化品牌，让过去在原地焕发出新的生机。就像中国工业博物馆院内的那辆老式火车头，尽管它已定格在那里，但猩红的车轮在传动轴的连接下仍然折射着前进的动感。

中国工业博物馆等一系列博物馆的建成，体现了沈阳老工业基地华丽转身后凤凰涅槃的壮美，代表了沈阳工业继往开来的新气象，展现了中国工业文明恢宏磅礴的气势。

中国工业博物馆已成为教育交流、成果展示、文化鉴赏的重要场所，为社会提供了城市人文景观，成为沈阳人顽强不屈、团结奋进、实现伟大梦想的见证者。

修旧如旧、变“锈”为秀，一片片老厂区、一栋栋老建筑、一间间老厂房，已变身为文化创意产业园、休闲街区、艺术展厅、城市书房，催生出一个又一个人气打卡地，成为促进经济社会发展的重要力量，优质的公共文化空间在丰富和拓展市民文化生活的同时，更在很

中国工业博物馆铸造馆展示的老一代铸造工人火热的生产场景

大程度上提升了市民的获得感和幸福感。

从铁西走进沈阳，从工业认识沈阳，分布在铁西区四面八方、大街小巷的工业遗产在近年的发展中，已经成为人们了解沈阳工业文明的窗口，不仅留给铁西人无限的工业纪念，更成为沈阳旅游的亮丽名片，吸引了来自全国各地甚至全球的参观者。

工人村生活馆那些苏式小红楼，完整地保存了铁西区与工业文明发展紧密相连的生活记忆，成为全国唯一由工人居住区改建而成的原生态博物馆。它用饱含故事的老物件，将岁月娓娓道来，再现了工人村老住户的生活场景，以及企业发展进程中产业工人的酸甜苦辣，带给人们赞叹和难以释怀的感慨。

在沈阳重型机器厂二金工车间原建筑基础上改建的“1905文化创意园”、在原沈阳自行车飞轮厂厂房基础上改造的奉天记忆文化创意产业园，已成为炙手可热的网红打卡地。

时光飞转，情怀不变。过去和现在交错融合，化为心底最柔软的记忆。每一次走进，都是一次与历史的深度邂逅，与城市的共情呼吸，在铁西，处处能感受到工业文化的浓郁氛围。

近年来，由于经常陪同社会各界人士到铁西区老工业遗址参观，我充当起了铁西老工业遗址义务讲解员的角色。当看到参观者们被老工业遗址所震撼并深深感染时，乐此不疲的我还专门设计了一份“铁西区老工业遗址一日游攻略”，当这份攻略得到众多参观者的肯定和赞誉时，我不免有几分窃喜。

奋斗百年路，启航新征程。传承工业文化基因，用好工业遗存资源，讲好中国故事，已成为铁西区谋篇布局产业结构、实现城区高质量发展的思路之一。铁西区将以中国工业博物馆为核心，重塑城市文化活力，打造历史文化、工业文化、红色文化的“沈阳印记”，展现英雄城市风采。不久的将来，一座区域性工业文化遗址公园和永恒运转的工业城市博物馆，将会呈现在世人面前。

后 记

百年老铁西，几经风雨浮沉，走过历史，焕然一新。在这里，每一条街路，每一座工厂旧址，都撒下记忆的种子，也留下了对历史的尊重，留下了铁西精神的传承。

此刻，让我们再次聚集在沈阳南北两洞桥下，沿着北二马路、建设大路西行。穿过纵横的街道，看川流不息的车辆，走过林立的高楼，瞩目那大吊钩托起的朝阳，你的耳边是否还回荡着钢铁的交响，眼前依然有钢花绽放？从开发大道那展翅奋飞的凤凰中，你看到了什么？你是否感受到了在铁西这块热土上，钢铁依然是那般炽热，心潮仍是那般澎湃。

陷入岁月的河底，搜寻过去的印记。铁西的路，原本就不是一条平坦的路，更不是铺满鲜花的路，它是一条充满荆棘的路，是奋斗者不畏艰险、勇于开拓、自强不息、砥砺前行的路，是一条担当使命、不断进取、勇往直前的路。

曾经真的以为人生就这样了，平静的心拒绝再有浪潮。一些人不大愿意提及过去的事，或许觉得那些事很正常，翻腾出那些陈芝麻烂谷子没有人会愿意听，一任那些往事随风而去。

而我们的后来人，又似乎对那些过去的事知之甚少，随着时代车轮的驶过，那些过去的事终将会化为尘埃。

正是因为知道了脚下这片热土曾经发生的那些令人热血沸腾往事，我才对这块土地爱得更深。所以，我应该把我所知道的一些事记录下来，讲给那些想听的人，这是情感赋予我的一种不可推卸的责任。

我们并不是单纯地怀旧，或是沉迷往事不能释怀，我们只是在打捞记忆，让一串串乡愁为越变越美的城市注入温馨，让明天的人们更热爱脚下的土地，为铁西老工业基地守根铸魂。

回首中国工业的历史，在漫长的历史征程中，铁西无疑是中国工业发展的一块基石。那些铁西人自强不息、艰苦奋斗的珍贵记忆，是一卷记录沈阳振兴发展历程的缩微胶片，为人们更好地品读铁西、走进沈阳提供了一席独特的盛宴。

在这个日新月异的时代，我无法断定未来的铁西将要走什么样的路，就像我的这本书对未来究竟有何价值无法预判一样。

在写这些文字时，我常常纠结，对于书中所提到的那些创下辉煌业绩的人们，我只用这微不足道的文字来简单描述，是不是显得太轻率了？在这些高尚的人们面前，我这些粗浅的文字算得了什么呢？

铁西的故事不是哪个作家写出来的，而是几代铁西人用辛勤汗水和心血浇灌出来的，是他们以艰苦创业、勇于担当的精神奉献出来的。而我只是把我所知道的这些感人的往事整理了一下，采用大小拼盘的形式予以呈现，我甚至有些担心会失去原汁原味，因而没敢过多加工便端了上来，于是也许会产生下列不同的反响。

有人会说，这个“拼盘”拼得还可以，比较适合我的口味，其中有的原料是我之前没有见过的。

也许有人会说，这“拼盘”的所有原料我都尝过，甚至我也有许多这样的原料，只不过我没拌料而已，我要是拌料，会比你拌得好。

实话说，谁也无法做到对铁西百年宏大的历史面面俱到。我所能做的，只是尽可能地写我所能把握的一些场景。我只是一个忠实的记录者，若问我想要表达什么，我只是想表达我所看到的而已。铁西未来的路，将由未来人去走，那么老一代人所走过的路，还有我们这代人今天所走的路，对未来会有什么作用，只待未来人去诠释。一个不理解老铁西人那种境界的人，一个没能融入老铁西人思想感情的人，又怎么能读懂他们呢？

为了写《铁西那些路》，我无数次沿着铁西的大街小巷行走，用脚步去丈量铁西的每一寸热土，用眼睛去观察铁西每一场景的变化，用心去感受铁西的精神。每次行走在铁西的街路上，我都会一气儿走十多公里，一边走一边用手机拍照，一边思考，我的手机里存储了数千张有关铁西的照片。因此，可以说这本书不是我写出来的，而是我以心灵的脚步探索出来的。写《铁西那些路》，也是为了在这些路中寻找我们曾经的自己，寻找精神的家园。铁西的路是敢问路在何方的路，铁西人是敢问路在何方的人。这本书，无论是在写作经历上还是在精神层面上，都秉承了这种精神。

本书的内容由两个部分组成。一部分是铁西的街道、路的发展沿革和变迁，通过街道上那些工厂企业的发展沿革，反映在大时代的背景下，铁西这座工业重镇的发展轨迹。另一部分是人物风貌，这方面包含劳模的奉献、企业改革家的探索和大时代的动荡中，一些生活在社会底层人物的纠结、抗争。

囿于篇幅、结构和本人能力所限，书中也有在统筹谋篇布局时，不得不割舍的部分，本书无疑也会挂一漏万。需要说明的是，鉴于在我创作的《圣地工人村》一书中，已对有些老铁西的遗址及相关内容有所介绍，因此在本书中没有再加以赘述。

感谢众多热心的朋友提供了如此珍贵的资料，感谢在写这本书时陪我一路同行的人们。致敬铁西，致敬功勋卓著的老一代产业工人。

再次感谢沈阳出版社对我的作品的认可，感谢责任编辑沈晓辉老师在精心编辑我的《圣地工人村》一书之后，又一次不辞辛苦为本书出版付出心血。

张瑞

2023年10月24日